A
PROFECIA
CELESTINA

OBJETIVA

JAMES REDFIELD

A PROFECIA CELESTINA

Uma Aventura da Nova Era

Tradução
Marcos Santarrita

OBJETIVA

EDITORA OBJETIVA LTDA.
Rua Cosme Velho, 103
CEP 22241-090 — Rio de Janeiro-RJ — Brasil
Tel.: (021) 205-7824
Fax: (021) 255-8150

Capa:
Luciana Mello

Revisão:
Henrique Tarnapolsky
Angela Guimarães Castello Branco
Sônia Maria Oliveira Lima

Para
Sarah Virginia Redfield

******

Os entendidos, pois, resplandecerão como o resplandor
do firmamento, e os que a muitos ensinam a justiça
refulgirão como as estrelas sempre e eternamente.
E tu, Daniel, fecha estas palavras e sela este livro, até
ao fim do tempo: então muitos passarão, lendo-o,
e a ciência se multiplicará.
*DANIEL 12:3-4**

---

* *Tradução do Padre João Ferreira de Almeida. (N.T)*

AGRADECIMENTOS

Tanta gente influenciou este livro que seria impossível citar todos. Mas devo agradecimentos especiais a Alan Shields, Jim Gamble, Mark Lafountain, Marc e Debra McElhaney, Dan Questenberry, BJ Jones, Bobby Hudson, Joy e Bob Kwapien, Michael Ryce, autor da série de fitas "Por que isto me acontece de novo?", e acima de tudo à minha mulher, Salle.

NOTA DO AUTOR

Há já meio século, uma nova consciência vem invadindo o mundo humano, um novo conhecimento que só se pode chamar de transcendente, espiritual. Se você se descobre lendo este livro, talvez já sinta o que está acontecendo, já sinta isso dentro de si.

Começa com uma maior percepção de como nossas vidas seguem em frente. Notamos aqueles acontecimentos casuais que se dão no momento certo, e fazem aparecer os indivíduos certos, e de repente lançam nossas vidas numa nova e importante direção. Talvez mais que quaisquer outras pessoas, em qualquer outra época, intuímos um sentido superior nessas misteriosas ocorrências.

Sabemos que a vida na verdade é um desdobramento espiritual, pessoal e fascinante — um desdobramento que nenhuma ciência, filosofia ou religião esclareceram completamente ainda. E sabemos outra coisa também: que tão logo compreendamos o que se passa, como utilizar esse processo alusivo e maximizar sua ocorrência em nossas vidas, a sociedade humana dará um salto quantitativo para um modo de vida inteiramente novo — um modo que realize o melhor de nossa tradição — e criará uma cultura que sempre foi a meta da história.

A história seguinte é oferecida a essa nova compreensão. Se comover você, se cristalizar alguma coisa que você percebe na vida, passe a outro o que vê — pois acho que nossa consciência do espiritual está se expandindo exatamente dessa forma, não mais pela publicidade e a moda, mas pessoalmente, por um tipo de contágio psicológico positivo entre as pessoas.

Tudo o que qualquer um de nós tem de fazer é suspender as dúvidas e distrações apenas o tempo necessário... e milagrosamente essa realidade pode ser nossa.

SUMÁRIO

Prefácio

Paulo Coelho

James Redfield é um autor de muitos *insights*. Um deles se relaciona à consciência sobre as misteriosas coincidências que ocorrem na vida. Qualquer pessoa, que esteja alerta e conectada a esta energia interior, vai ser capaz de atrair uma série de eventos capazes de, por exemplo, criar um novo mundo ao seu redor. A força divina dirige nossas vidas para um destino particular, um fenômeno que Jung já chamou de *sincronicidade*, e esta percepção nos dá uma nova consciência na vida — aqui estou falando de vida mesmo, vida diária, cotidiano, acordar, trabalhar, dormir.

Os alquimistas afirmam que o universo conspira a nosso favor. É verdade. Isso é estar afinado com o primeiro *insight* proposto por Redfield.

Ter consciência de que as "coincidências" (aqui entre aspas) acontecem conosco, a todo instante, é o primeiro passo para que elas passem a acontecer cada vez mais. Se estou aqui, escrevendo este texto, sobre um autor com quem me identifico, não é uma simples "coincidência".

Tivemos um caminho parecido, pelo menos no seu início, eu e Redfield. Ele no sul dos Estados Unidos, onde trabalha e vive até hoje; eu em Copacabana, Rio de Janeiro, Brasil. Para que as pessoas lessem meu livro, eu ia nas livrarias, conversava com elas, trabalhava para que as coisas acontecessem (não há outra forma de qualquer coisa acontecer). Até que o movimento começa a se expandir e se amplia, ganhando rumos extremamente gratificantes.

Assim aconteceu com Redfield, logo que ele lançou "A Profecia Celestina", seu livro de estréia. Lançado discretamente, o livro passou de mão em mão, de amigo para amigo, e das pequenas livrarias dos Estados Unidos se tornou um grande sucesso nas cidades americanas. Daí para o mundo é um passo. Qual o mistério? Como explicar o caminho de um livro que, pelo menos aparentemente, se faz por si mesmo?

Existem qualidades indispensáveis, que tornam este livro especial, saboroso, gostoso de ler. Isso é importante, sim, e muito. "A Profecia Celestina" é um romance, conta uma história de aventura, uma parábola sobre a procura de um velho manuscrito. Dá vontade de ler sem parar, de mergulhar no espírito de aventura do livro, de acompanhar esta saga com prazer.

Um manuscrito é encontrado nas florestas do Peru, contendo nove visões ou *insights*, que revelam segredos sobre o nosso mundo. O leitor, a cada capítulo, conhece uma destas visões, recebendo um ensinamento. Estas lições estão relacionadas a algumas questões que intrigam os homens há muitos séculos. Quem somos nós? O que é espiritualidade? O que significa estar vivo?

Há alguns anos, vem se ampliando o interesse das pessoas por uma vida mais espiritualizada. Não estamos falando de religião ou de teologia, no seu sentido estrito, mas de uma consciência, uma conexão, com a realidade divina. Essa é uma das nossas potências. Com esta convicção, somos mais capazes de nos integrar ao mundo, e crescermos com alegria.

As visões apresentadas por Redfield provocam, em cada homem e mulher, o aumento desta consciência, a valorização de uma cultura espiritual na Terra. Este é o seu maior talento — como escritor, como homem: a capacidade de compartilhar uma mensagem universal de amor.

MASSA CRÍTICA

Subi até o restaurante, estacionei e me recostei no banco para pensar um pouco. Sabia que Charlene já estaria lá dentro, me esperando para conversar. Mas por quê? Eu não ouvira uma palavra dela em seis anos. Por que teria aparecido agora, logo agora, que eu me isolara na mata por uma semana?

Saltei da camionete e me dirigi ao restaurante. Às minhas costas, o último fulgor do poente mergulhava no ocidente, lançando clarões de um âmbar dourado sobre o estacionamento molhado. Um rápido aguaceiro encharcara tudo uma hora antes, e agora o entardecer de verão parecia fresco e renovado, e, devido à luz que se esvaía, quase surreal. Uma meia lua pairava acima.

Enquanto eu andava, velhas imagens de Charlene me inundavam a mente. Ainda estaria bonita, intensa? Como o tempo a teria mudado? E que pensar do tal manuscrito de que ela falara — um antigo artefato descoberto na América do Sul, sobre o qual mal podia esperar para me contar?

— Tenho uma espera de duas horas no aeroporto — ela dissera ao telefone. — Pode se encontrar comigo para jantar? Vai adorar o que diz este manuscrito: é simplesmente o seu tipo de mistério.

Meu tipo de mistério? Que queria dizer com aquilo?

Dentro, o restaurante estava lotado. Vários casais esperavam mesas. Quando encontrei a gerente, ela me disse que Charlene já se sentara, e me conduziu para uma área em terraço acima do salão principal de jantar.

Subi a escada e notei uma multidão em torno de uma das mesas. Na multidão, dois policiais. De repente, os policiais se viraram, passaram por mim correndo e desceram a escada. Enquanto o resto se dispersava, pude ver por trás dela a pessoa que parecia ter sido o centro das atenções — uma mulher, ainda sentada à mesa... Charlene!

Aproximei-me rapidamente dela.

— Charlene, que é que há? Algum problema?

Ela jogou a cabeça para trás com fingida exasperação e se levantou, lampejando seu famoso sorriso. Reparei que talvez tivesse o cabelo diferente, mas o rosto era exatamente como eu lembrava: traços delicados, boca grande, uns olhos azuis imensos.

— Você não vai acreditar — ela disse, puxando-me num abraço amistoso. — Fui ao banheiro há alguns minutos, e enquanto estive ausente alguém roubou minha pasta.

— Que tinha dentro dela?

— Nada de importante, só alguns livros e revistas que eu ia levar comigo na viagem. Que loucura. As pessoas nas outras mesas me disseram que alguém simplesmente entrou, pegou a pasta e saiu. Deram uma descrição à polícia, e os guardas disseram que iam vasculhar a área.

— Talvez fosse melhor eu ajudá-los a procurar?

— Não, não. Deixa pra lá. Não tenho muito tempo e preciso conversar com você.

Assenti e Charlene sugeriu que nos sentássemos. Um garçom se aproximou, olhamos o cardápio e pedimos. Depois disso, passamos uns dez ou quinze minutos jogando conversa fora. Eu tentava minimizar meu auto-imposto isolamento, mas Charlene percebeu minha vaguidão. Curvou-se para mim e tornou a me dar aquele sorriso.

— Então, que é que há com você *mesmo*? — perguntou.

Olhei os olhos dela, a maneira intensa como me olhava.

— Quer logo a história toda, não é?

— Sempre — ela respondeu.

— Bem, a verdade é que estou tirando algum tempo para mim mesmo no momento, e passando uma temporada no lago. Tenho trabalhado muito e estou pensando em mudar os rumos da minha vida.

— Me lembro que você falava desse lago. Achei que você e sua irmã iam ter de vendê-lo.

— Ainda não, mas o problema são os impostos territoriais. Como a região é tão perto da cidade, não param de subir.

Ela balançou a cabeça.

— E que vai fazer depois?

— Ainda não sei. Alguma coisa diferente.

Ela me lançou um olhar intrigante.

— Parece tão nervoso quanto todo mundo.

— Acho que sim — eu disse. — Por que pergunta?

— Está no Manuscrito.

Houve um silêncio, enquanto eu devolvia o olhar dela.

— Me fale desse Manuscrito — pedi.

Ela se recostou na cadeira como para reunir as idéias, depois me olhou nos olhos mais uma vez.

— Acho que falei ao telefone que deixei o jornal há vários anos, e entrei numa empresa de pesquisa que investiga mudanças demográficas e culturais, para as Nações Unidas. Meu último trabalho foi no Peru.

"Enquanto estava lá, concluindo uma pesquisa na Universidade de Lima, vivia ouvindo rumores sobre um velho Manuscrito que fora descoberto, só que ninguém conseguia me dar nenhum dos detalhes, nem mesmo nos departamentos de arqueologia e antropologia. Quando entrei em contato com o governo para pedir informações sobre isso, eles negaram qualquer conhecimento.

"Uma pessoa me disse que o governo na verdade estava tentando suprimir o documento, por algum motivo. Embora, também neste caso, ele não tivesse nenhum conhecimento direto.

"Você me conhece" — ela prosseguiu. — "Eu sou curiosa. Quando acabou minha tarefa, decidi ficar por lá uns dois dias para ver o que conseguia descobrir. No início, toda pista que eu seguia se revelava mais um beco sem saída, mas então, quando almoçava num café nos arredores de Lima, notei um padre me observando. Passados alguns minutos, ele se aproximou e admitiu que tinha me ouvido fazendo perguntas sobre o Manuscrito, antes, naquele dia. Não quis me revelar seu nome, mas concordou em responder a todas as minhas perguntas."

Ela hesitou um instante, ainda me olhando intensamente.

— Ele me disse que o Manuscrito remonta a cerca de 600 a.C. Prevê uma enorme transformação na sociedade humana.

— A partir de quando? — perguntei.

— Das duas últimas décadas do século 20.

— Agora?!

— É, agora.

— Que tipo de transformação deve ser? — perguntei.

Ela pareceu embaraçada um instante, depois respondeu com energia.

— O padre me disse que é uma espécie de renascer da consciência, que se dá muito devagar. Não é de natureza religiosa, mas espiritual. Estamos descobrindo alguma coisa nova sobre a vida humana neste planeta, sobre o sentido de nossa existência e, segundo o padre, esse conhecimento vai modificar sensacionalmente a cultura humana.

Ela fez uma nova pausa, depois acrescentou:

— O padre me disse que o Manuscrito se divide em partes, ou capítulos, cada um dedicado a uma determinada compreensão da vida. O Manuscrito prevê que nessa época os seres humanos vão começar a assimilar essas compreensões em seqüência, uma após a outra, como se a gente passasse de onde está agora para uma cultura completamente espiritual na Terra.

Eu balancei a cabeça e ergui uma sobrancelha, cinicamente.

— Você acredita mesmo nisso?

— Bem — ela respondeu. — Eu acho...

4

— Olhe em volta — interrompi, apontando as pessoas sentadas no salão abaixo de nós. — Este é o mundo real. Vê alguma coisa se modificando aí?

No momento em que eu dizia isso, ouviu-se uma observação furiosa numa mesa junto à parede mais distante, uma observação que não consegui entender, mas que fora bastante alta para emudecer todo o salão. A princípio achei que o distúrbio era outro roubo, mas depois percebi que era só um bate-boca. Uma mulher aparentando uns trinta anos levantou-se encarando indignada o homem sentado do outro lado da mesa.

— Não — berrou. — O problema é que este relacionamento não está saindo do jeito que eu queria! Entende? Não está saindo! — Recompôs-se, jogou o guardanapo na mesa e foi-se embora.

Charlene e eu nos fitamos, chocados com o fato de a explosão ter ocorrido no mesmo instante em que discutíamos as pessoas abaixo de nós. Por fim, ela indicou com a cabeça a mesa onde o homem ficara sozinho e disse.

— É o mundo real mudando.

— Como? — perguntei, ainda desconcertado.

— A transformação está começando com a Primeira Visão, e segundo o padre essa visão sempre aflora inconscientemente a princípio, com uma profunda sensação de inquietação.

— Inquietação?

— É.

— Que é que estamos procurando?

— É exatamente isso! No início, não temos certeza. Segundo o Manuscrito, estamos começando a vislumbrar uma forma de experiência alternativa... momentos em nossas vidas que parecem de algum modo diferentes, mais intensos e inspirados. Mas não sabemos o que é essa experiência, nem como fazer com que dure, e quando ela termina somos deixados insatisfeitos e inquietos com uma vida que mais uma vez parece comum.

— Você acha que era essa inquietação que estava por trás da raiva da mulher?

— Acho, sim. Ela é como todos nós. Estamos todos em busca de maior realização em nossas vidas, e não toleramos nada que pareça nos puxar para baixo. Essa busca inquieta é o que está por trás da atitude de "primeiro-eu" que caracterizou as últimas décadas, e está afetando todo mundo, de Wall Street às gangues de rua.

Ela me olhou diretamente.

— E quando se trata de nossas relações, nós ficamos tão exigentes que as estamos tornando quase impossíveis.

Essa observação trouxe de volta a lembrança de meus dois últimos relacionamentos. Ambos haviam começado intensamente, e fracassado um ano depois. Quando voltei a me concentrar de novo em Charlene, ela esperava com paciência.

— Que é, exatamente, que estamos fazendo com nossos relacionamentos amorosos? — perguntei.

— Eu conversei um longo tempo com o padre sobre isso — ela respondeu. — Ele disse que quando os dois parceiros num relacionamento são exigentes demais, quando cada um espera que o outro viva no seu mundo, que sempre esteja ali tomando parte nas atividades que ele ou ela prefere, surge inevitavelmente uma guerra de egos.

O que ela dizia me atingiu. Meus dois últimos relacionamentos haviam de fato degenerado em brigas de poder. Nas duas situações, nós nos descobrimos num conflito de compromissos. O ritmo era demasiado rápido. Tínhamos muito pouco tempo para coordenar nossas diferentes idéias sobre o que fazer, aonde ir, que interesses seguir. No final, a questão de quem ia liderar, quem ia dar as diretivas do dia, tinha-se tornado um problema insolúvel.

— Devido a essa batalha pelo controle — continuou Charlene — o Manuscrito diz que vamos achar muito difícil ficar com a mesma pessoa por qualquer período de tempo.

— Isso não parece lá muito espiritual — comentei.

— Foi exatamente o que eu disse ao padre — ela respondeu. — Ele me aconselhou a lembrar que embora a maioria dos males recentes da sociedade possa ser identificada com essa inquietação e busca, o problema é temporário e deixará de existir. Estamos finalmente tomando consciência do que buscamos de fato, do que é de fato essa outra experiência, mais satisfatória. Quando a compreendermos totalmente, teremos alcançado a Primeira Visão.

Nosso jantar chegou, e por isso fizemos uma pausa de vários minutos, enquanto o garçom servia mais vinho, e para provar a comida um do outro. Quando esticou o braço até o outro lado da mesa para tirar um naco de salmão do meu prato, Charlene franziu o nariz e deu um risinho. Compreendi como era descontraído estar com ela.

— Tudo bem — eu disse. — Que é essa experiência que estamos buscando? Que é a Primeira Visão?

Ela hesitou, como insegura de como começar.

— É difícil explicar — disse. — Mas o padre pôs as coisas assim. Disse que a Primeira Visão ocorre quando nos tornamos conscientes das *coincidências* em nossas vidas.

Curvou-se para mim.

— Alguma vez você já teve um palpite ou intuição sobre uma coisa que quisesse fazer? Um rumo que quisesse dar à sua vida? E se perguntou como isso poderia ocorrer? E então, depois de quase ter esquecido o assunto e se concentrado em outras coisas, de repente encontrou alguém, ou leu alguma coisa, ou foi a algum lugar que levou àquela mesma oportunidade que tinha vislumbrado?

"Bem", ela continuou, "segundo o padre essas coincidências têm ocorrido com freqüência cada vez maior, e quando ocorrem nos parecem superar o que se poderia esperar do puro acaso. Parecem destinadas, como se nossas vidas tivessem sido guiadas por uma força inexplicável. A experiência causa uma sensação de mistério e excitação, e em conseqüência nos sentimos mais vivos.

"O padre me disse que essa é a experiência que vislumbramos, e que agora tentamos manifestar o tempo todo.

Pessoas em número cada dia maior estão convencidas de que esse movimento misterioso é concreto e significa alguma coisa, que alguma outra coisa está acontecendo por baixo de suas vidas diárias. Essa consciência é a Primeira Visão."

Ela me olhou, expectante, mas eu não disse nada.

— Não está vendo? — ela perguntou. — A Primeira Visão é uma reconsideração do mistério inerente que cerca nossas vidas individuais neste planeta. Estamos experimentando essas coincidências misteriosas, e mesmo não as compreendendo ainda, sabemos que são reais. Estamos sentindo de novo, como na infância, que existe um outro lado da vida que ainda temos de descobrir, alguns outros processos atuando nos bastidores.

Charlene se curvava mais para mim, gesticulando com as mãos ao falar.

— Está mesmo envolvida nisso, não está? — perguntei.

— Eu me lembro de uma época — ela disse com firmeza — em que você falava desse tipo de experiência.

O comentário dela me sacudiu. Tinha razão. Houvera um período em minha vida em que eu experimentara de fato essas coincidências, e até mesmo tentara compreendê-las psicologicamente. Em algum ponto ao longo do percurso minha opinião mudara. Por algum motivo, passara a encarar essas coincidências como imaturas e irreais, e deixara até mesmo de notar.

Olhei diretamente para Charlene, e disse na defensiva:

— Provavelmente eu andava lendo filosofia oriental ou misticismo cristão naquela época. É isso que você lembra. De qualquer modo, já se escreveu muito sobre o que você chama de Primeira Visão, Charlene. Qual é a diferença agora? Como uma percepção de ocorrências misteriosas vai levar a uma transformação cultural?

Charlene baixou o olhar para a mesa um instante e tornou a erguê-lo para mim.

— Não interprete mal — disse. — Sem dúvida essa
consciência já foi sentida e descrita antes. Na verdade, o

padre fez questão de salientar que a Primeira Visão não era nova. Explicou que alguns indivíduos tiveram consciência dessas coincidências inexplicáveis em toda a história, que esta foi a percepção por trás de muitas grandes tentativas na filosofia e religião. Mas a diferença agora está no número. Segundo o padre, a transformação está ocorrendo hoje por causa do número de indivíduos que têm essa consciência ao mesmo tempo.

— Que é que ele quer dizer exatamente? — perguntei.

— Ele me disse que, segundo o Manuscrito, o número de pessoas conscientes dessas coincidências ia começar a aumentar sensacionalmente na sexta década do século 20. E que esse aumento ia continuar até um determinado momento do século seguinte, quando atingiríamos um nível específico desses indivíduos; um nível que eu concebo como uma massa crítica.

"O Manuscrito prevê", ela prosseguiu, "que assim que atingirmos tal massa crítica, toda a cultura começará a levar essas experiências coincidentes a sério. Vamos nos perguntar, em massa, que processo misterioso está por baixo da vida humana neste planeta. E será esta pergunta, feita ao mesmo tempo por um número suficiente de pessoas, que permitirá que as outras visões também venham à consciência — pois, segundo o Manuscrito, quando um número suficiente de indivíduos perguntar a sério o que ocorre na vida, começaremos a descobrir. As outras visões serão reveladas... uma após a outra.

Ela fez uma pausa para beliscar um pouco da comida.

— E quando atingirmos as outras visões — perguntei — a cultura mudará?

— Foi isso que o padre me disse — ela respondeu.

Olhei-a por um instante, pensando na idéia da massa crítica, e depois disse:

— Sabe, tudo isso me parece de uma incrível sofisticação para um Manuscrito escrito no ano 600 a.C.

— Eu sei — ela respondeu. — Eu mesma levantei essa questão. Mas o padre me garantiu que os estudiosos que primeiro traduziram o Manuscrito estavam absolutamente convencidos de sua autenticidade. Sobretudo porque foi escrito em aramaico, a mesma língua em que foi escrita grande parte do Velho Testamento.

— Aramaico na América do Sul? Como isso foi parar lá em 600 a.C.?

— O padre não sabia.

— A Igreja dele apóia o Manuscrito? — perguntei.

— Não — ela respondeu. — Ele me disse que a maioria do clero estava furiosamente tentando suprimir o Manuscrito. Por isso é que não quis me dizer seu nome. Aparentemente, só falar sobre o assunto já era muito perigoso para ele.

— Ele disse por que a maioria das autoridades da Igreja combatia o Manuscrito?

— Disse: porque contesta o caráter absoluto da religião deles.

— Como?

— Não sei com exatidão. Ele não discutiu muito isso, mas parece que as outras visões ampliam alguns dos conceitos tradicionais da Igreja de uma forma que assusta os clérigos mais velhos, que acham tudo ótimo do jeito que está.

— Entendo.

— O padre disse — continuou Charlene — que não acha que o Manuscrito solape qualquer dos princípios da Igreja. Se faz alguma coisa, é esclarecer com exatidão o que se quer dizer com essas verdades espirituais. Ele estava muito convicto de que os líderes da Igreja veriam esse fato se tentassem voltar a ver a vida como um mistério, e então passassem às outras visões.

— Ele lhe disse quantas visões havia?

— Não, mas falou na Segunda Visão. Me disse que é uma interpretação mais correta da história recente, uma interpretação que esclarece mais a transformação.

— Ele explicou isso?

— Não, não teve tempo. Me disse que precisava ir cuidar de um assunto. A gente combinou tornar a se encontrar naquela tarde, mas quando cheguei ele não estava lá. Esperei três horas, e não apareceu. Tive de partir finalmente para pegar meu vôo de volta para casa.

— Quer dizer que não conseguiu mais falar com ele?

— Isso mesmo. Nunca mais tornei a vê-lo.

— E nunca recebeu do governo qualquer confirmação sobre o Manuscrito?

— Nenhuma.

— Há quanto tempo foi isso?

— Há cerca de um mês e meio.

Durante vários minutos, comemos em silêncio. Afinal Charlene ergueu os olhos e perguntou:

— Que acha?

— Não sei — respondi. Parte de mim continuava cética em relação à idéia de que os seres humanos pudessem mudar de fato. Mas outra parte se espantava ao pensar que um Manuscrito falando nesses termos pudesse existir de fato.

— Ele lhe mostrou alguma cópia, ou alguma coisa? — indaguei.

— Não, tenho apenas minhas anotações.

Mais uma vez ficamos calados.

— Sabe — ela disse —, eu achava que você ia ficar realmente excitado com essas idéias.

Olhei-a.

— Acho que preciso de alguma prova de que o que esse Manuscrito diz é verdade.

Ela abriu de novo um grande sorriso.

— Que foi? — indaguei.

— Foi exatamente o que eu disse, também.

— A quem, ao padre?

— É.

— E que disse ele?

— Que a experiência é a prova.

— Que quis dizer com isso?

11

— Que nossa experiência confirma o que diz o Manuscrito. Quando refletimos de fato em como nos sentimos dentro de nós, em como nossas vidas estão indo neste momento da história, vemos que as idéias do Manuscrito fazem sentido, que soam autênticas. — Ela hesitou. — Faz algum sentido para você?

Pensei um instante. Faz sentido? Estará todo mundo tão inquieto quanto eu, e se estiver, resultará nossa inquietação da simples percepção — da simples consciência acumulada em trinta anos — de que há mais vida do que sabemos, mais do que podemos experimentar?

— Não sei ao certo — respondi afinal —, acho que preciso de algum tempo para pensar nisso.

Andei até o jardim ao lado do restaurante e fiquei parado atrás de um banco de cedro voltado para a fonte. À direita, via as luzes pulsantes do aeroporto, e ouvia os motores roncantes de um jato pronto para decolar.

— Que belas flores — disse Charlene às minhas costas.

Voltei-me e a vi aproximando-se pelo passadiço, admirando as fileiras de petúnias e begônias que ladeavam a área de sentar-se. Ficou parada a meu lado e eu passei o braço em torno dela. Lembranças me inundaram a mente. Anos atrás, quando ambos morávamos em Charlottesville, na Virgínia, tínhamos passado tardes inteiras juntos conversando. A maioria de nossas conversas era sobre teorias acadêmicas e crescimento psicológico. Éramos fascinados pelas conversas e um pelo outro. Contudo, me ocorreu como sempre fora platônica a nossa relação.

— Não imagina — ela disse — como é bom ver você de novo.

— Eu sei — respondi. — Ver você traz de volta muitas lembranças.

— Eu me pergunto por que não nos mantivemos em contato?

Sua pergunta me levou mais uma vez ao passado. Lembrei-me da última vez que vira Charlene. Ela se despedia de mim, em meu carro. Naquela época eu me sentia cheio de idéias novas e estava partindo de minha cidade natal para trabalhar com crianças seriamente maltratadas. Achava que sabia como tais crianças podiam transcender as reações intensas, o fingimento obsessivo, que as impediam de viver suas vidas. Mas com o passar do tempo, minha visão não deu certo. Tive de admitir minha ignorância. De que modo os seres humanos poderiam libertar-se de seus passados continuava sendo um enigma para mim.

Revendo os seis anos anteriores, eu tinha agora certeza de que a experiência valera a pena. Contudo, também sentia a urgência de seguir em frente. Mas para onde? Fazer o quê? Só tinha pensado em Charlene umas poucas vezes, desde que ela me ajudara a cristalizar minha idéia sobre trauma infantil, e agora ali estava ela de novo, de volta à minha vida — e nossa conversa era tão emocionante quanto antes.

— Acho que me absorvi inteiramente em meu trabalho — eu disse.

— Eu também — ela respondeu. — No jornal, era uma matéria atrás da outra. Eu não tinha tempo de erguer a cabeça. Esqueci tudo mais.

Pus a mão no ombro dela.

— Sabe, Charlene, eu tinha esquecido como são boas as nossas conversas; parecem tão fáceis e espontâneas.

Os olhos e o sorriso dela confirmaram minha constatação.

— Eu sei — ela disse —, as conversas com você me passam muita energia.

Eu ia fazer outro comentário quando Charlene olhou fixamente a entrada do restaurante às minhas costas. Ficou com o rosto angustiado e pálido.

— Que há? — perguntei, voltando-me para olhar naquela direção. Várias pessoas se dirigiam ao estacionamento, conversando casualmente, mas nada me pareceu fora do comum. Tornei a voltar-me para Charlene. Ela ainda parecia assustada e confusa.

— Que é que há? — repeti.

— Ali perto da primeira fila de carros. Viu aquele homem de camisa cinza?

Olhei de novo para o estacionamento. Outro grupo saía pela porta. — Que homem?

— Acho que não está mais lá — ela respondeu, esforçando-se para ver.

Olhou-me direto nos olhos.

— Quando as pessoas nas outras mesas descreveram o homem que roubou minha pasta, disseram que ele tinha cabelos ralos e barba, e vestia uma camisa cinza. Acho que acabei de vê-lo ali entre os carros... vigiando a gente.

Um nó de ansiedade formou-se em meu estômago. Eu disse a Charlene que voltava já e fui ao estacionamento dar uma olhada, tendo o cuidado de não me afastar muito. Não vi ninguém que se enquadrasse na descrição.

Quando voltei ao banco, Charlene chegou um passo mais perto de mim e disse com suavidade:

— Acha que essa pessoa pensa que eu tenho uma cópia do Manuscrito? E por isso pegou minha pasta? Estará tentando recuperá-lo?

— Não sei — respondi. — Mas vamos chamar a polícia de novo e contar o que você viu. Acho que eles devem checar também os passageiros do seu vôo.

Entramos e chamamos a polícia, e quando eles chegaram informamos o que havia ocorrido. Levaram vinte minutos inspecionando cada carro, depois explicaram que não podiam ficar mais tempo. Concordaram em checar todos os passageiros no embarque do avião em que Charlene ia viajar.

Depois que a polícia se foi, ela e eu nos descobrimos de novo parados sozinhos junto à fonte.

— De que é que estávamos falando mesmo? — ela perguntou. — Antes que eu visse aquele homem?

— Da gente — respondi. — Charlene, por que pensou em entrar em contato comigo sobre tudo isso?

Ela me lançou um olhar de perplexidade.

— Lá no Peru, enquanto o padre me falava do Manuscrito, você não saía do meu pensamento.

— É mesmo?

— Não pensei muito nisso então — ela continuou — porém mais tarde, depois que voltei para a Virgínia, todas as vezes que eu pensava no Manuscrito, me lembrava de você. Comecei a discar para você várias vezes, mas sempre alguma coisa me distraía. Depois, recebi essa tarefa em Miami, para onde estou indo agora, e descobri, após entrar no avião, que ia fazer uma escala aqui. Quando desembarquei, procurei seu número. Sua secretária eletrônica dizia para só procurar você no lago em caso de emergência, mas decidi que seria bom ligar.

Olhei um instante para ela, sem saber o que pensar.

— Claro — respondi por fim. — Estou feliz que tenha ligado.

Charlene deu uma olhada em seu relógio.

— Está ficando tarde. É melhor eu voltar para o aeroporto.

— Levo você de carro.

Fomos para o terminal principal e andamos até a área de embarque. Eu vigiava com cuidado, atento para qualquer coisa incomum. Quando chegamos, o pessoal já estava embarcando, e um dos policiais que encontráramos observava cada passageiro. Quando nos aproximamos dele, disse que checara todos a bordo e nenhum correspondia à descrição do ladrão.

Agradecemos a ele e, depois que se foi, Charlene se voltou e sorriu para mim.

— Acho melhor eu ir — disse, estendendo o braço para meu pescoço. — Aqui estão meus números de telefone. Desta vez vamos manter contato.

— Escuta — eu disse. — Quero que tome cuidado. Se vir alguma coisa estranha, chame a polícia!

15

— Não se preocupe comigo — ela respondeu. — Vou ficar bem.

Durante um momento nos entreolhamos no fundo dos olhos.

— Que vai fazer em relação ao tal Manuscrito? — perguntei.

— Não sei. Esperar notícias pela imprensa, acho.

— Como, se foi proibido?

Ela me deu outro de seus generosos sorrisos.

— Eu sabia — ela disse. — Você mordeu o anzol. Eu disse que você ia adorar. Que vai fazer *você* a respeito?

Dei de ombros.

— Ver se posso descobrir mais alguma coisa sobre ele, provavelmente.

— Ótimo. Se descobrir, me conte.

Despedimo-nos mais uma vez e ela se foi. Fiquei olhando quando ela se virou uma vez e acenou, e depois desapareceu no túnel de embarque. Fui andando até a camionete e voltei ao lago, parando apenas para pôr gasolina.

Quando cheguei, saí para a varanda protegida com tela e me sentei numa das cadeiras de balanço. A noite vibrava com ruídos de grilos e rãs, e eu ouvia ao longe uma ave noturna. Do outro lado do lago, a lua baixara mais no oeste e mandava pela superfície da água uma esteira de reflexo ondulado em minha direção.

A noite tinha sido interessante, mas eu continuava cético em relação a toda aquela idéia de transformação cultural. Como muita gente, me sentira atraído pelo idealismo social dos anos 60 e 70, e até mesmo pelas preocupações espirituais dos 80. Mas era difícil julgar o que acontecia de fato. Que tipo de informação nova seria capaz de alterar todo o mundo humano? Tudo soava demasiado idealista e exagerado. Afinal, os seres humanos vivem neste planeta há muito tempo. Por que iríamos de repente adquirir uma percepção da existência agora, tão tardiamente? Fiquei olhando a água lá fora mais alguns minutos, depois apaguei as luzes e fui para o quarto ler.

Na manhã seguinte acordei sobressaltado, com um sonho ainda vívido na mente. Durante um ou dois minutos fiquei com os olhos presos no teto do quarto, lembrando-o inteiramente.

Em minha busca, eu me via em inúmeras situações onde me sentia totalmente perdido e desnorteado, incapaz de decidir o que fazer. Incrivelmente, em cada um desses momentos surgia uma pessoa do nada, como de propósito para esclarecer aonde eu deveria ir em seguida. Eu jamais soube do objeto de minha busca, mas o sonho me deixou inacreditavelmente exaltado e confiante.

Sentei-me na cama e notei um raio de sol entrando pela janela e atravessando o quarto. Cintilava com as partículas suspensas de poeira. Fui até lá e abri as cortinas. Fazia um dia glorioso: céu azul, sol brilhante. Uma brisa constante balançava as árvores. O lago estaria ondulado e resplandecente àquela hora do dia, e o vento gelado na pele úmida do nadador.

Saí e dei um mergulho. Voltei à tona e nadei até o meio do lago, virando-me de costas para olhar as conhecidas montanhas. O lago ficava num vale profundo, onde convergiam três cristas de montanha, a paisagem lacustre perfeita descoberta por meu avô na juventude.

Fazia já uma centena de anos que ele, garoto explorador, escalara aquelas cristas, um prodígio a surgir num mundo ainda selvagem, com pumas, javalis e índios Creek, que viviam em cabanas rudimentares na montanha norte. Ele jurara então que um dia moraria naquele vale perfeito, com suas enormes árvores velhas e suas sete nascentes, e acabara construindo um lago e uma cabana, e dando longas caminhadas com um neto jovem. Jamais entendi direito a fascinação de meu avô por aquele vale, mas sempre tentara preservar a terra, mesmo quando a civilização a invadira, e depois a envolvera.

Do meio do lago, eu via uma determinada rocha aflorando perto da crista norte. Na véspera, na tradição de meu avô, eu subira até aquele penhasco, tentando encontrar um pouco de paz na paisagem, nos aromas e na maneira como o vento rodopiava nas copas das árvores. E sentado ali em cima, examinando o lago e a densa folhagem no vale lá embaixo, fora me sentindo aos poucos melhor, como se a energia e a perspectiva dissolvessem algum bloqueio em meu pensamento. Poucas horas depois, estava conversando com Charlene e ouvindo falar do Manuscrito.

Voltei nadando e subi no ancoradouro de madeira defronte à cabana. Sabia que tudo aquilo era demais para acreditar. Quer dizer, ali estava eu me escondendo naqueles morros, me sentindo inteiramente desencantado com minha vida, e de repente aparece Charlene e explica a causa de minha inquietação — citando um certo manuscrito antigo que promete o segredo da existência humana.

Mas também sabia que a chegada de Charlene era exatamente uma daquelas coincidências de que falava o Manuscrito, a coincidência que parecia demasiado improvável para ser resultado de um simples acaso. Poderia aquele antigo documento estar certo? Teríamos estado nós a formar lentamente, apesar de nossa negação e cinismo, uma massa crítica de pessoas conscientes daquelas coincidências? Estariam os seres humanos agora em posição de compreender esse fenômeno, e portanto de entender afinal o objetivo por trás da própria vida?

Que seria, eu me perguntava, essa nova compreensão? Iriam as visões restantes no Manuscrito nos responder, como dissera o padre?

Eu estava diante de uma decisão. Por causa do Manuscrito, sentia que uma nova direção se abria para minha vida, um novo ponto de interesse. A questão era: o que fazer agora? Eu podia ficar ali ou encontrar uma maneira de pesquisar mais. Veio-me à mente a questão do perigo.

Quem teria roubado a pasta de Charlene? Seria alguém agindo para suprimir o Manuscrito? Como eu poderia saber?

Pensei muito tempo no risco possível, mas acabou prevalecendo meu estado de espírito de otimismo. Decidi não me preocupar. Teria cuidado e iria devagar. Entrei e telefonei para a agência de viagens de maior anúncio nas páginas amarelas. O agente com quem falei disse que na verdade podia marcar uma viagem ao Peru. Na verdade, por sorte, havia um cancelamento que eu poderia pegar — um vôo com reserva já confirmada num hotel em Lima. Disse que eu teria todo o pacote com desconto... se pudesse partir em três horas.

Três horas.

O AGORA
MAIS LONGO

Após um frenesi de arrumação de mala e uma corrida louca pela auto-estrada, cheguei ao aeroporto com tempo apenas suficiente para pegar minha passagem e embarcar no avião para o Peru. Quando entrei no corredor do avião e me sentei numa poltrona à janela, a fadiga tomou conta de mim.

Pensei em tirar um cochilo, mas quando me espichei e fechei os olhos, descobri que não conseguia relaxar. De repente, me sentia nervoso e ambivalente em relação à viagem. Não era loucura partir sem nenhuma preparação? Para onde eu iria no Peru? Com quem ia falar?

A confiança que sentira no lago desvanecia-se rapidamente de volta ao ceticismo. A Primeira Visão e a idéia de uma transformação cultural voltavam a parecer ambas fantasiosas e irrealistas. E quando pensava a respeito, o conceito de uma Segunda Visão parecia igualmente inverossímil. Como poderia uma nova perspectiva histórica instituir nossa percepção dessas coincidências e mantê-las conscientes na mente do público?

Espichei-me mais e inspirei fundo. Talvez fosse uma viagem inútil, concluí, apenas uma rápida ida e volta ao Peru. Um desperdício de dinheiro talvez, mas sem prejuízo de fato para ninguém.

O avião arrancou e manobrou, saindo para a pista. Fechei os olhos e senti uma leve tontura quando o grande jato atingiu a velocidade crítica e se elevou para dentro de uma densa camada de nuvens. Quando por fim alcançamos a altitude de cruzeiro, relaxei afinal e caí no sono. Trinta ou quarenta minutos depois, um trecho de turbulência me despertou e decidi ir ao banheiro.

Quando atravessava a sala de lazer, notei um homem alto, de óculos redondos, de pé junto à janela, conversando com um comissário. Tinha cabelos castanho-escuros e aparentava uns quarenta e cinco anos. Por um instante, julguei tê-lo reconhecido, mas depois de ver de perto suas feições concluí que não era ninguém conhecido. Quando passei, pude ouvir parte da conversa.

— Obrigado mesmo assim — dizia o homem. — Só achei que, como o senhor vai ao Peru com tanta freqüência, podia ter ouvido falar alguma coisa sobre o Manuscrito.

Deu as costas e foi para a parte da frente do avião.

Eu estava perplexo. Estaria falando do mesmo Manuscrito? Entrei no banheiro e tentei decidir o que fazer. Parte de mim queria esquecer aquilo tudo. É provável que o homem estivesse falando de outra coisa, de um outro livro.

Voltei para minha poltrona e fechei os olhos mais uma vez, satisfeito por apagar o incidente, feliz por não ter perguntado ao homem a que se referia. Mas, ali sentado, lembrei-me da excitação que sentira no lago. E se aquele homem na verdade tivesse alguma informação sobre o Manuscrito? Que poderia acontecer então? Se eu não perguntasse, jamais iria saber.

Hesitei várias vezes em minha idéia, e acabei por me levantar e ir para a frente do avião, encontrando-o mais ou menos no meio do corredor. Logo atrás dele havia uma poltrona vazia. Voltei e disse ao comissário que queria trocar de lugar, depois juntei minhas coisas e peguei a poltrona. Alguns minutos depois, toquei-lhe o ombro.

— Me desculpe — eu disse. — Ouvi você falar de um manuscrito. Estava se referindo a um que foi descoberto no Peru?

Ele me olhou surpreso, depois cauteloso.

— Sim, estava — disse, meio hesitante.

Eu me apresentei e expliquei que uma amiga estivera no Peru há pouco e me informara da existência do Manuscrito. Ele relaxou visivelmente e se apresentou como Wayne Dobson, professor-assistente de história da Universidade de Nova York.

Enquanto conversávamos, notei um ar de irritação no senhor sentado a meu lado. Ele se recostara em sua poltrona e tentava dormir.

— Você viu o Manuscrito? — perguntei ao professor.

— Trechos dele — respondeu. — E você?

— Não, minha amiga me falou da Primeira Visão.

O homem junto de mim mudou de posição.

Dobson olhou para ele.

— Desculpe-me, senhor, sei que o estamos perturbando. Seria muito incômodo para o senhor trocar de lugar comigo?

— Não — respondeu o homem. — Seria melhor.

Saímos todos para o corredor, depois eu deslizei de volta para o assento da janela, e·Dobson se sentou a meu lado.

— Me diga o que soube a respeito da Primeira Visão — ele me pediu.

Fiz uma pausa por um instante, tentando me lembrar do que compreendera.

— Acho que a Primeira Visão é uma consciência das misteriosas ocorrências que mudam a vida da gente, a sensação de que há outro processo atuando.

Sentia-me absurdo dizendo isso.

Dobson percebeu meu mal-estar.

— Que acha dessa Visão? — perguntou.

— Não sei — respondi.

— Não se encaixa muito em nosso senso prático moderno, não é? Não se sentiria melhor abandonando a idéia toda e voltando a pensar em problemas práticos?

Ri e balancei a cabeça, afirmativamente.

— Bem, essa é a tendência de todo mundo. Mesmo que às vezes tenhamos a nítida visão de que há mais alguma coisa ocorrendo na vida, nosso modo habitual de pensar é considerar essas idéias incognoscíveis e dar de ombros a toda consciência. É por isso que a Segunda Visão é necessária. Assim que vemos a origem histórica de nossa consciência, ela parece mais válida.

Fiz que sim com a cabeça.

— Então, como historiador, você acha que a previsão do Manuscrito, de uma transformação global, é exata?

— Acho.

— Como historiador?

— Sim! Mas você tem de olhar a história da maneira correta. — Ele respirou fundo. — Acredite-me, eu digo isso como uma pessoa que passou muitos anos estudando e ensinando história do modo errado! Eu me concentrava apenas nas conquistas tecnológicas da civilização e nos grandes homens que proporcionaram esse progresso.

— Que há de errado nessa visão?

— Nada, no que se refere a ela. Mas o que importa na verdade é a visão do mundo de cada época histórica, o que as pessoas sentiam e pensavam. Levei muito tempo para compreender isso. Supõe-se que a história oferece um conhecimento do contexto mais amplo no qual transcorrem nossas vidas. História não é só a evolução tecnológica; é a evolução do pensamento. Compreendendo a realidade das pessoas que nos precederam, podemos ver por que vemos o mundo como vemos, e qual é nossa contribuição para que ele continue. Podemos precisar onde entramos nós, por assim dizer, no desenvolvimento mais amplo da civilização, e isso nos dá um senso de aonde estamos indo.

Ele fez uma pausa, e continuou:

— O efeito da Segunda Visão é dar exatamente esse tipo de perspectiva histórica, pelo menos do ponto de vista do pensamento ocidental. Ela põe as previsões do Manuscrito num contexto mais amplo, que as faz parecer não apenas plausíveis, mas inevitáveis.

Perguntei a Dobson a quantas visões ele tivera acesso, e ele me disse que apenas às duas primeiras. Contou que as   23 descobrira depois que um boato sobre o Manuscrito motivara uma curta viagem ao Peru três meses antes.

— Assim que cheguei ao Peru — continuou — conheci um casal que confirmou a existência do Manuscrito, mas pareciam mortos de medo só de falar dele. Disseram que o governo tinha ficado meio *loco* e fazia ameaças físicas a qualquer um que tivesse cópias ou espalhasse informações.

Assumiu uma expressão séria.

— Isso me deixou nervoso. Mas depois um garçom em meu hotel me falou de um padre que ele conhecia, e que vivia falando do Manuscrito. O garçom disse que o padre estava tentando se opor à tentativa do governo de suprimir o artefato. Não pude resistir a ir a uma casa particular onde esse padre supostamente passava a maior parte do tempo.

Devo ter parecido surpreso, pois Dobson perguntou:

— Que foi?

— Minha amiga — respondi —, a que me falou sobre o Manuscrito, ficou sabendo o que sabia por um padre. Ele não lhe disse seu nome, mas ela conversou com ele uma vez sobre a Primeira Visão. Combinou de encontrá-lo outra vez, mas ele não apareceu.

— Talvez seja o mesmo homem — disse Dobson. — Porque eu também não consegui encontrá-lo. A casa estava trancada e parecia deserta.

— Nunca o viu?

— Não, mas decidi procurar por lá. Um velho depósito nos fundos estava aberto, e por algum motivo decidi examiná-lo por dentro. Atrás de um pouco de lixo, sob um quadro-negro solto encostado na parede, encontrei traduções da Primeira e Segunda Visões.

Ele me olhou com ar experiente.

— Deu com elas por acaso? — perguntei.

— É.

— Trouxe as Visões nesta viagem?

Ele balançou a cabeça.

— Não. Decidi estudá-las minuciosamente, e depois
24 deixá-las com alguns dos meus colegas.

— Pode me dar um resumo da Segunda Visão?

Fez-se uma longa pausa, e depois Dobson sorriu, assentindo.

— Imagino que é por isso que estamos aqui.

"A Segunda Visão", disse, "põe nossa consciência atual numa perspectiva histórica mais ampla. Afinal, quando a década de 90 terminar, estaremos chegando ao fim não apenas do século 20, mas também de um período de mil anos de história. Estaremos completando todo o segundo milênio. Antes que nós, do Ocidente, possamos entender onde estamos, e o que vai ocorrer em seguida, temos de compreender o que andou de fato acontecendo durante este período de mil anos."

— Que diz o Manuscrito exatamente? — perguntei.

— Diz que no fim do segundo milênio, ou seja, agora, seremos capazes de ver todo esse período histórico como um todo, e identificaremos uma determinada preocupação que surgiu durante a última metade deste milênio, no que foi chamado de Idade Moderna. Nossa consciência das coincidências hoje representa uma espécie de despertar dessa preocupação.

— Que preocupação? — perguntei.

Ele me lançou um sorriso meio maroto.

— Está disposto a tornar a viver o milênio?

— Lógico, me conte.

— Não basta que eu lhe conte. Lembre-se do que eu disse antes: para compreender a história, temos de compreender como se desenvolveu nossa própria visão cotidiana do mundo, como foi criada pela realidade das pessoas que nos precederam. Foram necessários mil anos para a evolução do modo moderno de ver as coisas, e para você entender realmente onde está hoje, é preciso remontar ao ano 1000, e daí avançar por todo o milênio, experimentando-o, como se você próprio tivesse de fato vivido todo o período numa única vida.

— Como faço isso?

— Eu o oriento.

Hesitei um momento, olhando pela janela as formações de terra muito abaixo. O tempo já parecia diferente.

— Vou tentar — eu disse por fim.

— Tudo bem — ele respondeu. — Se imagine vivendo no ano 1000, no que chamamos de Idade Média. A primeira coisa que tem de entender é que a realidade dessa época está sendo definida pelos poderosos eclesiásticos da Igreja cristã. Devido à sua posição, esses homens exercem grande influência sobre a mente da população. E o mundo que esses eclesiásticos descrevem como real é, acima de tudo, espiritual. Estão criando uma realidade que põe a idéia que eles fazem do plano de Deus para a humanidade no centro mesmo da vida.

"Visualize isso", ele prosseguiu. "Você se descobre na classe de seu pai — essencialmente camponês ou aristocrata — e sabe que vai ficar sempre confinado nessa classe. Mas independentemente da classe a que pertença, ou do trabalho determinado que faça, logo compreende que a posição social é secundária em relação à realidade espiritual da vida como definida pelos clérigos.

"Descobre que a vida é passar numa prova espiritual. Os eclesiásticos explicam que Deus pôs a humanidade no centro de seu universo, cercado por todo o cosmos, para uma finalidade solitária: conquistar ou perder a salvação. E nesse julgamento você tem de escolher corretamente entre duas forças opostas: a força de Deus e as tentações ocultas do diabo.

"Mas entenda que você não enfrenta essa disputa sozinho", ele continuou. "Na verdade, como simples indivíduo, não está qualificado para determinar seu status a esse respeito. Esse é o domínio dos eclesiásticos; eles estão lá para interpretar as escrituras sagradas e revelar a você, a cada passo, se você está em harmonia com Deus ou ludibriado por Satanás. Se você seguir as instruções deles, terá assegurada uma vida após a morte recompensadora. Mas se não seguir o curso que eles prescrevem, aí, bem... há a excomunhão e a certeza da condenação."

Dobson me olhou intensamente.

— O Manuscrito diz que o importante a compreender aqui é que todo aspecto do mundo medieval é definido em termos de um outro mundo. Todos os fenômenos da vida, desde o risco de um temporal ou terremoto até o sucesso da colheita ou a morte de um ser amado, são definidos como vontade de Deus ou malícia do diabo. Não há nenhuma idéia de clima, nem forças geológicas, nem horticultura ou doença. Tudo isso é secundário. Por ora, você crê inteiramente nos homens da igreja; o mundo que tem como certo funciona apenas por meios espirituais.

Ele parou de falar e me olhou.

— Ainda está interessado?

— Sim, posso ver essa realidade.

— Bem, imagine essa realidade agora começando a desmoronar.

— Que quer dizer?

— A visão medieval do mundo, a sua visão do mundo, começa a ruir nos séculos 14 e 15. A princípio, você nota algumas impropriedades dos próprios eclesiásticos: violando em segredo os votos de castidade, por exemplo, ou aceitando espórtulas para ignorar quando as autoridades governamentais violam as leis das escrituras.

"Essas impropriedades o perturbam, pois esses clérigos afirmam que são a única ligação entre você e Deus. Lembre-se de que eles são os únicos intérpretes das escrituras, os únicos árbitros de sua salvação.

"De repente, você está no meio de uma franca revolta. Um grupo liderado por Martinho Lutero convoca a um completo rompimento com o cristianismo papal. Dizem que os eclesiásticos são corruptos, e exigem o fim do reinado deles sobre a mente do povo. Formam-se novas igrejas, com base na idéia de que cada pessoa deve poder ter acesso individual às escrituras e interpretá-las como quiser, sem intermediários.

"Sob seus olhos incrédulos, a revolta triunfa. Os padres começam a perder. Durante séculos, esses homens definiram a realidade, e agora, diante de você, perdem a credibilidade. Portanto, todo o mundo é posto em questão. O nítido consenso sobre a natureza do universo e o propósito da humanidade aqui, baseado como era na descrição dos eclesiásticos, entra em colapso — deixando você e todos os outros seres humanos na cultura ocidental numa situação bastante precária.

"Afinal, você se acostumou a ter uma autoridade em sua vida para definir a realidade, e sem essa orientação externa se sente confuso e perdido. Se a descrição da realidade e da razão da existência humana pelos eclesiásticos está errada, você se pergunta: então, qual é a certa?"

Ele parou um instante.

— Percebe o impacto desse colapso sobre as pessoas da época?

— Acho que deve ter sido meio perturbador — eu disse.

— Para dizer o mínimo — ele respondeu. — Foi um abalo terrível. A visão do mundo antigo era contestada em toda parte. Na verdade, no ano 1600 os astrônomos já haviam provado além de qualquer dúvida que o Sol e as estrelas não giravam em torno da Terra, como defendia a Igreja. Claramente a Terra era apenas um pequeno planeta em órbita de um Sol menor, numa galáxia que continha bilhões desses astros.

Ele se curvou para mim.

— Isso é importante. A humanidade perdeu seu lugar no centro do universo de Deus. Percebe o efeito disso? Hoje, quando você observa o clima, ou plantas crescendo, ou alguém morrendo de repente, o que sente é uma ansiosa perplexidade. Antes, podia dizer que o responsável era Deus, ou o diabo. Mas quando a visão do mundo antigo desmorona, leva consigo essa certeza. Tudo o que você tinha como certo agora precisa de nova definição, sobretudo a natureza de Deus e sua relação com ele.

"Com essa consciência", ele prosseguiu, "começa a

Idade Moderna. Há um espírito democrático cada vez

maior, e uma descrença geral na autoridade papal e monárquica. As definições do universo baseadas na especulação ou na fé nas escrituras não são mais aceitas automaticamente. Apesar da perda de certeza, não queríamos correr o risco de algum novo grupo controlar nossa realidade como os eclesiásticos. Se você estivesse lá, teria participado da criação de um novo mandato para a ciência."

— Um o quê?

Ele riu.

— Você teria olhado esse vasto e indefinido universo exterior e pensado, como fizeram os filósofos de então, que precisávamos de um método formador de consenso, uma maneira de explorar sistematicamente aquele nosso novo mundo. E teria chamado essa nova forma de descobrir a realidade de método científico, que não é mais do que testar uma idéia de como funciona o universo, chegando depois a uma conclusão, e apresentando essa conclusão a outros para ver se concordam.

"Aí", continuou, "você teria preparado exploradores para sair por esse novo universo, cada um armado do método científico, e teria dado a eles sua missão histórica: explorar esse espaço e descobrir como ele funciona, e o que significa estarmos nós próprios vivos aqui.

"Você sabia que tinha perdido sua certeza sobre um universo governado por Deus, e portanto sobre a natureza do próprio Deus. Mas sentira que tinha um método, um processo formador de consenso, através do qual podia descobrir a natureza de tudo em volta, inclusive Deus e o sentido da existência da humanidade no planeta. Assim, mandou os exploradores saírem para descobrir a verdadeira natureza da sua situação e comunicá-la na volta."

Ele parou e me olhou.

— O Manuscrito — explicou — diz que nesse ponto começa a preocupação da qual estamos despertando hoje. Mandamos esses exploradores saírem em busca de uma explicação completa de nossa existência, mas devido à complexidade do universo eles não conseguiram voltar logo. 29

— Qual era a preocupação?

— Se ponha mais uma vez naquela época — ele me disse. — Quando o método científico não conseguiu trazer de volta um novo quadro de Deus e do sentido da humanidade no planeta, a falta de certeza e explicação atingiu profundamente a cultura ocidental. Precisávamos de alguma outra coisa para fazer até que nossas perguntas fossem respondidas. Acabamos chegando ao que parecia ser uma solução bastante lógica. Nos olhamos uns aos outros e dissemos: "Bem, como os exploradores ainda não voltaram com nossa verdadeira situação espiritual, por que não nos instalamos neste nosso novo mundo enquanto esperamos? Certamente estamos aprendendo o suficiente para manipular este novo mundo em nosso benefício, logo por que não trabalharmos neste meio tempo para elevar nosso padrão de vida, nosso senso de segurança no mundo?"

Ele me olhou e deu um sorriso.

— E foi o que fizemos. Há quatro séculos! Nos livramos da sensação de estar perdidos tomando a coisa em nossas mãos, nos concentrando na conquista da Terra e usando os recursos dela para melhorar nossa situação, e só agora, quando nos aproximamos do fim do milênio, podemos ver o que aconteceu. Nossa concentração foi aos poucos se tornando uma preocupação. Nos perdemos totalmente ao criar uma segurança secular, econômica, em substituição à espiritual que havíamos perdido. A questão do motivo de estarmos vivos, do que na verdade estava acontecendo aqui espiritualmente, foi aos poucos sendo posta de lado e reprimida inteiramente.

Ele me olhou intensamente, e disse:

— O trabalho para estabelecer um estilo de sobrevivência mais confortável passou a parecer completo em si e por si, como uma razão para viver, e gradual e metodicamente esquecemos nossa pergunta original... Esquecemos que ainda não sabemos para que estamos sobrevivendo.

Pela janela, vi muito abaixo uma cidade grande. A julgar por nossa rota de vôo, desconfiei de que fosse Orlando, na Flórida. Fiquei impressionado com o traçado geométrico de ruas e avenidas, a configuração planejada e ordenada do que seres humanos haviam construído. Olhei para Dobson. Ele tinha os olhos fechados, parecia ter adormecido. Durante uma hora me falara mais sobre a Segunda Visão, depois chegara nosso lanche, nós o comêramos e eu lhe falara de Charlene e do meu motivo para ir ao Peru. Depois disso, eu queria apenas olhar as formações de nuvens lá fora e pensar no que ele havia dito.

— Então, em que está pensando? — ele me perguntou de repente, olhando-me com um ar estremunhado. — Compreendeu a Segunda Visão?

— Não tenho certeza.

Ele indicou com a cabeça os outros passageiros.

— Acha que tem uma perspectiva mais clara do mundo humano? Vê como todo mundo tem andado preocupado? Essa perspectiva explica muita coisa. Quantas pessoas você conhece obcecadas com o trabalho, ou do tipo A, ou que sofrem de males relacionados com o estresse e não conseguem diminuir a marcha. Não conseguem porque usam sua rotina para distrair-se, para restringir a vida apenas às suas considerações práticas. E fazem isso para evitar a lembrança de como se sentem inseguras em relação ao motivo de estarem vivas.

"A Segunda Visão amplia nossa consciência do tempo histórico — acrescentou. — Nos mostra como observar a cultura não apenas da perspectiva de nosso tempo de vida, mas de todo um milênio. Revela-nos nossa preocupação e assim nos eleva acima dela. Você acabou de viver essa história mais longa. Agora vive num *agora mais longo*. Quando olha o mundo hoje, deve poder ver com clareza essa obsessividade, a intensa preocupação com o progresso econômico."

— Mas que há de errado nisso? — protestei. — Foi o que tornou grande a civilização ocidental.

Ele riu alto.

— Claro, tem razão. Ninguém está dizendo que foi errado. Na verdade, o Manuscrito diz que a preocupação era um fato necessário, um estágio na evolução humana. Agora, porém, já gastamos bastante tempo nos instalando no mundo. Chegou a hora de despertar da preocupação e reconsiderar nossa pergunta original. Que está por trás da vida neste planeta? Por que estamos aqui na verdade?

Olhei-o durante um longo tempo, e depois perguntei:

— Você acredita que as outras Visões explicam essa finalidade?

Dobson inclinou a cabeça.

— Acho que vale uma olhada. Só espero que ninguém destrua o resto do Manuscrito antes que tenhamos uma oportunidade de descobrir.

— Como poderia o governo peruano pensar que pode destruir um artefato importante e ficar por isso mesmo? — perguntei.

— Eles fariam isso às ocultas — ele respondeu. — A versão oficial é de que o Manuscrito não existe absolutamente.

— Eu diria que a comunidade científica estaria em pé de guerra.

Ele me olhou com uma expressão decidida.

— E estamos. É por isso que estou voltando ao Peru. Represento dez cientistas de renome, todos exigindo que o Manuscrito original seja dado a público. Mandei uma carta para os chefes de departamento que atuam no governo peruano, informando-os de que estava vindo e esperava cooperação.

— Entendo. Me pergunto como eles vão reagir.

— Provavelmente com negativas. Mas pelo menos será um começo oficial.

Ele se virou para o outro lado, absorto em pensamentos, e eu voltei a olhar para fora da janela. Olhando para baixo, ocorreu-me que o avião em que viajávamos continha em sua tecnologia quatro séculos de progresso. Muito havíamos aprendido sobre a manipulação dos recursos que encontráramos na Terra. Quantas pessoas, pensei, quantas gerações foram necessárias para criar os produtos e a compreensão que permitiram a existência deste avião? E quantas passaram toda a sua vida concentradas num único aspecto mínimo, um pequeno passo, sem jamais erguer a cabeça daquela preocupação?

De repente, naquele instante, o período histórico que eu e Dobson estivéramos discutindo pareceu integrar-se plenamente em minha consciência. Eu podia ver o milênio claramente, como se fosse parte da história da minha própria vida. Há mil anos, vivíamos num mundo em que Deus e a espiritualidade humana eram claramente definidos. E depois o perdêramos, ou melhor, decidíramos que havia outras coisas na história. Portanto, enviáramos exploradores para descobrir a verdadeira realidade e nos relatá-la na volta, e como eles tinham levado demasiado tempo, nós nos interessáramos por um objetivo novo e secular, o de dominar o mundo e ficar mais à vontade.

E nos instaláramos. Descobríramos que podíamos fundir minérios metálicos e modelá-los em todos os tipos de engenhocas. Inventamos fontes de energia, primeiro a vapor, depois a gás, elétrica e atômica. Programamos a agricultura e a produção em massa, e agora éramos donos de imensos estoques de bens materiais e vastas redes de distribuição.

Propulsionando tudo isso estava o apelo ao progresso, o desejo do indivíduo de proporcionar-se segurança, seu próprio objetivo enquanto esperava pela verdade. Decidíramos criar uma vida mais confortável e agradável para nós e nossos filhos, e em breves quatrocentos anos nossa preocupação havia criado um mundo onde todos os confortos da vida podiam agora ser produzidos. O problema era que nosso impulso concentrado, obsessivo, de conquistar a natureza e ficar mais à vontade deixara os sistemas naturais do planeta poluídos e à beira do colapso. Não podíamos continuar nesse caminho.

33

Dobson tinha razão. A Segunda Visão fazia nossa nova consciência parecer de fato inevitável. Estávamos atingindo um clímax em nosso objetivo cultural. Estávamos conseguindo o que coletivamente tínhamos decidido fazer e, enquanto isso ocorria, nossa preocupação desmoronava e despertávamos para uma outra coisa. Eu quase podia sentir o impulso da Idade Moderna diminuindo à medida que nos aproximávamos do final do milênio. Uma obssessão de quatrocentos anos fora concluída. Tínhamos criado os meios de segurança material e agora parecíamos prontos — em posição, na verdade — para descobrir por que tínhamos feito isso.

Nos rostos dos passageiros em torno eu via sinais da preocupação, mas também julgava detectar breves vislumbres de consciência. Quantos, me perguntava, já tinham notado as coincidências?

O avião embicou e iniciou a descida, enquanto o comissário de bordo anunciava que logo estaríamos aterrissando em Lima.

Dei a Dobson o nome do meu hotel e perguntei onde ele ia hospedar-se. Ele me deu o nome do seu hotel e disse que ficava a uns três quilômetros do meu.

— Quais são seus planos? — perguntei.

— Andei pensando nisso — ele respondeu. — Imagino que a primeira coisa é visitar a embaixada americana e dizer a eles por que estou aqui, só para constar.

— Boa idéia.

— Depois, vou conversar com todos os cientistas peruanos que puder. Os da Universidade de Lima já me disseram que não têm qualquer conhecimento do Manuscrito, mas outros, que trabalham em várias ruínas, talvez estejam dispostos a falar. E quanto a você? Quais os seus?

— Não tenho nenhum — respondi. — Se incomoda se eu colar em você?

— Absolutamente. Eu ia sugerir isso.

Depois que o avião aterrissou, pegamos nossa bagagem e combinamos nos encontrar mais tarde no hotel de Dobson. Eu saí e acenei para um táxi, no final do crepúsculo. O ar estava seco e o vento bastante fresco.

Quando meu táxi partiu, notei que outro saiu rápido a nos seguir, e depois se postou mais atrás no trânsito. Continuava conosco depois de várias curvas, e pude divisar uma figura solitária no banco de trás. Uma onda de nervosismo me tomou o estômago. Pedi ao motorista, que falava inglês, que não fosse direto ao hotel, mas desse voltas por algum tempo. Disse que estava interessado em turismo. Ele concordou sem comentários. O outro táxi continuava atrás. Que seria aquilo tudo?

Quando chegamos ao meu hotel, pedi ao motorista que ficasse no carro, abri minha porta e fingi estar pagando a corrida. O táxi que nos seguia encostou no meio-fio a alguma distância, e o homem saltou e encaminhou-se devagar para a entrada do hotel.

Pulei de volta dentro do veículo e fechei a porta, dizendo ao motorista que seguisse. Quando nos afastamos, o homem saiu para a rua e ficou nos olhando até desaparecermos. Eu via o rosto do meu motorista no espelho retrovisor. Ele me observava com atenção, a expressão tensa.

— Desculpe por isso — eu disse. — Decidi mudar de acomodação. Esforcei-me para sorrir, e dei-lhe o nome do hotel de Dobson — embora parte de mim quisesse ir direto para o aeroporto e tomar o primeiro avião de volta para casa.

Meia quadra antes do nosso destino, mandei o motorista encostar.

— Espere aqui — eu lhe disse. — Volto já.

As ruas estavam cheias de gente, a maioria peruanos. Mas de vez em quando eu passava por alguns americanos e europeus. Alguma coisa na visão de turistas me fez sentir mais seguro. Quando me achava a uns cinqüenta metros do hotel, parei. Alguma coisa estava errada. De repente, enquanto eu olhava, soaram tiros e gritos encheram o ar. As pessoas à minha frente se jogaram no chão, abrindo a visão da calçada. Dobson corria em minha direção, os olhos alucinados, em pânico. Vultos o perseguiam. Um deles disparou para o alto e ordenou-lhe que parasse.

Ao se aproximar, Dobson tentou focalizar os olhos, e me reconheceu.

— Fuja! — gritou. — Pelo amor de Deus, fuja!

Eu me virei e entrei por um beco correndo, aterrorizado. À frente havia uma cerca de madeira, de quase dois metros de altura, bloqueando o caminho. Quando a alcancei, saltei o mais alto que pude, agarrei as extremidades das tábuas com as mãos e passei a perna direita por cima. Ao passar a perna esquerda e saltar para o outro lado, olhei o beco lá atrás. Dobson corria desesperadamente. Mais tiros foram disparados. Ele tropeçou e caiu.

Continuei a correr às cegas, saltando por entre montes de lixo e pilhas de caixas de papelão. Por um instante julguei ter ouvido passos atrás de mim, mas não me atrevi a virar a cabeça. À frente, o beco dava na rua seguinte, também apinhada de gente, aparentemente não assustada. Ao entrar na rua, ousei dar uma olhada à retaguarda, o coração martelando. Não havia ninguém lá. Apressei-me a tomar a calçada à direita, tentando sumir na multidão. Por que Dobson correra? me perguntava. Estaria morto?

— Espere um pouco — alguém disse num cochicho alto por trás do meu ombro esquerdo. Eu quis correr, mas ele estendeu o braço e agarrou o meu. — Por favor, espere um pouco — tornou a dizer. — Eu vi o que aconteceu. Estou tentando ajudá-lo.

— Quem é você? — perguntei, tremendo.

— Sou Wilson James — respondeu. — Explico depois. No momento, a gente tem de sair dessas ruas.

Alguma coisa na voz e atitude dele acalmaram meu pânico, e decidi acompanhá-lo. Seguimos pela rua e entramos numa loja de artigos de couro. Ele fez sinal com a cabeça para um homem atrás do balcão e me levou para um bolorento quarto vazio nos fundos. Fechou a porta e puxou as cortinas.

Era um homem na casa dos sessenta, embora parecesse bem mais jovem. Um brilho no olhar ou qualquer coisa assim. Tinha a pele moreno-escura e os cabelos pretos. Parecia um peruano decente, mas o inglês que falava soava quase americano. Usava uma camiseta azul vistosa e jeans.

— Vai ficar em segurança aqui por algum tempo — ele disse. — Por que estão atrás de você?

Não respondi.

— Está aqui por causa do Manuscrito, não é? — ele perguntou.

— Como sabia disso?

— Calculo que o sujeito com você também está aqui por esse motivo, não?

— Sim. Se chama Dobson. Como sabia que éramos dois?

— Eu tenho um quarto que dá para o beco; estava na janela quando eles perseguiram vocês.

— Atiraram em Dobson? — perguntei, apavorado com o que poderia ouvir em resposta.

— Não sei — respondeu o homem. — Eu não saberia dizer. Mas assim que vi que você tinha escapado, desci correndo a escada para livrá-lo disso. Pensei que talvez pudesse ajudar.

— Por quê?

Por um instante, ele me olhou como se não soubesse como responder à minha pergunta. Depois sua expressão se transformou em simpatia.

— Você não vai entender isso, mas eu estava lá de pé na janela e me vieram lembranças de um velho amigo. Ele já morreu. Morreu porque achava que as pessoas deviam saber do Manuscrito. Quando vi o que acontecia no beco, achei que devia ajudar você.

Ele tinha razão. Eu não entendi. Mas tive a sensação de que estava sendo absolutamente sincero comigo. Quando eu ia fazer outra pergunta, ele falou mais uma vez.

— Podemos falar disso depois — disse. — Acho melhor nos mudarmos para um lugar mais seguro.

— Espere um momento, Wilson — eu disse. — Só quero encontrar um meio de voltar para os Estados Unidos. Como posso fazer isso?

— Me chame de Wil — ele respondeu. — Acho que não deve tentar o aeroporto. Se ainda estiverem à sua procura, estarão vasculhando por lá. Tenho alguns amigos que moram fora da cidade. Eles o esconderão. Há várias outras saídas do país à sua escolha. Quando estiver pronto, eles lhe mostrarão aonde ir.

Abriu a porta e verificou o interior da loja, depois saiu e verificou a rua. Quando voltou, me fez sinal para acompanhá-lo. Andamos pela rua até um jipe azul que Wil apontou. Quando entramos, notei que o banco de trás estava cuidadosamente estocado de coisas de comer, tendas e sacolas, como para uma longa viagem.

Rodamos em silêncio. Recostei-me no assento do carona e tentei pensar. Tinha o estômago embrulhado de medo. Nunca esperara aquilo. E se tivessem me prendido e jogado numa cela peruana, ou matado simplesmente? Precisava avaliar minha situação. Estava sem roupas, mas tinha um cartão de crédito, e por algum motivo confiava em Wil.

— Que foi que você e... como é mesmo?... Dobson?... fizeram àquelas pessoas que os perseguiam? — perguntou Wil, de repente.

— Que eu saiba, nada — respondi. — Conheci Dobson no avião. Ele é um historiador e vinha para cá investigar oficialmente o Manuscrito. Representa um grupo de outros cientistas.

Wil pareceu surpreso.

— O governo sabia da vinda dele?

— Sim, ele tinha escrito para algumas autoridades, pedindo cooperação. Não creio que tenham tentado prendê-lo; ele nem trazia suas cópias.

— Ele tem cópias do Manuscrito?

— Só das duas primeiras Visões.

— Eu não tinha idéia de que havia cópias nos Estados Unidos. Como ele as conseguiu?

— Numa viagem anterior, ele soube que um certo padre conhecia o Manuscrito. Não conseguiu encontrá-lo, mas achou as cópias escondidas atrás da casa dele.

Wil pareceu triste.

— José.

— Quem? — perguntei.

— Era o amigo de quem lhe falei, o que foi assassinado. Queria a todo custo que o maior número de pessoas soubesse do Manuscrito.

— Que houve com ele?

— Foi assassinado. Não sabemos por quem. O corpo foi encontrado na floresta a quilômetros da casa dele. Mas tenho de acreditar que foram seus inimigos.

— O governo?

— Algumas pessoas no governo ou na Igreja.

— A igreja dele chegaria tão longe?

— Pode ser. A Igreja está secretamente contra o Manuscrito. Alguns padres compreendem o documento e o defendem em segredo, mas precisam ter muito cuidado. José falava abertamente sobre ele a quem quisesse ouvir. Eu o aconselhei durante meses antes de sua morte a ser mais sutil, parar de distribuir cópias a qualquer um que aparecesse. Ele me disse que estava fazendo o que achava que devia ser feito.

— Quando o Manuscrito foi descoberto? — perguntei.

— Foi traduzido pela primeira vez há três anos. Mas ninguém sabe quando foi descoberto. Acreditamos que o original andou por aí durante anos, entre os índios, até ser descoberto por José. Ele sozinho conseguiu que fosse traduzido. Claro, assim que a Igreja descobriu o que o Manuscrito dizia, tentou suprimi-lo completamente. Agora temos apenas cópias. Achamos que eles destruíram o original.

Saíramos da cidade rumo ao leste e rodávamos por uma estrada estreita de mão dupla, cortando uma região intensamente irrigada. Passamos por várias casas de madeira e depois um pasto grande com uma cerca cara.

— Dobson lhe falou das duas Visões? — perguntou Wil.

— Me falou da Segunda. Uma amiga me explicou a primeira. Ela tinha conversado com um padre noutra ocasião, com José, acho.

— Você entendeu as duas Visões?

— Acho que sim.

— Entende que os encontros casuais muitas vezes têm um significado mais profundo?

— Parece — comentei — que toda esta viagem tem sido uma coincidência atrás da outra.

— É o que começa a acontecer assim que a gente fica alerta e ligado na energia.

— Ligado?

Wil sorriu.

— O Manuscrito fala de outras coisas.

— Eu gostaria de saber — eu disse.

— A gente conversa sobre isso depois — ele disse, indicando com a cabeça que estava entrando com o veículo numa estradinha de acesso de cascalho. Uns trinta metros à frente, via-se uma casa modesta de madeira. Wil encostou sob uma árvore frondosa à direita da casa e parou.

— Meus amigos trabalham para o dono de uma grande propriedade agrícola, que possui também a maior parte da terra nesta região — explicou — e oferece esta casa. O homem é muito poderoso e defensor secreto do Manuscrito. Você estará seguro aqui.

Acendeu-se uma luz na varanda e um homem baixo e atarracado, que parecia peruano, saiu apressado, com um largo sorriso, falando entusiasticamente alguma coisa em espanhol. Quando chegou ao jipe, deu tapinhas nas costas de Wil pela janela aberta e me olhou com simpatia. Wil pediu-lhe que falasse em inglês, e nos apresentou.

— Ele precisa de uma ajudinha — disse ao homem. — Quer voltar para os Estados Unidos, mas vai ter de tomar muito cuidado. Acho que vou deixá-lo com você.

O homem olhava fixamente para Wil.

— Vai sair de novo atrás da Nona Visão, não vai? — perguntou.

— Vou — respondeu Wil, saltando do jipe.

Eu abri minha porta e contornei o jipe. Wil e seu amigo se dirigiam para a casa, conversando alguma coisa que não pude ouvir. Wil voltou-se para mim.

— Que queria dizer ele — perguntei — quando lhe perguntou sobre uma Nona Visão?

— Algumas partes do Manuscrito nunca foram encontradas. Havia oito Visões no texto original, mas se falava nele em mais uma, a Nona. Muitas pessoas estão à procura dela.

— Você sabe onde está?

— Na verdade, não.

— Então como vai encontrá-la?

Wil sorriu.

— Do mesmo modo como José encontrou as oito originais. Do mesmo modo como você encontrou as duas primeiras, e depois me encontrou. Se a gente consegue se ligar e acumular bastante energia, aí as coincidências passam a ocorrer consistentemente.

— Me diz como se faz isso — pedi. — Qual Visão é essa?

Wil olhou para mim como se avaliasse meu grau de compreensão.

— A maneira de se ligar não é apenas uma Visão; são todas. Se lembra da Segunda Visão, onde ela descreve como os exploradores seriam enviados ao mundo, usando o método científico para descobrir o sentido da vida humana neste planeta? Mas eles não voltariam imediatamente?

— Me lembro.

— Bem, as Visões restantes representam a volta das respostas afinal. Mas não vêm apenas da ciência institucional. As respostas de que falo vêm de muitas diferentes áreas de pesquisa. As descobertas da física, psicologia, misticismo e religião estão se juntando numa síntese baseada na percepção das coincidências.

"Estamos aprendendo os detalhes do que significam as coincidências, como funcionam, e enquanto fazemos isso construímos uma visão inteiramente nova da vida, percepção por percepção."

— Então eu quero saber de cada Visão — eu disse. — Pode me explicar antes de partir?

— Eu descobri que não funciona assim. Você tem de descobrir cada uma de uma maneira diferente.

— Como?

— Simplesmente acontece. Não ia adiantar eu apenas lhe dizer. Você poderia ter a informação sobre cada uma delas, mas não elas. Tem de descobri-las no curso de sua própria vida.

Nós nos olhamos em silêncio. Wil sorriu. Falar com ele me fazia sentir incrivelmente vivo.

— Por que vai procurar a Nona Visão agora? — perguntei.

— Está na hora. Eu fui guia turístico aqui, conheço o terreno e compreendo todas as Oito Visões. Quando estava em minha janela sobre o beco pensando em José, já tinha decidido ir mais uma vez ao norte. A Nona Visão está lá. Eu sei. E não estou ficando mais jovem. Além disso, já me visualizei encontrando-a e atingindo o que ela diz. Sei que é a mais importante das visões. Põe todas as outras em perspectiva e nos dá o verdadeiro objetivo da vida.

Fez uma pausa de repente, sério.

— Eu teria partido meia hora antes, mas tive a sensação incômoda de que tinha esquecido alguma coisa. — Interrompeu-se mais uma vez. — Foi exatamente quando *você* apareceu.

Ficamos olhando-nos um longo tempo.

— Acha que eu devo ir com você? — perguntei.

— Que acha você?

— Não sei — respondi, inseguro de mim mesmo. Sentia-me confuso. A história da minha viagem peruana piscava em minha mente: Charlene, Dobson, agora Wil. Eu viera para o Peru movido por uma leve curiosidade, e agora me via escondido, um fugitivo involuntário que nem mesmo sabia quem eram seus perseguidores. E o mais estranho de tudo era que naquele momento, em vez de estar apavorado, em pânico total, eu me descobria em estado de excitação. Devia estar convocando toda a minha inteligência e instinto para encontrar um caminho para casa, mas o que na verdade queria fazer era partir com Wil — para o que sem dúvida seriam outros perigos.

Enquanto avaliava minhas opções, percebi que na verdade não tinha opção alguma. A Segunda Visão encerrara qualquer possibilidade de voltar às minhas antigas preocupações. Se queria continuar consciente, tinha de seguir em frente.

— Estou planejando passar a noite — disse Wil. — Portanto você terá até amanhã de manhã para se decidir.

— Já me decidi — eu disse. — Quero ir.

UMA QUESTÃO
DE ENERGIA

Levantamo-nos ao amanhecer e viajamos para leste a manhã inteira praticamente em silêncio. Wil tinha dito antes que iríamos cruzar os Andes para o que ele chamava de Alta Selva, uma região constituída de contrafortes e planaltos cobertos de florestas, mas quase mais nada dissera.

Eu lhe fizera várias perguntas sobre sua formação e sobre nosso destino, mas ele se esquivara polidamente, indicando que desejava concentrar-se na direção. Acabei parando de falar completamente e me concentrando em vez disso no cenário. As paisagens vistas dos picos da montanha eram atordoantes.

Lá para o meio-dia, quando alcançamos a última das cristas majestosas, paramos num mirante para um almoço de sanduíches no jipe e para apreciar o largo e despido vale à frente. No outro lado do vale, havia contrafortes menores, verdes de vida vegetal. Enquanto comíamos, Wil disse que íamos passar a noite na Hospedaria Viciente, uma antiga propriedade do século 19 que antes pertencia à Igreja católica espanhola. A Hospedaria Viciente agora pertence a um amigo seu, explicou, e era dirigida como uma pousada especializada em congressos econômicos e científicos.

Com apenas essa breve explicação, tornamos a partir e a rodar em silêncio. Uma hora depois chegamos a Viciente, entrando na propriedade por um grande portão de pedra e ferro e seguindo para nordeste por uma estreita estrada de acesso, de cascalho. Mais uma vez fiz algumas perguntas de sondagem sobre Viciente e o motivo de estarmos ali, mas como antes Wil ignorou minhas perguntas, só que desta vez sugeriu com franqueza que eu me concentrasse na paisagem.

Imediatamente a beleza de Viciente me tocou. Estávamos rodeados de coloridos pastos e pomares, e o mato parecia singularmente verde e viçoso. Brotava cerrado mesmo sob os carvalhos gigantes que se erguiam a cada trinta metros mais ou menos por todos os pastos. Alguma coisa naquelas árvores imensas me pareceu incrivelmente atraente, mas eu não podia captar bem o quê.

Após mais ou menos um quilômetro e meio, a estrada dobrou para leste e uma ligeira subida. No topo do outeiro erguia-se a casa, uma grande construção de estilo espanhol, feita de toros de madeira e pedra cinzenta. O prédio parecia ter no mínimo cinqüenta quartos e uma enorme varanda protegida com tela cobria todo o lado sul. O pátio em redor era marcado por outros carvalhos gigantes, e tinha canteiros de plantas exóticas e alamedas ladeadas de deslumbrantes flores e samambaias. Grupos de pessoas conversavam despreocupadas na varanda e entre as árvores.

Ao saltarmos do veículo, Wil demorou-se um instante fitando longamente a paisagem. Além da casa, ao leste, a terra descia aos poucos e depois aplainava-se em prados e florestas. Outra cadeia de contrafortes aparecia ao longe, roxo-azulada.

— Acho que vou ver se eles têm quartos para nós — disse Wil. — Por que você não fica dando uma olhada por aí? Vai gostar deste lugar.

— Não brinca! — eu disse.

Quando se afastava, ele se virou e olhou para mim.

— Não se esqueça de inspecionar os canteiros de pesquisa. Vejo você na hora do jantar.

Era óbvio que me deixava sozinho por algum motivo, mas não me preocupava qual. Eu me sentia ótimo e nem um pouco apreensivo. Ele já me havia dito que, devido ao substancial dólar turístico que Viciente trazia ao país, o   45 governo sempre adotara uma atitude de vista grossa em relação ao lugar, embora o Manuscrito fosse muitas vezes discutido ali.

Fui atraído por várias árvores frondosas e uma sinuosa trilha para o sul, e por isso segui naquela direção. Assim que alcancei as árvores, observei que a trilha passava por um portãozinho de ferro e descia diversos lances de escada de pedra, dando num prado cheio de flores silvestres. Ao longe via-se uma espécie de pomar, um regato e mais terra coberta de mata. No portão eu parei e inspirei fundo várias vezes, admirando a beleza embaixo.

— É lindo mesmo, não é? — perguntou uma voz atrás.

Virei-me depressa. Uma mulher beirando os quarenta, com uma mochila de carona, estava parada atrás de mim.

— Sem dúvida que é — eu disse. — Eu nunca tinha visto nada exatamente como isto.

Durante algum tempo ficamos contemplando os campos abertos e as plantas tropicais em cascata nos canteiros terraceados a cada lado de nós, e então eu perguntei:

— Por acaso sabe onde ficam os canteiros de pesquisa?

— Claro — ela disse. — Estou indo para lá agora. Eu lhe mostro.

Depois de apresentar-nos, descemos a escada e tomamos a trilha batida que seguia para o sul. Ela se chamava Sarah Lorner e tinha cabelos louros mechados e olhos azuis, e podia-se descrevê-la como jovem, não fosse pela atitude séria. Andamos vários minutos em silêncio.

— É sua primeira visita aqui? — ela perguntou.

— Sim, é — respondi. — Não sei muita coisa sobre o lugar.

— Bem, estou entrando e saindo aqui há quase um ano, por isso acho que posso atualizá-lo um pouco. Há uns vinte anos, esta propriedade se tornou popular como uma espécie de reduto científico internacional. Várias organizações científicas faziam seus encontros aqui, sobretudo biólogos e físicos. Aí, há poucos anos...

Ela hesitou um minuto e me olhou.

— Já ouviu falar no Manuscrito que foi descoberto aqui no Peru?

— Sim, ouvi. Me falaram das duas primeiras Visões.

— Tive vontade de dizer-lhe que estava fascinado pelo documento, mas me contive, perguntando-me se devia confiar inteiramente nela.

— Achei que talvez fosse isso — ela disse. — Parecia que você estava absorvendo a energia aqui.

Atravessávamos uma ponte de madeira que transpunha o regato.

— Que energia? — perguntei.

Ela parou e se recostou na balaustrada da ponte.

— Sabe alguma coisa da Terceira Visão?

— Nada.

— Descreve uma nova compreeensão do mundo físico. Diz que nós, seres humanos, vamos perceber o que era antes uma espécie de energia invisível. A hospedaria se tornou um lugar de encontro dos cientistas interessados em estudar e conversar sobre esse fenômeno.

— Então os cientistas acham que essa energia é real? — perguntei.

Ela se voltava para atravessar a ponte.

— Só alguns — respondeu — e sofremos uma certa pressão por isso.

— Então você é cientista?

— Ensino física numa pequena faculdade no Maine.

— Então por que alguns cientistas discordam de você?

Ela ficou em silêncio um instante, como se pensasse.

— Você tem de entender a história da ciência — disse, olhando-me de relance, como se a se perguntar se eu queria me aprofundar no assunto. Assenti com a cabeça para que prosseguisse.

— Pense um instante na Segunda Visão. Após a queda da visão do mundo medieval, nós no Ocidente de repente nos tornamos conscientes de que vivíamos num mundo totalmente desconhecido. Ao tentar entender a natureza deste universo, sabíamos que precisávamos de algum mo- 47 do separar os fatos da superstição. Nesse sentido, nós cientistas assumimos uma determinada atitude conhecida como ceticismo científico, que na verdade exige provas concretas para qualquer nova afirmação sobre como funciona o mundo. Para acreditarmos em qualquer coisa, queríamos provas que pudessem ser vistas e apalpadas. Toda idéia que não se pudesse provar de alguma maneira física, era sistematicamente rejeitada.

"Deus sabe — ela prosseguiu — que essa atitude nos foi bastante útil com os fenômenos da natureza mais óbvios, com objetos como rochas, corpos e árvores, objetos que todos podem perceber, por mais céticos que sejam. Nos apressamos a sair e batizar cada parte do mundo físico, tentando entender por que o universo funcionava como funciona. Por fim concluímos que tudo o que ocorre na natureza ocorre segundo alguma lei natural, que todo acontecimento tem uma causa direta física e compreensível. — Sorriu-me com um ar de quem está por dentro. "Você entende, em muitos aspectos os cientistas não têm sido tão diferentes de outros em nossa época. Decidimos, junto com todos os demais, nos assenhorear deste lugar em que nos encontramos. A idéia era gerar uma compreensão do universo que fizesse o mundo parecer seguro e controlável, e a atitude cética nos manteve concentrados em problemas concretos que fizessem a nossa existência parecer mais segura."

Tínhamos seguido a trilha sinuosa desde a ponte, atravessando um prado e entrando numa região mais densamente coberta de árvores.

— Com essa atitude — ela continuou — a ciência eliminou sistematicamente a incerteza e o esotérico do mundo. Concluímos, seguindo o princípio de Isaac Newton, que o universo sempre funcionava de uma maneira previsível, como uma imensa máquina, porque durante longo tempo isso era tudo que se podia provar. Diziam que os acontecimentos que ocorriam simultaneamente com outros, mas sem nenhuma relação causal, ocorriam apenas por acaso.

"Então duas pesquisas abriram nossos olhos para o mistério do universo. Muito se escreveu nas últimas décadas sobre a revolução na física, mas as mudanças na verdade resultam de duas grandes descobertas, as da mecânica do quantum e as de Albert Einstein.

"Todo o trabalho da vida de Einstein foi mostrar que o que percebemos como matéria sólida é em sua maior parte espaço vazio percorrido por um padrão de energia. Isso inclui a nós mesmos. E o que a física quântica revelou é que quando observamos esses padrões de energia em níveis cada vez menores, podemos ver resultados surpreendentes. As experiências demonstraram que quando se fragmentam pequenos componentes dessa energia, o que chamamos de partículas elementares, e tentamos observar como funcionam, o próprio ato da observação altera os resultados — como se essas partículas elementares fossem influenciadas pelo que o cientista espera. Isso se aplica mesmo que as partículas tenham de aparecer em lugares aonde não poderiam ir, em vista das leis do universo como as conhecemos: dois lugares ao mesmo tempo, para a frente ou para trás no tempo, esse tipo de coisa."

Ela se interrompeu para se voltar para mim de novo.

— Em outras palavras, o material básico do universo, no seu âmago, parece uma espécie de energia pura maleável à intenção e expectativa humanas, de uma maneira que desafia nosso antigo modelo mecanicista do universo; como se nossa expectativa fizesse nossa energia fluir para o mundo e afetar outros sistemas de energia. O que, claro, é exatamente o que a Terceira Visão nos levaria a acreditar.

Balançou a cabeça.

— Infelizmente, a maioria dos cientistas não leva essa idéia muito a sério. Preferem permanecer céticos, e esperar para ver se podemos prová-la.

— Ei, Sarah, estamos aqui — gritou uma voz fraca de uma certa distância. À direita, a uns cinqüenta metros entre as árvores, vimos alguém acenando.

Sarah olhou para mim.

— Preciso ir conversar com aqueles caras alguns minutos. Tenho uma tradução da Terceira Visão aqui comigo, caso você queira escolher um local e ler parte dela enquanto estou lá.

— Claro que quero — eu disse.

Ela tirou uma pasta de sua mochila, entregou-me e afastou-se caminhando.

Peguei a pasta e procurei em volta um lugar para me sentar. Ali o terreno da floresta era coberto de mato baixo e ligeiramente molhado, mas a leste a terra elevava-se para o que parecia outro outeiro. Resolvi andar naquela direção em busca de um lugar seco.

No alto da elevação fiquei impressionado. Era outro lugar de incrível beleza. Os engrinaldados carvalhos espaçavam-se uns quinze metros entre si, e seus galhos extensos se juntavam completamente no alto, criando uma abóbada. Do chão da floresta brotavam plantas tropicais de largas folhas, que se erguiam a um metro, um metro e meio de altura, as folhas com até 25 centímetros de largura. Essas plantas entrelaçavam-se com grandes samambaias e arbustos exuberantes de flores brancas. Escolhi um lugar seco e me sentei. Sentia o cheiro úmido das folhas e a fragrância das flores.

Abri a pasta e fui ao início da tradução. Uma breve introdução explicava que a Terceira Visão traz uma compreensão modificada do universo físico. As palavras reproduziam com nitidez o resumo de Sarah. Previa que lá pelo fim do segundo milênio os seres humanos descobririam uma nova energia que formava a base de tudo e de tudo se irradiava, incluindo nós próprios.

Pensei nessa idéia um instante, e então li uma coisa que me fascinou: o Manuscrito dizia que a percepção humana dessa energia começa com uma ampliada sensibilidade à beleza. Enquanto pensava nisso, o som de alguém caminhando pela trilha embaixo me chamou a atenção. Vi Sarah no exato momento em que ela olhou para o outeiro e me avistou.

— Este local é fantástico — ela disse, ao se aproximar de mim. — Já chegou no trecho sobre a percepção da beleza?

— Já — respondi. — Mas não estou certo do que significa.

— Mais adiante no Manuscrito — ela disse — ele entra em mais detalhes, mas vou lhe dar uma explicação resumida. A percepção da beleza é um tipo de barômetro que diz a cada um de nós a que ponto estamos perto de perceber realmente a energia. Isso é claro porque assim que a gente observa essa energia, percebe que ela está no mesmo *continuum* que a beleza.

— Você fala como se a visse — eu disse.

Ela me olhou sem a menor presunção.

— Sim, vejo, mas a primeira coisa que desenvolvi foi uma apreciação mais profunda da beleza.

— Mas como funciona isso? A beleza não é relativa?

Ela fez que sim com a cabeça.

— As coisas que percebemos como belas podem ser diferentes, mas as características verdadeiras que atribuímos aos objetos belos são semelhantes. Pense nisso. Quando alguma coisa nos parece bela, tem mais presença, nitidez de forma e vividez de cor, não? Salta aos olhos. Brilha. Parece quase iridescente em comparação com o tom mortiço de outro objeto menos atraente.

Assenti.

— Veja este lugar — ela continuou. — Sei que você está apaixonado por ele, porque todos ficamos. Ele se impõe a nós. As cores e formas parecem ampliadas. Bem, o nível seguinte de percepção é ver um campo de energia pairando em torno de tudo.

Devo ter parecido desnorteado, pois ela riu, e depois disse muito séria:

— Talvez devamos continuar até as hortas. Ficam a menos de um quilômetro para o sul. Acho que vai achá-las interessantes.

Eu lhe agradeci pelo trabalho de explicar o Manuscrito a mim, um estranho total, e por me mostrar os arredores de Viciente. Ela encolheu os ombros.

— Você parece uma pessoa simpática ao que estamos tentando fazer — disse. — E todos sabemos que estamos metidos num trabalho de relações públicas aqui. Para que essa pesquisa prossiga, temos de espalhar a notícia nos Estados Unidos e em outras partes. As autoridades locais não parecem gostar muito de nós.

De repente uma voz chamou atrás de nós.

— Por favor, desculpem!

Voltamo-nos e vimos três homens que subiam rápido a trilha em nossa direção. Todos pareciam beirar os cinqüenta anos, e vestiam-se com elegância.

— Algum de vocês pode me dizer onde ficam as hortas de pesquisa? — perguntou o mais alto dos três.

— Pode me dizer que tipo de assunto o traz aqui? — perguntou Sarah em resposta.

— Meus colegas e eu temos permissão do dono desta propriedade para examinar as hortas e falar com alguém sobre a chamada pesquisa que está sendo realizada aqui. Somos da Universidade do Peru.

— Parece que o senhor não concorda com nossas descobertas — disse Sarah, sorrindo, obviamente tentando esclarecer a situação.

— Absolutamente não — um dos outros respondeu. — Achamos absurdo afirmar que algum tipo de energia pode ser vista agora, quando nunca foi vista antes.

— Já tentou vê-la? — perguntou Sarah.

O homem ignorou a pergunta e indagou mais uma vez:

— Pode nos indicar onde ficam as hortas?

— Claro — disse Sarah. — Mais ou menos uns cem metros em frente, o senhor vai ver um atalho que vira para leste. Tome-o, siga em frente e, talvez mais uns oitocentos metros, terá chegado.

— Obrigado — disse o homem, e todos se apressaram a seguir seu caminho.

— Você lhes indicou a direção errada — eu disse.

— Não exatamente — ela replicou. — Há outras hortas naquela área. E o pessoal lá está mais preparado para conversar com esses tipos de céticos. Temos gente desse tipo aqui de vez em quando, e não apenas cientistas, mas curiosos também, pessoas que não podem entender o que fazemos... o que indica o problema existente na compreensão científica.

— Que quer dizer? — perguntei.

— Como eu disse antes, a velha atitude cética era ótima quando se exploravam os fenômenos mais visíveis e óbvios do universo, como as árvores, o brilho do sol, ou os temporais. Mas existe outro grupo de fenômenos observáveis, mais sutis, que a gente não pode estudar... na verdade, não se pode nem dizer que existem com certeza... a não ser que a gente suspenda ou ponha entre parênteses o ceticismo e tente de todas as formas possíveis percebê-los. Assim que a gente consegue isso, pode retornar ao estudo rigoroso.

— Interessante — eu disse.

Adiante terminava a floresta, e vi dezenas de tratos cultivados, cada um semeado com uma espécie de planta diferente. A maioria parecia das que produzem alimentos: tudo, desde bananas até espinafre. Na borda leste de cada plantação havia uma larga trilha de cascalho que seguia para o que parecia uma rodovia federal ao norte. Três galpões de metal sucediam-se ao longo da trilha. Quatro ou cinco pessoas trabalhavam perto de cada um deles.

— Estou vendo alguns amigos — disse Sarah, apontando o galpão mais perto. — Vamos até lá. Gostaria que você os conhecesse.

Sarah me apresentou a três homens e uma mulher, todos envolvidos na pesquisa. Os homens falaram rapidamente comigo, desculpando-se por ter de continuar a trabalhar, mas a mulher, uma bióloga chamada Marjorie, parecia livre para conversar.

Surpreendi o olhar de Marjorie.

— Que é que você pesquisa aqui exatamente? — perguntei.

Ela pareceu ser apanhada desprevenida, mas sorriu e acabou respondendo.

— É difícil saber por onde começar — disse. — Está familiarizado com o Manuscrito?

— Os primeiros capítulos — comentei. — Acabo de começar a ler a Terceira Visão.

— Bem, é pra isso que estamos todos aqui. Venha, vou lhe mostrar.

Fez um sinal para que eu a seguisse e contornamos o galpão de metal até uma plantação de feijão. Notei que as plantas pareciam excepcionalmente desenvolvidas, sem qualquer dano visível de inseto ou folhas mortas. Eram cultivadas no que parecia ser um solo composto de alto húmus, quase fofo, e todas cuidadosamente espaçadas, os caules e folhas de uma brotando perto mas nunca tocando os da muda seguinte.

Ela apontou a planta mais próxima.

— Tentamos encarar essas plantas como sistemas de energia total e pensar em tudo o que elas precisam para florescer: solo, nutrientes, umidade, luz. O que descobrimos foi que o ecossistema total em torno de cada planta é na verdade um sistema vivo, um organismo. E a saúde de cada uma das partes influi na do todo.

Ela hesitou, depois disse:

— A questão básica é que, assim que passamos a pensar nas relações de energia em volta da planta, começamos a ver resultados impressionantes. As plantas em nossos estudos não eram particularmente maiores, mas segundo os critérios nutricionais eram mais vigorosas.

— Como mediram isso?

— Elas continham mais proteínas, carboidratos, vitaminas, minerais.

Ela me olhou, expectante.

— Mas o mais impressionante não foi isso! Descobrimos que as plantas que recebiam mais atenção humana direta eram ainda mais fortes.

— Que tipo de atenção?

— Você sabe — ela disse —, mexer na terra em volta delas, inspecioná-las todos os dias. Esse tipo de coisa. Desenvolvemos uma experiência com um grupo de controle: algumas tendo atenção especial, outras não, e a descoberta se confirmou. E tem mais — prosseguiu —, ampliamos o conceito e pusemos um pesquisador não apenas para lhes dar atenção, mas para pedir a elas, mentalmente, que crescessem com mais vigor. A pessoa se sentava mesmo com elas e concentrava toda sua atenção e interesse no crescimento delas.

— E cresceram com mais vigor?

— Significativamente, e também mais depressa.

— Isso é incrível.

— É, sim... — A voz morreu quando ela viu um homem idoso, parecendo na casa dos sessenta, que vinha em nossa direção.

— O senhor que vem aí é um micronutricionista — ela disse com discrição. — Esteve aqui pela primeira vez há cerca de um ano, e logo pediu uma licença temporária da Universidade Estadual de Washington. Chama-se professor Hains. Fez alguns estudos formidáveis.

Quando ele chegou, fui apresentado. Era um homem de constituição sólida, cabelos pretos, mechas grisalhas nas têmporas. Após algumas provocações de Marjorie, o professor começou a resumir sua pesquisa. Estava muito interessado, disse-me, no funcionamento dos órgãos do corpo medidos por testes de sangue altamente sensíveis, sobretudo no funcionamento relacionado com a qualidade do alimento ingerido.

Explicou-me que o que mais o interessava eram os resultados de um determinado estudo que mostrava que embora as plantas nutricionalmente ricas, do tipo cultivado em Viciente, aumentassem muitíssimo a eficiência do organismo, o aumento estava acima do que se poderia esperar razoavelmente dos próprios nutrientes, segundo nosso entendimento da maneira que funcionam na fisiologia humana. Alguma coisa inerente à estrutura dessas plantas criava um efeito ainda não explicado.

Olhei para Marjorie e perguntei:

— Então a concentração de atenção nessas plantas lhes deu alguma coisa que aumenta a força humana de volta quando são ingeridas? É essa a energia de que se fala no Manuscrito?

Marjorie olhou para o professor. Ele me deu apenas um meio sorriso.

— Ainda não sei — respondeu.

Perguntei-lhe sobre sua pesquisa futura e ele me respondeu que queria duplicar a horta na Universidade de Washington e dar início a alguns estudos a longo prazo, para ver se as pessoas que comiam essas plantas tinham mais energia ou mais saúde por um maior período de tempo. Enquanto ele falava, não pude deixar de lançar umas olhadas de vez em quando a Marjorie. De repente, ela me parecia incrivelmente bela. Tinha o corpo comprido e esbelto, mesmo sob os jeans folgadões e a camiseta. Olhos e cabelos castanhos, os cabelos caindo em cachos afunilados em torno do rosto.

Senti uma forte atração física. No momento mesmo em que tomava consciência dessa atração, ela virou a cabeça, me fitou diretamente dentro dos olhos e recuou um passo.

— Preciso me encontrar com alguém — disse. — Talvez veja você mais tarde.

Despediu-se de Hains, me deu um sorriso estranho e desceu a trilha, passando pelo abrigo de metal.

Depois de alguns minutos de conversa com o professor, desejei-lhe um bom dia e voltei andando para onde estava Sarah. Ela ainda conversava intensamente com um dos pesquisadores, mas me acompanhou com o olhar enquanto eu andava.

Quando me aproximei, o homem com quem ela estava sorriu, rearrumou as notas em sua prancheta e entrou no galpão.

— Descobriu alguma coisa? — Sarah perguntou.

— Sim — respondi distraidamente —, parece que esse pessoal está fazendo coisas interessantes.

Eu olhava para o chão quando ela perguntou:

— Aonde foi Marjorie?

Quando ergui o olhar, vi uma expressão divertida no rosto dela.

— Disse que ia se encontrar com alguém.

— Você a desligou? — ela perguntou, agora sorrindo. Ri.

— Acho que sim. Mas eu não disse uma palavra.

— Não precisa — ela falou. — Marjorie pode detectar uma alteração em seu campo. Era bastante óbvio. Eu estava vendo daqui.

— Uma alteração em meu o quê?

— No campo de energia em torno de seu corpo. A maioria de nós aprendeu a vê-lo, pelo menos em certa luz. Quando uma pessoa tem pensamentos sexuais, o campo energético como que turbilhona em volta, e na verdade se projeta para a pessoa objeto da atração.

Isso me pareceu inteiramente fantástico, mas antes que eu pudesse comentar fomos distraídos por várias pessoas que saíam do galpão de metal.

— Hora das projeções de energia — disse Sarah. — Você vai querer ver isso.

Seguimos quatro rapazes, aparentemente estudantes, até um trato de milho. Quando nos aproximamos, percebi que o trato era composto de dois subtratos separados, cada um de uns três metros quadrados. Os pés de milho num tinham uns setenta centímetros de altura. No outro, menos de trinta centímetros. Os quatro homens foram ao trato de milho mais alto e se sentaram, cada um num canto do trato, olhando para dentro. A um sinal, todos pareceram focalizar os olhos nas plantas. O sol de fim de tarde brilhava atrás de mim, banhando o trato de uma luz suave, âmbar. A horta de milho e os estudantes silhuetavam-se contra o fundo quase negro.

Sarah estava em pé ao meu lado.

— Isso é perfeito — ela disse. — Veja! Está vendo aquilo?

— O quê?

— Estão projetando a energia deles nas plantas.

Olhei atentamente a cena mas não pude detectar nada.

— Não estou vendo nada — disse.

— Agache-se mais baixo então — disse Sarah — e focalize o espaço entre as pessoas e as plantas.

Por um instante, julguei ver um tremular de luz, mas concluí que era apenas uma imagem posterior, ou meus olhos me pregando peças. Tentei várias vezes mais ver alguma coisa e desisti.

— Não consigo fazer isso — disse, levantando-me.

Sarah me deu um tapinha no ombro.

— Não se preocupe com isso. A primeira vez é a mais difícil. Geralmente é preciso treinar um pouco a maneira de focalizar os olhos.

Um dos meditadores nos olhou e levou o indicador aos lábios, e assim voltamos andando para o galpão.

— Vai ficar muito tempo em Viciente? — perguntou Sarah.

— Provavelmente não — respondi. — A pessoa com quem vim está procurando a última parte do Manuscrito.

Ela pareceu surpresa.

— Eu achava que todas tinham sido encontradas. Embora imagine que eu não saberia. Ando tão absorvida na parte relativa ao meu trabalho que não li grande parte do resto.

Instintivamente toquei no bolso da calça, de repente incerto de onde estava a tradução de Sarah. Estava dobrada no bolso traseiro.

— Sabe — disse Sarah. — Descobrimos que dois períodos no dia são mais propícios a ver os campos de energia.

Um é o pôr-do-sol, o outro o nascer. Se quiser, me encontro com você amanhã ao amanhecer e a gente tenta de novo.

Estendeu a mão para pegar a pasta.

— Assim — continuou — posso fazer uma cópia dessa tradução para você levar consigo.

Pensei nessa sugestão durante alguns segundos, e decidi que não faria nenhum mal.

— Por que não? — perguntei. — Mas tenho de verificar com meu amigo, e confirmar se teremos tempo suficiente.

— Sorri para ela. — Que a faz pensar que posso aprender a ver essa coisa?

— Chame de palpite.

Combinamos nos encontrar às seis da manhã, e iniciei sozinho a jornada de quase um quilômetro para a hospedaria. O sol desaparecera completamente, mas sua luz ainda banhava de tons laranja as nuvens cinzentas no horizonte. O ar estava frio, mas não soprava nenhum vento.

Na hospedaria, uma fila formava-se diante do balcão de servir no imenso refeitório. Sentindo-me faminto, fui até o início da fila para ver que comida serviam. Wil e o professor Hains estavam quase na frente, conversando informalmente.

— Bem — disse Wil —, como foi a tarde?

— Ótima — respondi.

— Este é William Hains — Wil acrescentou.

— Sim — eu disse —, já nos encontramos antes.

O professor assentiu com a cabeça.

Falei de meu encontro na manhã seguinte. Wil disse que não teria nenhum problema, pois precisava encontrar umas duas pessoas com as quais ainda não falara, e não previa partir antes das nove da manhã.

A fila andou então e as pessoas atrás de nós me convidaram a juntar-me a meus amigos. Andei até o lado do professor.

— Então, que acha do que estamos fazendo aqui? — perguntou Hains.

— Não sei — respondi. — Estou tentando deixar assentar um pouco. Toda essa idéia de campos de energia é nova para mim.

— A realidade dela é nova para todo mundo — ele disse — mas o interessante é que essa energia é o que a ciência sempre buscou: uma coisa comum por baixo de toda matéria. Desde Einstein, sobretudo, a física tem buscado uma teoria de campo unificado. Não sei se isso é ela ou não, mas esse Manuscrito estimulou algumas pesquisas interessantes.

— Que seria preciso para a ciência aceitar essa idéia? — perguntei.

— Um modo de medi-la — ele respondeu. — A existência dessa energia não é tão estranha na verdade. Os mestres do caratê falaram de uma energia Chi subjacente, responsável por suas proezas aparentemente impossíveis, de quebrar tijolos com as mãos e ficar sentados impassíveis num lugar com quatro homens tentando removê-los. E todos nós já vimos atletas fazerem movimentos espetaculares, contorcendo-se, virando-se e pairando no ar de modos que desafiam a gravidade. Tudo isso é resultado dessa energia oculta a que temos acesso.

— Claro, ela não será realmente aceita até que um número maior de pessoas possa vê-la de fato.

— Você já a viu? — perguntei.

— Vi alguma coisa — ele respondeu. — Na verdade depende do que eu tenha comido.

— Como assim?

— Bem, as pessoas aqui que vêem logo esses campos de energia comem sobretudo legumes. E em geral comem apenas as plantas de alta potência que elas próprias cultivavam.

Ele apontou o balcão de comidas.

— Isso é parte deles, embora, graças a Deus, sirvam um pouco de peixe e aves para caras velhos como eu, viciados em carne. Mas se me obrigo a comer diferente, sim, consigo ver alguma coisa.

Perguntei-lhe por que não mudava a alimentação por períodos de tempo mais longos.

— Não sei — respondeu. — Hábitos antigos são difíceis de matar.

A fila andou e pedi apenas legumes. Nós três nos juntamos a uma mesa maior de convidados e conversamos informalmente durante uma hora. Depois Wil e eu fomos até o jipe pegar nossas coisas.

— Você viu os tais campos de energia? — perguntei.

Ele sorriu e balançou a cabeça.

— Meu quarto é no primeiro andar — disse. — O seu é no terceiro. Quarto 306. Pode pegar sua chave na recepção.

O quarto não tinha telefone, mas um empregado da hospedaria que vi no saguão me garantiu que alguém bateria em minha porta às cinco da manhã em ponto. Deitei-me e fiquei pensando alguns minutos. A tarde tinha sido longa e cheia, e compreendi o silêncio de Wil. Ele queria que eu experimentasse a Terceira Visão por mim mesmo.

Quando menos esperava, alguém batia na porta. Olhei para meu relógio: cinco horas da manhã. Quando o empregado tornou a bater, eu disse: "Obrigado" numa voz bastante alta para ele ouvir, depois me levantei e olhei pela pequena janela de caixilho de madeira. O único sinal da manhã era um pálido fulgor para os lados do leste.

Cruzei o corredor, tomei um chuveiro, me vesti às pressas e desci. O restaurante estava aberto, com um número surpreendente de pessoas. Comi apenas frutas e saí correndo.

Fiapos de neblina vagavam pelos terrenos e agarravam-se aos prados distantes. Cantos de pássaros chamavam-se uns aos outros nas árvores. Quando me afastava da hospedaria, a borda do sol rompia o horizonte no leste. Uma cor espetacular. O céu de um azul escuro, acima do horizonte pêssego-claro.

Cheguei ao outeiro quinze minutos adiantado, e por isso me sentei e recostei no tronco de uma grande árvore, fascinado pela teia de galhos engrinaldados acima. Alguns minutos depois, ouvi alguém se aproximando pela trilha e olhei, esperando ver Sarah. Em vez dela, vi alguém que eu não conhecia, um homem de quarenta e poucos anos. Ele deixou a trilha e caminhou em minha direção sem me notar. Quando chegou a uns três metros, me viu com um susto que também me perturbou.

— Oh, olá — ele disse, com um forte sotaque do Brooklyn. Vestia jeans, calçava botas e parecia excepcionalmente em forma e atlético. Tinha o cabelo ondulado e ralo.

Balancei a cabeça.

— Desculpe trombar com você tão de repente — ele disse.

— Tudo bem.

Ele disse que se chamava Phil Stone, e eu lhe disse meu nome e que estava esperando uma amiga.

— Você deve estar fazendo alguma pesquisa aqui — acrescentei.

— Não exatamente — ele respondeu. — Trabalho para a Universidade do Sul da Califórnia. Fazemos estudos em outra província, sobre o desmatamento da floresta tropical, mas sempre que posso dirijo até aqui para respirar um pouco de ar. Gosto de andar onde as florestas são tão diferentes.

Olhou em volta.

— Sabe que algumas árvores aqui estão perto dos quinhentos anos? Esta é uma autêntica floresta virgem. Tudo está em perfeito equilíbrio: as árvores maiores filtrando a luz do sol, permitindo que uma infinidade de plantas tropicais viceje embaixo. A vida vegetal numa floresta tropical também é velha, mas cresce de forma diferente. É praticamente uma selva. Esta tem mais a aparência do que é uma floresta antiga numa zona temperada, como nos Estados Unidos.

— Nunca vi nada parecido com isso por lá — eu disse.

— Eu sei — ele disse. — Só restam umas poucas. A maioria das que conheço foi vendida pelo governo a empresas madeireiras, como se vissem apenas numa floresta deste tipo metros de tábuas. Seria uma maldita vergonha alguém estragar um lugar como este. Veja a energia.

— Pode ver a energia aqui? — perguntei.

Ele me olhou atentamente, como se decidindo se devia explicar.

— Posso, sim — disse por fim.

— Bem, eu não consegui ver — eu disse. — Tentei ontem, quando eles meditavam com as plantas na horta.

— Ah, eu também não conseguia ver campos tão grandes no início — ele explicou. — Tive de começar olhando meus dedos.

— Que quer dizer com isso?

— Vamos passar para ali — ele disse, indicando uma área onde as plantas se abriam um pouco e o céu surgia acima. — Vou lhe mostrar.

Quando chegamos, ele disse.

— Incline-se para trás e junte de leve as pontas dos indicadores. Mantenha o céu azul no fundo. Agora separe os dedos uns três centímetros e olhe a área bem no meio deles. Que vê?

— Poeira na lente do meu olho.

— Ignore — ele disse. — Desfoque um pouco os olhos, depois aproxime as pontas dos dedos e torne a afastá-las.

Enquanto ele falava, movi os dedos, sem saber ao certo o que queria dizer com desfocar os olhos. Por fim pus os olhos vagamente na área entre os dedos. As pontas dos dedos ficaram ligeiramente indistintas, e quando as afastei vi alguma coisa parecida com fios de névoa entre os dedos.

— Nossa mãe — eu disse, e expliquei o que vira.

— É isso aí! Isso aí! Agora simplesmente jogue com isso algum tempo.

Toquei todos os quatro dedos, depois as palmas e antebraços. Em cada caso, continuava a ver faixas de energia entre as partes do corpo. Deixei cair os braços e olhei para Phil.

— Ah, quer ver a minha? — ele perguntou.

Empertigou-se e recuou um pouco, pondo a cabeça e o tronco de um modo que o céu ficasse diretamente atrás dele. Tentei alguns minutos, mas um ruído às minhas costas interrompeu minha concentração. Virei-me e vi Sarah.

Phil adiantou-se e abriu um largo sorriso.

— É essa a pessoa por quem estava esperando?

Quando Sarah se aproximou, também sorria.

— Ei, eu conheço você — disse, apontando Phil.

Abraçaram-se calorosamente, depois Sarah olhou para mim e disse: — Me desculpe, me atrasei. Meu despertador mental não disparou, por algum motivo. Mas agora desconfio por quê. Dei a vocês dois uma oportunidade de conversar. Que andaram fazendo?

— Ele acaba de aprender a ver os campos entre os próprios dedos — respondeu Phil.

Sarah olhou para mim.

— No ano passado, eu e Phil estivemos aqui neste mesmo lugar para aprender a mesma coisa. — Olhou para Phil. — Vamos colar nossas costas. Talvez ele veja a energia entre nós.

Ficaram costas com costas na minha frente. Sugeri que se aproximassem mais e eles chegaram mais perto de mim até que o espaço entre nós era de mais ou menos um metro. Estavam silhuetados contra o céu, ainda azul-escuro daquele lado. Para minha surpresa, o espaço entre eles parecia mais claro. Era amarelo, ou um rosa amarelado.

— Ele está vendo — disse Phil, lendo minha expressão.

Sarah virou-se, pegou-o pelo braço e afastaram-se lentamente de mim, até seus corpos ficarem a uns três metros talvez. Circundando a parte de cima de seus troncos havia um campo de energia rosa-esbranquiçado.

— Tudo bem — disse Sarah, séria. Aproximara-se de mim e agachou-se a meu lado. — Agora olhe a paisagem aqui, a beleza.

Fiquei imediatamente embasbacado com os contornos e formas à minha volta. Parecia que eu podia focalizar cada um dos carvalhos maciços de uma maneira total, não apenas uma parte, mas todo ele de uma só vez. Impressionaram-me logo a forma e a configuração singulares de cada um dos galhos que cada um exibia. Olhei um a um, virando-me em toda a volta. Fazer isso intensificava de algum modo a sensação de presença que cada carvalho exsudava para mim, como se os visse pela primeira vez, ou pelo menos os apreciasse plenamente pela primeira vez.

De repente, a folhagem tropical embaixo das árvores me chamou a atenção; vi de novo a forma única que cada planta exibia. Também notei o modo como cada tipo de planta crescia junto às outras de sua própria espécie no que me pareceram pequenas comunidades. Por exemplo, as altas plantas tipo bananeira eram muitas vezes envolvidas por pequenos filodendros, que por sua vez se postavam entre plantas tipo samambaia ainda menores. Quando vi esses miniambientes, fiquei mais uma vez impressionado com a singularidade de contorno e presença delas.

A menos de três metros, uma folhagem particular atraiu meu olhar. Eu muitas vezes tivera exatamente aquele tipo com uma planta doméstica, uma espécie particular de filodendro. Verde-escuro, sua folhagem esgalhava-se até cerca de um metro de diâmetro. A forma daquela planta parecia perfeitamente saudável e vibrante.

— Ééé, se concentre nessa, mas sem forçar — disse Sarah.

Quando o fiz, joguei com o foco dos meus olhos. A certa altura tentei focalizar o espaço a uns 15 centímetros de cada parte física da planta. Aos poucos, comecei a captar vislumbres de luz, e então, com um único ajuste de foco, pude ver uma bolha de luz branca circundando a planta.

— Agora estou vendo alguma coisa — eu disse.

— Olhe um pouco em volta — disse Sarah.

Recuei em choque. Em torno de cada planta no campo de minha visão havia um campo de luz esbranquiçada, 65 visível mas inteiramente transparente, de modo que nada da cor ou forma da planta se obscurecia. Compreendi que o que via era uma extensão da beleza única de cada planta. Era como se eu tivesse visto primeiro as plantas, depois sua singularidade e presença, e depois alguma coisa se houvesse ampliado na pura beleza de sua expressão física, momento em que eu vira os campos de energia.

— Vê se consegue ver isso — disse Sarah.

Sentou-se à minha frente, de frente para o filodendro. Uma pluma da luz esbranquiçada que envolvia seu corpo avolumou-se e envolveu o filodendro. O diâmetro do campo de energia da planta, por sua vez, ampliou-se várias dezenas de centímetros.

— Porra! — exclamei, o que provocou risadas entre os dois amigos. Logo eu mesmo estava rindo, consciente da peculiaridade do que acontecia, mas não tendo nenhuma dificuldade para ver, muito prontamente, fenômenos dos quais duvidava por completo alguns minutos antes. Compreendi que a percepção dos campos, mais que despertar uma sensação surrealista, na verdade fazia tudo em volta de mim parecer mais concreto e autêntico que antes.

Contudo, ao mesmo tempo, tudo em volta de mim parecia diferente. A única referência que eu tinha para a experiência era talvez a de um filme que realçasse a cor de uma floresta para fazê-la parecer mística e encantada. As plantas, as folhas, o céu agora destacavam-se com uma presença e um ligeiro luzir que sugeriam vida, e talvez consciência, acima da nossa crença comum. Depois de ver isso, não havia como tomar outra floresta como coisa certa de novo.

Olhei para Phil.

— Sente-se e passe sua energia para o filodendro — pedi. — Eu gostaria de comparar.

Phil pareceu perplexo.

— Não posso fazer isso. Não sei o motivo.

Olhei para Sarah.

— Algumas pessoas podem, outras não — ela disse. — Não descobrimos o que é. Marjorie tem de triar seus estudantes de pós-graduação para ver quem pode. Dois psicólogos estão tentando correlacionar essa capacidade com características de personalidade, mas até agora nenhum deles sabe.

— Me deixa tentar — eu disse.

— Tudo bem, vá em frente — respondeu Sarah.

Eu me sentei mais uma vez de frente para a planta. Sarah e Phil ficaram em ângulos retos comigo.

— Tudo bem, como começo?

— Apenas concentre a atenção na planta, como para inflá-la com sua energia — explicou Sarah.

Olhei para a planta e imaginei a energia avolumando-se dentro dela, e depois de alguns minutos olhei para os dois.

— Desculpe — disse Sarah secamente —, você obviamente não é um dos poucos eleitos.

Armei uma carranca fingida para Phil.

Vozes iradas que vinham da trilha abaixo interromperam nossa conversa. Por entre as árvores, vi um grupo de homens passando, falando com aspereza entre si.

— Quem são essas pessoas? — perguntou Phil, olhando para Sarah.

— Não sei — ela respondeu. — Mais gente furiosa com o que fazemos aqui, imagino.

Olhei a floresta em volta, virando-me para trás. Tudo parecia comum de novo.

— Ei, não consigo mais ver os campos de energia!

— Tem coisas que trazem a gente de volta, não é? — observou Sarah.

Phil sorriu e me deu um tapinha no ombro.

— Você agora pode fazer isso de novo a qualquer momento. É como andar de bicicleta. Só precisa ver a beleza e depois partir daí.

De repente me lembrei de ver as horas. O sol estava muito mais alto no céu, e uma brisa de meio da manhã fazia ondular as árvores. Meu relógio marcava dez para as oito.

— Acho que é melhor eu voltar — eu disse.

Sarah e Phil juntaram-se a mim. Enquanto caminhávamos, olhei para a encosta coberta de floresta do morro atrás.

— É um lugar lindo — disse. — É muito triste que não existam mais lugares assim nos Estados Unidos.

— Assim que você vir os campos de energia em outras áreas — disse Phil — vai compreender como essa floresta é dinâmica. Olhe para estes carvalhos. São muito raros no Peru, mas dão aqui em Viciente. Uma floresta derrubada, sobretudo a privada de madeira dura para plantio de pinho com vistas ao lucro, tem um campo de energia muito fraco. E uma cidade, com exceção das pessoas, tem um tipo de energia inteiramente diferente.

Tentei fixar o olhar nas plantas ao longo da trilha, mas o ato de andar interrompia minha concentração.

— Tem certeza de que vou voltar a ver esses campos de novo? — perguntei.

— Absoluta — respondeu Sarah. — Eu nunca soube de ninguém que não conseguisse duplicar a experiência uma vez que a teve inicialmente. Tivemos um pesquisador oftalmologista que esteve aqui e ficou excitadíssimo depois que aprendeu a ver os campos. Quando foi embora, passou a trabalhar com certos tipos de anormalidades de visão, entre elas formas de daltonismo, e concluiu que algumas pessoas têm o que chamou de receptores preguiçosos nos olhos. Ensinou as pessoas a verem cores que jamais tinham visto. Segundo ele, ver campos de energia era apenas uma questão de fazer a mesma coisa, despertar outros receptores adormecidos, coisa que todos, em teoria, podem fazer.

— Gostaria de viver num lugar como este — eu disse.

— Quem não gostaria? — respondeu Phil, depois olhou para mim e Sarah. — O professor Hains ainda está

aqui?

— Sim — respondeu Sarah. — Não consegue ir embora. Phil me olhou.

— Eis aí um cara que realiza uma pesquisa interessante sobre o que essa energia faz à gente.

— É — eu disse. — Conversei com ele ontem.

— Na última vez que estive aqui — prosseguiu Phil — ele me falou de um estudo que gostaria de fazer, em que ia observar os efeitos físicos de simplesmente estar perto de certos ambientes de alta energia, como aquela floresta lá atrás. Ia usar as mesmas medições de eficiência e produção dos órgãos para ver o efeito.

— Bem, eu já conheço o efeito — disse Sarah. — Toda vez que venho de carro para esta fazenda, começo a me sentir melhor. Tudo se amplifica. Me sinto mais forte, penso com mais clareza, e mais rápido. E as percepções que tenho de tudo isso e como isso se reflete no meu trabalho é impressionante.

— Em que está trabalhando? — perguntei.

— Se lembra que lhe falei das experiências surpreendentes na física de partículas, durante as quais esses pequenos pedaços de átomos surgiam onde os cientistas esperavam que eles estivessem?

— Sim.

— Bem, tentei ampliar um pouco a idéia com algumas experiências minhas. Não resolver os problemas desses caras que trabalhavam em partículas subatômicas, mas explorar questões que falei antes a você: em que medida o universo físico como um todo... já que é feito da mesma energia básica... reage às nossas expectativas? Em que medida nossas expectativas criam as coisas que nos acontecem?

— As coincidências, você quer dizer?

— Sim, veja os acontecimentos de sua vida. A velha idéia newtoniana é de que tudo acontece por acaso, que a gente pode tomar boas decisões e se preparar, mas que todo acontecimento tem sua própria linha de causação independente da nossa atitude.

"Após as descobertas recentes da física moderna, podemos legitimamente perguntar se o universo é ainda mais dinâmico. Talvez o universo funcione mecanicamente como operação básica, mas também reaja sutilmente à energia mental que projetamos nele. Quer dizer, por que não? Se podemos fazer os vegetais crescerem mais rápido, talvez possamos fazer certos fatos acontecerem mais rápido — ou mais devagar, a depender de como pensamos."

— O Manuscrito fala alguma coisa disso?

Sarah sorriu para mim.

— Claro, foi de onde tiramos essas idéias.

Pôs-se a escarafunchar dentro de sua mochila enquanto andávamos, e acabou por retirar uma pasta.

— Eis aqui sua cópia — disse.

Olhei-a de relance e guardei-a no bolso. Atravessávamos a ponte e eu hesitei um instante, observando as cores e formas das plantas à minha volta. Alterei o foco do olhar e imediatamente vi os campos de energia em torno de tudo que via. Tanto Sarah quanto Phil tinham amplos campos que pareciam tingidos de verde e amarelo, embora o de Sarah lampejasse de vez em quando uma cor rosada.

De repente, os dois pararam e olharam atentos a trilha à frente. A uns quinze metros, um homem vinha andando rápido em nossa direção. Uma sensação de ansiedade se avolumou em meu estômago, mas eu estava decidido a sustentar minha opinião sobre a energia. Ao se aproximar de nós, reconheci-o; era o mais alto dos cientistas da Universidade do Peru que haviam perguntado o caminho na véspera. Em volta dele eu podia detectar uma camada de vermelho.

Quando chegou a nós, voltou-se para Sarah e perguntou:

— Você é cientista, não é?

— Certo — ela respondeu.

— Então como pode tolerar esse tipo de ciência? Vi aquelas hortas e não posso acreditar em tal desorganização.

Seu pessoal não tem controle sobre nada. Há muitas explicações para as plantas ficarem maiores.

— É impossível controlar tudo, senhor. Estamos buscando tendências gerais.

Eu detectava uma ponta de irritação surgindo na voz de Sarah.

— Mas postular uma energia só recentemente visível como base da química das coisas vivas: isto é um absurdo. Vocês não têm prova nenhuma.

— Prova é o que estamos procurando.

— Mas como podem postular a existência de qualquer coisa antes de terem alguma prova!

As vozes dos dois indivíduos eram iradas agora, mas eu só escutava vagamente. O que consumia minha atenção era a dinâmica de seus campos de energia. Quando a discussão começou, Phil e eu recuamos alguns passos e Sarah e o homem alto postaram-se frente a frente com uma distância de cerca de um metro e meio entre eles. Imediatamente os campos de energia dos dois pareceram tornar-se de algum modo mais densos e excitados, como por uma vibração interna. À medida que prosseguia a conversa, os campos começaram a misturar-se. Quando um deles estabelecia um ponto, seu campo criava um movimento que parecia sugar o campo do outro com o que parecia ser uma espécie de manobra de vácuo. Mas aí, quando a outra pessoa fazia sua refutação, a energia refluía para ela. Em termos da dinâmica dos campos de energia, marcar o ponto parecia significar captar parte do campo adversário e puxá-la para dentro de si.

— Além disso — dizia Sarah ao homem — observamos os fenômenos que estamos tentando entender.

O homem lançou-lhe um olhar de desdém.

— Então vocês, além de insanos, são incompetentes — disse, afastando-se.

— Você é um dinossauro — gritou Sarah, o que fez com que Phil e eu ríssemos.

Sarah, contudo, ainda estava tensa.

— Esse pessoal consegue me enfurecer — disse, ao retomarmos nossa caminhada pela trilha.

— Deixa pra lá — disse Phil. — Esse tipo de gente aparece de vez em quando por aqui.

— Mas por que tantos? — perguntou Sarah. — E por que logo agora?

Quando nos aproximamos da pousada, vi Wil no jipe. As portas do veículo estavam abertas e as coisas espalhadas em cima do capô. Ele me viu logo e fez sinal me chamando.

— Bem, parece que já está na hora de eu decolar — eu disse.

Meu comentário quebrou um silêncio de dez minutos, que tinha começado quando eu tentara explicar o que vira acontecer com a energia de Sarah durante a discussão. Evidentemente, não tinha explicado direito, pois meus comentários provocaram apenas olhares de incompreensão, e nos lançaram num longo período de absorção em nós mesmos.

— Foi legal ter conhecido você — disse Sarah, estendendo-me a mão.

Phil olhava para os lados do jipe.

— Aquele é Wil James? — perguntou. — É ele o cara com quem você está viajando?

— É — respondi. — Por quê?

— Só queria saber. Já o vi por aqui. Conhece o dono deste lugar e participou do grupo que primeiro incentivou a pesquisa sobre campos de energia aqui.

— Venha conhecê-lo — eu disse.

— Não, tenho de ir embora — ele explicou. — Vejo você por aqui depois. Sei que não vai conseguir ficar longe daqui.

— Sem dúvida — eu disse.

Sarah disse que também tinha de ir embora, e que eu poderia entrar em contato com ela através da hospedaria. Eu os retive mais alguns minutos, expressando meus agradecimentos pelas aulas.

A expressão de Sarah tornou-se séria.

— Ver a energia... captar esse novo meio de perceber o mundo físico... é uma coisa que surge por uma espécie de contágio. Não compreendemos isso, mas quando alguém sobe a montanha com outros para ver essa energia, em geral começa a vê-la também. Portanto, mostre-a a mais alguém.

Fiz que sim com a cabeça e corri para o jipe. Wil me recebeu com um sorriso.

— Já está pronto? — perguntei.

— Quase — ele respondeu. — Como passou a manhã?

— Interessante — eu disse. — Tenho um monte de coisas para conversar com você.

— É melhor esperar por ora — ele disse. — Temos de sair desta casa. As coisas por aqui estão parecendo meio hostis.

Aproximei-me mais dele.

— Que é que há? — perguntei.

— Nada muito sério. Explico depois. Pegue suas coisas.

Entrei na hospedaria e peguei os poucos artigos que deixara no quarto. Wil me dissera antes que não haveria nenhuma despesa, cortesia do dono, por isso desci para a recepção, entreguei a chave ao empregado e saí andando para o jipe.

Wil estava sob o capô, verificando alguma coisa, e bateu-o fechando quando me aproximei.

— Tudo pronto — disse. — Vamos embora.

Saímos com o carro do estacionamento, descemos a trilha rumo à estrada principal. Vários carros partiam ao mesmo tempo.

— Que está acontecendo? — perguntei a Wil.

— Um grupo de autoridades locais — respondeu — junto com alguns tipos científicos se queixaram das pessoas associadas a este centro de conferência. Não dizem que estejam fazendo nada de ilegal. Apenas que algumas das pessoas que andam por aqui podem ser o que chamam de indesejáveis, não cientistas legítimos. Essas autoridades podem causar muitos problemas, e isso poderia acabar efetivamente com os negócios da hospedaria.

Olhei-o surpreso e ele continuou:

— Você sabe, a casa tem sempre vários hóspedes. Só um pequeno número mexe com a pesquisa associada ao Manuscrito. As outras são grupos voltados para suas próprias disciplinas, que vêm aqui pela beleza. Se as autoridades ficarem muito desagradáveis e criarem um clima negativo, esses grupos deixarão de se reunir aqui.

— Mas eu achava que você tinha dito que as autoridades locais não iam se meter, com o dinheiro do turismo entrando em Viciente.

— Eu achava que não. Alguém os deixou nervosos em relação ao Manuscrito. Alguém lá nas hortas entendeu o que estava ocorrendo?

— Não, na verdade não — respondi. — Só se admiraram por verem de repente mais pessoas furiosas aparecendo.

Wil calou-se. Passamos pelo portão e viramos para sudeste. Um quilômetro e meio depois, tomamos outra estrada que rumava para leste, em direção à cadeia de montanhas ao longe.

— Vamos passar bem em frente às hortas — disse Wil, depois de alguns instantes.

À frente eu via os tratos e o primeiro galpão de metal. Quando passávamos pelo lado, a porta se abriu e meu olhar se encontrou com o da pessoa que saía. Ela sorriu e voltou-se para mim, quando passamos, nossos olhos se encontraram durante um longo momento.

— Quem era aquela? — perguntou Wil?

— Uma mulher que conheci ontem — respondi.

Ele balançou a cabeça, depois mudou de assunto.

— Deu uma olhada na Terceira Visão?

— Me deram uma cópia.

Wil não respondeu, parecendo perder-se em pensamentos, e por isso peguei a tradução e encontrei o ponto onde parara de ler. Dali em diante, a Terceira Visão explicava a natureza da beleza, descrevendo essa percepção como uma percepção através da qual os seres humanos iam finalmente aprender a observar campos de energia. Assim que isso ocorresse, dizia, nossa compreensão do universo físico se transformaria rapidamente.

Por exemplo, começaríamos a comer mais alimentos ainda vivos com essa energia, e a tornar-nos conscientes de que certas localidades irradiam mais energia que outras, a mais alta irradiação vindo de antigos ambientes naturais, sobretudo florestas. Eu já ia ler as páginas finais quando Wil falou de repente.

— Me fale de suas experiências lá nas hortas — pediu.

Relatei-lhe em detalhes, o melhor que pude, os acontecimentos dos dois dias, incluindo as pessoas que conheci lá. Quando lhe falei do encontro com Marjorie, ele me olhou e sorriu.

— Até onde conversou com essas pessoas sobre as outras visões, e sobre como essas visões se relacionam com o que elas fazem nas hortas? — perguntou.

— Não falei disso de modo algum — respondi. — Não confiava nas pessoas a princípio, e depois simplesmente percebi que elas sabiam mais que eu.

— Acho que você poderia ter-lhes dado informações importantes, se estivesse sendo inteiramente honesto com elas.

— Que tipo de informação?

Ele me olhou com simpatia.

— Só você sabe isso.

Eu não sabia o que dizer, por isso olhei a paisagem lá fora. O terreno se tornava cada vez mais montanhoso e rochoso. Grandes afloramentos de granito pendiam sobre a estrada.

— Como explica ter visto Marjorie mais uma vez quando passamos pelas hortas? — perguntou Wil.

Eu ia dizer — "apenas uma coincidência" — mas em vez disso disse:

— Não sei. Que acha você?

— Acho que nada acontece por coincidência. Para mim isso significa que vocês têm assuntos pendentes, alguma coisa que precisavam ter-se dito mas não disseram.

A idéia me intrigou, mas também me perturbou. Toda a minha vida eu fora acusado de me manter demasiado distante, ou fazer perguntas sem manifestar opiniões nem me comprometer com uma posição. Por quê, perguntava-me, aquilo surgia agora de novo?

Também notei que começava a me sentir diferente. Em Viciente, sentira-me aventureiro e competente, e agora sentia apenas o que se poderia chamar de uma depressão crescente, misturada com ansiedade.

— Agora você me deixou deprimido — eu disse.

Ele riu alto, e respondeu:

— Não fui eu. Foi o efeito de deixar a fazenda Viciente. A energia daquele lugar deixa a gente voando como uma pipa. Por que acha que todos esses cientistas passaram a andar por aqui anos atrás? Eles não têm a menor idéia do motivo de gostarem tanto daqui. — Voltou-se para me olhar bem nos olhos. — Mas gostamos, não?

Inspecionou a estrada, e me olhou mais uma vez, o rosto cheio de consideração.

— A gente tem de ligar a própria energia quando sai de um lugar como esse.

Eu o olhei apenas, perplexo, e ele me deu um sorriso tranqüilizador. Depois disso ficamos em silêncio por talvez um quilômetro e meio, quando ele disse:

— Me conte mais o que aconteceu nas hortas.

Continuei a história. Quando descrevi a visão concreta dos campos de energia, ele me olhou impressionado, mas nada disse.

— Você consegue ver esses campos? — perguntei.

Ele me lançou um olhar.

— Sim — respondeu. — Continue.

Contei a história sem interrupção até chegar à discussão de Sarah com o cientista peruano e à dinâmica de seus campos de energia durante o confronto.

— Que comentaram Sarah e Phil sobre isso? — ele perguntou.

— Nada — respondi. — Pareciam não ter um quadro de referência para isso.

— Não creio que tenham — disse Wil. — Estão tão fascinados com a Terceira Visão que não foram adiante. A maneira como os seres humanos competem pela energia está na Quarta Visão.

— Competem pela energia? — perguntei.

Ele apenas sorriu, indicando com a cabeça a tradução que eu tinha nas mãos.

Retomei de onde parara. O texto apontava nitidamente para a Quarta Visão. Dizia que os seres humanos acabariam vendo o universo como constituído de uma energia dinâmica, uma energia que pode nos sustentar e responder às nossas expectativas. Contudo, também veríamos que fomos desligados da fonte maior dessa energia, que nos isolamos dela, e por isso nos sentimos fracos, inseguros e carentes.

Diante desse déficit, nós, seres humanos, sempre procuramos intensificar nossa energia pessoal da única maneira que conhecemos: buscando roubá-la psicologicamente de outros — uma competição inconsciente que é a base de todo conflito humano no mundo.

A LUTA
PELO PODER

Um buraco na estrada de pedra sacudiu o jipe e me acordou. Olhei meu relógio — três da tarde. Ao me espreguiçar e tentar acordar completamente, senti uma dor aguda no pé das costas.

A viagem fora pavorosa. Após deixarmos Viciente, tínhamos viajado o dia todo, tomando várias direções diferentes, como se Wil estivesse à procura de alguma coisa que não conseguia encontrar. Passáramos a noite num pequeno albergue onde as camas eram duras e cheias de calombos, e eu dormira pouco. Agora, depois de viajar para valer pelo segundo dia seguido, eu estava prestes a me queixar.

Olhei para Wil. Ele se concentrava na estrada, e tão atento e alerta que decidi não interrompê-lo. Parecia achar-se no mesmo estado de espírito sério que mostrava várias horas antes, quando parou o jipe e disse que precisávamos conversar.

— Se lembra que eu lhe disse que as visões tinham de ser descobertas uma por uma? — perguntou.

— Lembro.

— Acredita que cada uma vai mesmo se apresentar por si própria?

— Bem, até agora se apresentaram — respondi com um pouco de humor.

Wil me olhou com uma expressão séria.

— Encontrar a Terceira Visão foi fácil. Só tivemos de visitar Viciente. Mas a partir de agora, topar com as outras Visões talvez seja muito mais difícil.

Deteve-se um instante, e depois disse:

— Acho que devemos seguir para o sul até uma aldeia-zinha perto de Quilabamba, chamada Cula. Lá em cima tem outra floresta virgem que acho que você deve ver. Mas é de importância vital que fique alerta. As coincidências vão ocorrer com regularidade, mas você tem de notá-las. Entende?

Respondi que achava que sim, e que ia me lembrar do que ele me dissera. Depois disso a conversa morreu e caí num sono profundo — um sono que hoje lamento, pelo que fez às minhas costas. Espreguicei-me de novo e Wil olhava para mim.

— Onde estamos? — perguntei.

— De novo nos Andes — ele respondeu.

As montanhas haviam-se transformado em altas cor-dilheiras e vales distantes. A vegetação era mais grosseira agora, as árvores menores e açoitadas pelo vento. Inspirando profundamente, notei que o ar estava mais rarefeito e frio.

— Melhor vestir esta jaqueta — disse Wil, tirando um blusão de brim marrom de uma sacola. — Vai fazer frio aqui esta tarde.

Adiante, onde a estrada fazia uma curva, vimos um cruzamento estreito. De um lado, perto de uma loja branca de madeira e um posto de gasolina, havia um veículo estacionado com o capô aberto. Ferramentas espalhavam-se sobre um pano que cobria o pára-choque. Quando passamos por ele, um homem louro saiu da loja e nos olhou por um breve instante. Tinha a cara redonda e usava óculos de armação escura.

Olhei atentamente o homem, a mente voltando cinco anos atrás.

— Sei que não era ele — eu disse a Wil. — Mas aquele cara parece com um amigo com quem eu trabalhava. Não pensava nele há anos.

Notei que Wil me estudava.

— Eu disse para você observar as coisas com atenção — disse. — Vamos voltar e ver se o cara precisa de alguma ajuda. Não parece uma pessoa do lugar.

Encontramos um local onde os braços da estrada eram suficientemente largos e viramos. Quando voltamos à loja, o homem trabalhava no motor. Wil encostou na bomba de gasolina e se esticou para fora da janela.

— Você parece estar com problemas — disse.

O homem empurrou os óculos nariz acima, um hábito que meu amigo também tinha.

— É — ele respondeu. — Perdi a bomba d'água.

Parecia ter quarenta e poucos anos, e era de constituição franzina. Falava um inglês formal, com sotaque francês.

Logo Wil estava fora do veículo, apresentando-nos. O homem me estendeu a mão com um sorriso que me pareceu familiar. Chamava-se Chris Reneau.

— Você parece francês — eu disse.

— E sou — ele respondeu. — Mas ensino psicologia no Brasil. Estou aqui no Peru em busca de informação sobre um artefato arqueológico que descobriram, um manuscrito.

Hesitei um instante, incerto sobre o quanto podia confiar nele.

— Estamos aqui pelo mesmo motivo — disse afinal.

Ele me olhou com profundo interesse.

— Que pode me dizer a respeito. Viu cópias?

Antes que eu conseguisse responder, Wil saiu da loja, a porta de tela batendo atrás dele.

— Sorte incrível — me disse. — O dono tem um lugar onde a gente pode acampar e comer alguma coisa quente. Poderíamos também passar a noite. — Voltou-se e olhou decidido para Reneau. — Se você não se importar de partilhar suas reservas.

— Não, não — disse o homem. — Dou boas-vindas à companhia. Só vão entregar uma bomba nova amanhã de

manhã.

Enquanto ele e Wil iniciavam uma conversa sobre a mecânica e confiabilidade do utilitário de Reneau, eu me encostei no jipe, sentindo o calor do sol e embarcando num agradável devaneio sobre o velho amigo que Reneau me trouxera à lembrança. Meu amigo era perplexo e curioso de um modo muito semelhante ao que Reneau parecia ser, um leitor constante de livros. Eu lembrava até as teorias de que ele gostava, mas o tempo obscurecera minhas reminiscências.

— Vamos levar nossas coisas para a área de acampamento — disse Wil, dando-me um tapinha nas costas.

— Tudo bem — respondi meio ausente.

Ele abriu a porta traseira, tirou a barraca e os sacos de dormir e os pôs em meus braços, depois agarrou uma sacola de pano grosso com mudas de roupas. Reneau trancava seu veículo. Passamos pela loja e descemos um lance de escada. A cordilheira despencava abruptamente atrás da casa e viramos à esquerda por uma trilha estreita. Após uns vinte ou trinta metros, ouvimos água corrente e mais adiante vimos um rio tombando em cascata sobre as pedras. O ar estava mais frio e senti o forte cheiro de hortelã.

Logo à nossa frente, o terreno nivelava-se e o rio formava um poço de uns oito metros de diâmetro. Alguém abrira espaço para acampar e construíra um cercado de pedra para uma fogueira. A lenha estava empilhada contra uma árvore próxima.

— Está ótimo — disse Wil, e começou a desenrolar sua grande barraca de quatro lugares. Reneau estendeu sua barraca menor à direita dele.

— Você e Wil são pesquisadores? — perguntou-me Reneau num determinado momento.

Wil acabara de montar a barraca e saíra para saber do jantar.

— Wilson é guia — respondi. — Eu não estou fazendo nada no momento.

Reneau me olhou perplexo.

Eu sorri e perguntei:

— Já viu alguma parte do Manuscrito?

— Vi a Primeira e Segunda Visões — ele respondeu, aproximando-se. — E vou lhe dizer uma coisa. Acho que tudo está acontecendo exatamente como diz o Manuscrito. Estamos mudando nossa opinião do mundo. Vejo isso na psicologia.

— Como assim?

Ele tomou fôlego.

— Meu campo está em conflito, querendo saber por que os seres humanos se tratam uns aos outros com tanta violência. Sempre soubemos que essa violência surge do impulso dos seres humanos para controlar e dominar uns aos outros, mas só recentemente estudamos esse fenômeno de dentro, do ponto de vista da consciência individual. Perguntamos o que ocorre dentro de um ser humano que o faz querer controlar outra pessoa. Descobrimos que quando um indivíduo se dirige a outra pessoa e se empenha numa discussão, o que ocorre bilhões de vezes todos os dias no mundo, pode acontecer uma das duas coisas. O indivíduo sai se sentindo mais forte ou mais fraco, dependendo do que ocorre na interação.

Lancei-lhe um olhar confuso e ele pareceu ligeiramente embaraçado por ter-se lançado numa longa conferência sobre o assunto. Pedi-lhe que prosseguisse.

— Por esse motivo — acrescentou — nós, humanos, sempre parecemos adotar uma atitude manipuladora. Sejam quais forem os detalhes da situação, ou do assunto em questão, nós nos preparamos para dizer o que for preciso para prevalecer na conversa. Cada um de nós procura de algum modo encontrar um meio de controlar, e assim continuar por cima no combate. Se temos êxito, se nossa opinião prevalece, então em vez de nos sentirmos fracos, recebemos um reforço psicológico.

"Em outras palavras, nós, humanos, procuramos ser mais espertos e controlar uns aos outros não só por causa de alguma meta tangível que estejamos tentando alcançar no mundo externo, mas por causa de um estímulo psicológico que recebemos. É por isso que se vêem tantos conflitos no mundo, tanto em nível individual quanto de nações.

"O consenso em meu campo é que toda essa questão está agora aflorando na consciência. Nós, humanos, estamos compreendendo o quanto manipulamos uns aos outros, e conseqüentemente reavaliando nossas motivações. Buscamos um novo modo de interagir. Acho que essa reavaliação fará parte da nova visão do mundo de que fala o Manuscrito."

Nossa conversa foi interrompida quando Wil se aproximou.

— Estão prontos para nos servir — disse.

Pegamos logo a trilha e entramos no nível do porão da casa, a parte de moradia da família. Atravessamos a sala de estar e passamos à de jantar. Na mesa, uma refeição quente de ensopado, legumes e salada.

— Sentem-se, sentem-se — dizia o proprietário em inglês, puxando as cadeiras e correndo de um lado para outro. Atrás dele estava uma mulher mais velha, aparentemente sua esposa, e uma adolescente de uns quinze anos.

Quando se sentava, Wil sem querer bateu o braço em seu garfo, derrubando-o ruidosamente no chão. O homem lançou um olhar furioso à mulher, fazendo-a falar rispidamente à moça, que ainda não se mexera para trazer outro. Ela correu à outra sala e voltou trazendo um garfo, que entregou hesitante a Wil. Tinha as costas encurvadas e sua mão tremia um pouco. Meus olhos encontraram os de Reneau do outro lado da mesa.

— Bom apetite — disse o homem, estendendo-me um dos pratos.

Durante a maior parte da refeição Reneau e Wil conversaram fiado sobre a vida acadêmica, os desafios do ensino e da publicação de trabalhos. O dono da casa saíra da sala, mas a mulher permanecera. Quando a mulher e a filha passaram a servir pratos individuais com torta, a mocinha bateu com o cotovelo em meu copo, derrubando   83 a água na mesa. A mãe acorreu furiosa, gritando com a moça em espanhol e empurrando-a da frente.

— Sinto muito — disse a mulher, enxugando a água. — A menina é muito desastrada.

A jovem explodiu, arremessando a torta que restava em cima da mulher, errando e esparramando torta e louça quebrada pelo meio da mesa — no momento em que o pai retornava.

O velho gritou e a mocinha saiu correndo da sala.

— Desculpe — ele disse, correndo para a mesa.

— Não foi nada — respondi. — Não sejam tão duros com a menina.

Wil estava em pé, conferindo a conta, e apressamo-nos a sair. Reneau ficara calado, mas quando cruzamos a porta e descemos a escada, falou.

— Viu aquela moça? — perguntou, olhando para mim. — É o exemplo clássico da violência psicológica. É a isso que leva a necessidade do ser humano controlar os outros quando levada ao extremo. O velho e a senhora estão dominando totalmente a menina. Viu como ela está nervosa e curvada?

— Vi — respondi. — Mas parece que já está meio cheia.

— Exatamente! Os pais não dão uma folga. E do ponto de vista dela, ela não tem escolha senão reagir com violência. É a única forma de conseguir ter algum controle para si mesma. Infelizmente, quando ficar adulta, por causa desse trauma inicial, vai achar que tem de tomar o controle e dominar os outros com a mesma intensidade. Essa característica estará profundamente entranhada e a tornará tão dominadora quanto os pais agora, sobretudo quando estiver com pessoas vulneráveis, como as crianças.

"Na verdade, o mesmo trauma sem dúvida ocorreu antes aos pais dela. Eles têm de dominar hoje por causa do modo como seus pais os dominaram. É assim que a violência passa de uma geração para a outra."

84   Reneau parou de repente.

— Preciso pegar meu saco de dormir na camionete — lembrou-se. — Volto num segundo.

Balancei a cabeça e, com Wil, continuei seguindo para o local de acampamento.

— Você e Reneau conversaram um bocado — observou Wil.

— É verdade — eu disse.

Ele sorriu.

— Na verdade, foi mais Reneau quem falou. Você ouve e responde a perguntas diretas, mas não dá muita coisa em troca.

— Estou interessado no que ele tem a dizer — respondi, na defensiva.

Wil ignorou meu tom.

— Viu a energia se movendo em torno dos membros daquela família? O homem e a mulher estavam sugando a energia da menina para dentro de si de tal modo que ela estava quase morta.

— Esqueci de observar o fluxo de energia — eu disse.

— Bem, não acha que Reneau gostaria de vê-la? Que acha de ter topado com ele, para começar?

— Não sei.

— Não acha que tem algum significado? Nós íamos de carro pela estrada, você vê alguém que lhe lembra um velho amigo, e quando o encontramos, ele por acaso também está atrás do Manuscrito. Não lhe parece mais que uma coincidência?

— É.

— Talvez vocês tenham se encontrado para que você recebesse alguma informação que estenderia sua estada aqui. E não resulta disso que talvez você tenha alguma informação para ele também?

— É, imagino que sim. Que acha que eu devia contar a ele?

Wil tornou a me olhar de novo com sua sinceridade típica.

— A verdade — respondeu.

Antes que eu pudesse dizer alguma outra coisa, Reneau já vinha saltando pela trilha abaixo em nossa direção.

Pela primeira vez me dei conta do crepúsculo e olhei para oeste. O sol já havia se posto mas o céu continuava laranja-claro. Por um instante, julguei ter visto um campo de luz esbranquiçada em volta das plantas no primeiro plano, mas a imagem desapareceu.

— Belo pôr-do-sol — eu disse, e então notei que Wil sumira dentro de sua barraca e Reneau retirava seu saco de dormir da capa.

— É mesmo — disse Reneau distraidamente, sem olhar.

Fui até onde ele trabalhava.

Ele ergueu os olhos para mim e disse:

— Não cheguei a lhe perguntar; quantas Visões você teve?

— As duas primeiras me foram descritas — respondi.

— Mas acabamos de passar os últimos dois dias na Hospedaria Viciente, perto de Satipo. Quando estávamos lá, um dos pesquisadores me deu uma cópia da Terceira. É muito impressionante.

Seus olhos se iluminaram.

— Está com você?

— Sim. Quer dar uma olhada?

Ele vibrou com a oportunidade, e levou-a para sua barraca, para lê-la. Encontrei alguns fósforos e jornais velhos e acendi a fogueira. Depois que as chamas ficaram intensas e brilhantes, Wil saiu se arrastando da barraca.

— Onde anda Reneau? — perguntou?

— Lendo a tradução que Sarah me deu — respondi.

Wil se aproximou e sentou-se numa acha lisa que alguém pusera perto da área da lareira. A escuridão descera afinal e não se via nada além do simples contorno das árvores à nossa esquerda, as luzes mortiças do posto atrás de nós, e um fulgor baço na barraca de Reneau. A floresta fervilhava de vida com sons noturnos, alguns dos quais eu jamais ouvira antes.

Uma meia hora depois, Reneau emergiu de sua barraca, a lanterna na mão. Aproximou-se de mim e sentou-se à minha esquerda. Wil bocejava.

— Esta Visão é impressionante — comentou. — Alguém lá podia mesmo ver esses campos de energia?

Eu lhe falei brevemente de minhas experiências, começando com nossa chegada e indo até o ponto em que eu próprio vi de fato os campos.

Ele ficou em silêncio um minuto, depois perguntou:

— Eles faziam mesmo experiências em que projetavam a própria energia nas plantas e afetavam o crescimento das plantas?

— Afetavam também o poder nutritivo delas — respondi.

— Mas a visão principal é mais ampla ainda — ele comentou, quase como para si mesmo. — A Terceira Visão é de que o universo como um todo é composto dessa energia, e que podemos modificar talvez não apenas as plantas, mas também outras coisas, exatamente como fazemos com a energia que nos pertence, a parte que podemos controlar. — Fez uma pausa de todo um minuto. — Eu me pergunto como afetamos outras pessoas com nossa energia.

Wil me olhou e sorriu.

— Vou lhe contar o que eu vi — eu disse. — Assisti a uma discussão entre duas pessoas, e as energias delas faziam umas coisas realmente estranhas.

Reneau empurrou os óculos para cima mais uma vez.

— Me fale disso.

Nesse ponto Wil se levantou.

— Acho que tenho de me recolher — disse. — Foi um dia longo.

Ambos lhe desejamos boa noite e ele entrou na barraca. Depois disso, descrevi o melhor que pude o que Sarah e o outro cientista haviam dito um ao outro, enfatizando a ação de seus campos de energia.

— Agora espere um minuto — pediu Reneau. — Você viu as energias deles puxando uma à outra, tentando, por assim dizer, capturar uma à outra, enquanto eles discutiam?

— Exato — respondi.

Ele ficou pensativo durante alguns segundos.

— Temos de analisar isso completamente. Havia duas pessoas discutindo sobre quem tinha a visão correta da situação, sobre quem estava certo; cada uma querendo sair vitoriosa sobre a outra, a ponto de invalidar a confiança da outra e se xingar francamente.

De repente ergueu os olhos.

— Sim, isso tudo faz sentindo!

— Que quer dizer? — perguntei.

— O movimento dessa energia, se pudermos observá-la sistematicamente, como um meio de entender o que os humanos estão recebendo quando disputam, brigam e ferem uns aos outros. Quando controlamos um outro ser humano, recebemos essa energia. Nos enchemos dela à custa do outro, e o ato de nos abastecer é o que nos motiva. Olha, eu tenho de aprender a ver esses campos de energia. Onde fica essa Pensão Viciente? Como chego até lá?

Dei-lhe a localização geral, mas disse que ele teria de perguntar a Wil as direções específicas.

— É, vou fazer isso amanhã — ele disse satisfeito. — Agora preciso dormir um pouco. Quero levantar o mais cedo possível amanhã.

Deu boa noite e desapareceu dentro de sua barraca, deixando-me sozinho com a fogueira a crepitar e os sons noturnos.

Quando acordei, Wil já saíra da barraca. Senti o aroma de cereal quente. Deslizei para fora de meu saco de dormir e olhei pela aba da barraca. Wil segurava uma panela sobre a fogueira. Reneau não estava em nenhum lugar à vista, e sua barraca desaparecera.

— Onde está Reneau? — perguntei, subindo e me aproximando da fogueira.

— Ele já fez a mala — disse Wil. — Está lá em cima trabalhando na camionete, aprontando-a para poder partir assim que a peça chegue.

Wil me passou uma tigela com mingau de aveia e nos sentamos no toro para comer.

— Vocês conversaram até tarde? — perguntou Wil.

— Não muito — respondi. — Contei a ele tudo que sabia.

Neste momento ouvimos sons que vinham da trilha. Reneau andava apressado para nós.

— Já está tudo pronto — disse. — Tenho de me despedir.

Após vários minutos de conversa, tornou a subir a escada e partiu. Wil e eu nos revezamos no banho e barba, no banheiro do dono do posto, depois arrumamos nossos equipamentos, pusemos gasolina no veículo e partimos, rumo ao norte.

— A que distância fica Cula? — perguntei.

— Com sorte, devemos chegar lá antes do anoitecer — respondeu Wil, e acrescentou: — E aí, que ficou sabendo com Reneau?

Eu o olhei bem. Ele parecia esperar uma resposta específica.

— Não sei — respondi.

— Que idéia lhe deixou ele?

— Que nós, humanos, embora não tenhamos consciência disso, tendemos a controlar e dominar os outros. Queremos conquistar a energia que existe entre as pessoas. Ela se acumula de algum modo, nos faz sentir melhor.

Wil olhava direto em frente para a estrada. Era como se de repente estivesse pensando em outra coisa.

— Por que pergunta? — perguntei. — Essa é a Quarta Visão?

Ele me olhou.

— Não exatamente. Você viu a energia fluindo entre as pessoas. Mas não sei se sabe o que parece para quem vê de fora quando isso ocorre com você.

— Então me diga! — pedi, ficando exasperado. — Você me acusa de não falar! Extrair uma informação sua é como arrancar um dente! Há dias venho tentando descobrir mais alguma coisa sobre suas experiências passadas com o Manuscrito, e você só faz me afastar.

Ele riu, depois me lançou um sorriso.

— Fizemos um trato, lembra? Tenho motivos para ser reservado. Uma das visões fala de como interpretar os acontecimentos da vida passada de alguém. É um processo de esclarecimento de quem é a gente, o que veio a gente fazer aqui neste planeta. Quero esperar até alcançarmos essa visão para conversarmos sobre minha formação, tudo bem?

Sorri diante de seu tom ousado.

— Tudo, imagino.

Durante o resto da manhã, rodamos em silêncio. O dia estava ensolarado e o céu azul. De vez em quando, à medida que subíamos mais pelas montanhas, nuvens pesadas pairavam sobre a estrada, cobrindo o pára-brisa de umidade. Lá pelo meio-dia, paramos num mirante que oferecia uma paisagem espetacular das montanhas e vales a leste.

— Está com fome? — perguntou Wil.

Fiz que sim com a cabeça e ele tirou dois sanduíches embrulhados de uma bolsa no banco traseiro. Depois de me passar um, perguntou:

— Que acha dessa paisagem?

— É linda.

Ele deu um leve sorriso e me olhou fixo, dando a impressão de que observava meu campo de energia.

— Que está fazendo? — eu perguntei.

— Só olhando — respondeu. — Os picos montanhosos são lugares especiais que acumulam energia em quem esteja neles. Você parece ter afinidade com paisagens montanhosas.

Falei-lhe do vale do meu avô e da montanha que dava para o lago, e como elas me deixaram alerta e energizado no dia em que Charlene chegara.

— Talvez o fato de ter sido criado lá em cima — ele disse — tenha preparado você para alguma coisa aqui, agora.

Eu ia perguntar-lhe mais sobre a energia dada pelas montanhas, quando ele acrescentou:

— Quando uma floresta virgem fica numa montanha, a energia é ainda mais intensa.

— A floresta virgem para onde vamos fica numa montanha? — perguntei.

— Veja você mesmo — ele respondeu. — Está vendo-a.

Apontava para o leste. A quilômetros de distância, eu via duas cristas que corriam paralelas pelo que pareciam vários quilômetros, e depois convergiam, formando um desenho em V. No espaço entre as duas cristas ficava o que dava a impressão de ser uma aldeola, e no vértice, no ponto onde as duas cristas se encontravam, a montanha erguia-se abrupta e terminava num cume rochoso. O cume parecia um pouco mais alto que a crista onde estávamos, e a área em torno de sua base muito mais verde, como coberta de exuberante folhagem.

— Aquela área verde? — perguntei.

— É — respondeu Wil. — É como Viciente, porém mais poderosa e especial.

— Especial como?

— Facilita uma das outras visões.

— Como? — perguntei.

Ele ligou o jipe e deu marcha à ré na estrada.

— Aposto — disse — que você vai descobrir.

Nenhum de nós falou muito mais durante uma hora ou por aí assim, e então eu me desliguei para dormir.

— Acorda — ele disse. — Estamos chegando em Cula.

Aprumei-me no assento. À frente, num vale onde duas estradas se juntavam, havia uma aldeola. Nos dois lados estavam as duas cristas que tínhamos visto. Suas árvores pareciam tão grandes quanto as de Viciente, e espetacularmente verdes.

— Preciso lhe dizer uma coisa antes de entrarmos ali — ele disse. — Apesar da energia desta floresta, a cidade é muito menos civilizada que outras regiões do Peru. É conhecida como o lugar onde se consegue informação sobre o Manuscrito, mas na última vez que estive aqui, estava cheia de tipos gananciosos, que não sentiam a energia e não compreendiam as visões. Queriam só o dinheiro ou o reconhecimento que ganhariam pela descoberta da Nona.

Olhei a aldeia. Consistia de quatro ou cinco ruas e avenidas. Casas de madeira maiores alinhavam-se ao longo das duas ruas principais que se cruzavam no centro da cidade, mas as outras ruas eram pouco mais que becos ladeados por pequenas moradias. Estacionados nos cruzamentos das ruas transversais, via-se talvez uma dezena de veículos e caminhões para estradas de terra.

— Por que toda essa gente aqui? — perguntei.

Ele sorriu confiante.

— Porque este é um dos últimos lugares para gente se abastecer de gasolina e suprimentos, antes de entrar mais fundo nas montanhas.

Ligou o jipe e entrou devagar na cidade, depois parou diante de uma das casas maiores. Não consegui ler os anúncios, mas pelos produtos na vitrine supus que fossem gêneros alimentícios e ferragens.

— Espere aqui um minuto — ele dissse. — Vou lá dentro comprar algumas coisas.

Assenti e Wil desapareceu dentro da loja. Enquanto eu olhava em volta, um caminhão parou do outro lado da rua e desceram várias pessoas. Uma delas era uma mulher de cabelos pretos e jaleco. Para minha surpresa, percebi que era Marjorie. Ela e um rapaz de vinte e poucos anos atravessaram a rua e passaram à minha frente.

Abri minha porta e saí.

— Marjorie — gritei.

Ela parou e olhou em volta, e então me viu e sorriu.

— Oi — disse.

Quando se dirigia para mim, o rapaz a agarrou pelo braço.

— Robert pediu que não falássemos com ninguém — ele disse muito baixinho, tentando não deixar que eu ouvisse.

— Tudo bem — ela disse. — Conheço essa pessoa. Vá entrando.

Ele me olhou com ceticismo, virou-se e entrou na loja. Tentei então, meio balbuciante, explicar o que acontecera entre nós nas hortas. Ela riu e disse que Sarah lhe contara tudo. Quando ia dizer mais alguma coisa, Wil saiu com um monte de mantimentos.

Apresentei-os e conversamos durante alguns minutos, enquanto Wil arrumava os mantimentos na parte de trás do jipe.

— Tenho uma idéia — disse Wil. — Vamos comer alguma coisa ali defronte.

Olhei o que parecia ser um boteco.

— Pra mim parece bom — eu disse.

— Não sei — disse Marjorie. — Preciso ir embora cedo. Minha cavalgada.

— Pra onde vai? — perguntei.

— Alguns quilômetros a oeste lá atrás. Vim visitar um grupo que estuda o Manuscrito.

— Podemos levá-la de volta mais tarde, depois do jantar — comentou Wil.

— Bem, acho que está tudo bem.

Wil olhou para mim.

— Tenho que pegar mais uma coisa. Vão vocês na frente e peçam alguma coisa, que eu peço quando voltar. Levo só uns minutos.

Concordamos e Marjorie e eu esperamos passar vários caminhões. Wil desceu a rua no sentido sul. De repente, o rapaz com quem Marjorie chegara saiu da loja e nos abordou mais uma vez.

— Aonde vai? — perguntou, segurando o braço dela.

— Este é um amigo meu — ela respondeu. — Vamos comer e depois ele pode me levar de volta mais tarde.

— Olhe, não deve confiar em ninguém aqui. Sabe que Robert não aprovaria.

— Está tudo bem — ela disse.

— Quero que venha comigo, agora!

Peguei o braço dele e retirei-o do de Marjorie.

— Você ouviu o que ela lhe disse.

Ele recuou e olhou para mim, de repente parecendo muito tímido. Virou-se e voltou para a loja.

— Vamos — eu disse.

Atravessamos a rua e entramos no pequeno restaurante. A área de comer consistia de uma única sala com apenas oito mesas, impregnada de cheiro de gordura e fumaça. Vi uma mesa desocupada à esquerda. Ao nos dirigirmos para lá, várias pessoas nos olharam por um instante e depois retornaram ao que faziam.

A garçonete só falava espanhol, mas Marjorie conhecia bem a língua e pediu para nós dois. Depois disso, Marjorie me olhou com simpatia.

Dei-lhe um sorriso.

— Quem é aquele cara que estava com você?

— É Kenny — ela respondeu. — Não sei o que deu nele. Obrigada pela ajuda.

Ela me fitava direto nos olhos, e seu comentário me fez sentir maravilhoso.

— Como entrou em contato com esse grupo? — perguntei.

— Robert Jansen é arqueólogo. Formou um grupo pra estudar o Manuscrito e encontrar a Nona Visão. Esteve em Viciente há umas semanas, e de novo uns dois dias atrás... Eu...

— O quê? — perguntei.

— Bem, eu tinha um relacionamento em Viciente do qual queria me afastar. Aí conheci Robert e ele foi muito encantador, e o que fazia parecia muito interessante. Me

convenceu de que nossa pesquisa nas hortas seria intensificada pela Nona Visão, e de que ele estava para descobri-la. Contou que a busca dessa visão ia ser a coisa mais emocionante que já fizera até hoje, e quando me ofereceu uma vaga em sua equipe por alguns meses, aceitei...

Fez uma pausa e baixou os olhos para a mesa. Parecia constrangida, e por isso mudei de assunto.

— Quantas Visões você leu?

—Só a que vi em Viciente. Robert tem algumas outras, mas acredita que as pessoas precisam se livrar de suas crenças tradicionais para poder entendê-las. Disse que prefere que elas aprendam os conceitos-chave com ele.

Devo ter franzido a cara, porque ela acrescentou:

— Não lhe agrada muito isso, não é?

— Parece suspeito — respondi.

Ela me olhou intensamente mais uma vez.

— Já me perguntei isso também. Talvez, quando você me levar de volta, possa conversar com ele e me dizer o que acha.

A garçonete chegou trazendo nossa comida, e quando se afastava vi Wil entrando. Ele veio depressa para a nossa mesa.

— Tenho de encontrar algumas pessoas cerca de um quilômetro e meio ao norte daqui. Vou ficar ausente duas horas. Pegue o jipe e leve Marjorie de volta. Vou a cavalo com outra pessoa. — Deu-me um sorriso. — Podemos nos encontrar aqui na volta.

Veio-me a idéia de informá-lo sobre Robert Jensen, mas a rejeitei.

— Tudo bem — disse.

Ele olhou para Marjorie.

— Prazer em conhecê-la. Eu gostaria de ter tempo para ficar e conversarmos.

Ela o olhou com sua expressão tímida e disse:

— Quem sabe outra hora?

Ele balançou a cabeça, me entregou as chaves e saiu.

Marjorie comeu por alguns minutos, depois disse:

— Ele parece um homem que tem um objetivo. Como o conheceu?

Contei-lhe em detalhes minhas experiências na chegada ao Peru. Enquanto falava, ela me ouvia atentamente, e na verdade me descobri contando a história com muita facilidade, e expressando os lances e episódios dramáticos com perspectiva e verdadeiro talento. Ela parecia fascinada, presa a cada palavra.

— Nossa — disse num momento — acha que está correndo perigo?

— Não, não acredito. Não a esta distância de Lima.

Ela ainda me olhava expectante, por isso enquanto terminávamos de comer resumi rapidamente os acontecimentos em Viciente até o ponto em que Sarah e eu chegamos às hortas.

— Foi aí que conheci você — disse — e você fugiu.

— Ah, não foi bem assim — ela disse. — Eu simplesmente não o conhecia, e quando percebi seus sentimentos achei melhor sair.

— Bem, peço desculpas — eu disse, dando uma risadinha — por ter perdido o controle de minha energia.

Sarah olhou para o relógio.

— Acho que tenho de voltar. Devem estar querendo saber onde estou.

Deixei suficiente dinheiro para a conta e saímos em direção ao jipe de Wil. A noite estava fria e podíamos ver o rastro de nossa respiração. Ao entrarmos, ela disse.

— Volte para o norte por esta estrada. Eu lhe aviso quando virar.

Assenti, fiz uma rápida curva na rua e tomei aquela direção.

— Me fale mais dessa fazenda para onde estamos indo — pedi.

— Acho que Robert a aluga. Aparentemente, o grupo dele a usa há muito tempo, enquanto ele estudava as visões. Desde que cheguei lá, todos vêm estocando mantimentos, preparando os veículos, coisas desse tipo. Alguns dos homens dele parecem muito rudes.

— Por que ele convidou você para acompanhá-lo? — perguntei.

— Disse que precisava de alguém para ajudar a interpretar a última visão, assim que a encontrássemos. Pelo menos, foi o que disse lá em Viciente. Aqui, só falou em mantimentos e em ajudar na preparação para a viagem.

— Para onde planeja ir?

— Não sei — ela respondeu. — Ele nunca me responde quando pergunto.

Após uns dois quilômetros, ela apontou uma curva à esquerda para uma estrada estreita, pedregosa, que serpeava por uma encosta acima e descia para um vale plano. Adiante havia uma casa de fazenda feita de pranchas rústicas. Atrás dela, vários celeiros e galpões. Três lhamas nos olharam de um pasto cercado.

Quando paramos, várias pessoas contornaram o veículo e ficaram olhando, sem sorrir. Notei num gerador elétrico a gasolina zumbindo no oitão da casa. Então a porta se abriu e um homem alto, de cabelos escuros e feições fortes e magras, veio em nossa direção.

— Esse aí é o Robert — disse Marjorie.

— Ótimo — eu disse, ainda me sentindo forte e confiante.

Saímos do carro, enquanto Jensen se aproximava. Ele olhou para Marjorie.

— Eu estava preocupado com você — disse. — Pelo que sei, encontrou um amigo.

Eu me apresentei e ele apertou minha mão com firmeza.

— Eu sou Robert Jensen — disse. — Estou feliz por vocês dois estarem bem. Entrem.

Lá dentro, várias pessoas cuidavam de suprimentos. Um carregava uma barraca e equipamentos de acampamento para os fundos. Pela sala de jantar vi duas peruanas 97 na cozinha, embalando comida. Jensen sentou-se numa das cadeiras da sala de estar e nos indicou duas outras.

— Por que disse que estava feliz por estarmos bem? — perguntei.

Ele se curvou para mim e perguntou num tom sincero:

— Há quanto tempo está nesta região?

— Só desde hoje à tarde.

— Então não pode saber como é perigoso aqui. As pessoas desaparecem. Já ouviu falar do Manuscrito, da Nona Visão que falta?

— Sim, já. Na verdade...

— Então precisa saber o que está acontecendo — ele interrompeu. — A busca da última visão está ficando feia. Tem pessoas perigosas no meio.

— Quem? — perguntei.

— Gente que não se preocupa em absoluto com o valor arqueológico dessa descoberta. Gente que simplesmente quer a visão, para seus próprios fins.

Um homem imenso, de barba e pança, interrompeu a conversa e mostrou uma lista a Jensen. Discutiram brevemente alguma coisa em espanhol.

Jensen tornou a me olhar.

— Veio aqui procurar o Manuscrito também? — perguntou. — Tem alguma noção de onde está se metendo?

Eu me senti sem jeito e tive dificuldade de me expressar.

— Bem... Estou interessado sobretudo em descobrir mais sobre o Manuscrito inteiro. Ainda não vi muita coisa dele.

Ele se aprumou em sua cadeira, e disse:

— Compreende que o Manuscrito é um artefato do estado, e que as cópias dele foram declaradas ilegais, a não ser com permissão?

— Sim, mas alguns cientistas discordam disso. Acham que o governo está eliminando novas...

— Não acha que a nação peruana tem o direito de controlar seus próprios tesouros arqueológicos? O governo sabe que você está no país?

Eu não soube o que responder — voltara-me a onda de ansiedade no estômago.

— Veja, não me entenda errado — ele disse sorrindo. — Estou do seu lado. Se tem algum tipo de apoio acadêmico de fora do país, me diga. Mas tenho a sensação de que está apenas zanzando por aí.

— Alguma coisa assim — eu disse.

Notei que a atenção de Marjorie passara de mim para Jensen.

— Que acha que ele deve fazer? — ela perguntou.

Jensen se levantou e sorriu.

— Talvez eu pudesse pôr você num emprego aqui conosco. Precisamos de mais gente. O lugar para onde estamos indo é relativamente seguro, eu acho. E você pode encontrar algumas rotas para casa no caminho, se as coisas não correrem bem.

Ele me olhou com atenção.

— Mas tem de estar disposto a fazer exatamente o que eu disser, a cada passo do caminho.

Lancei uma olhada a Marjorie. Ela ainda olhava para Jensen. Fiquei confuso. Talvez devesse considerar a oferta de Jensen, pensei. Se ele estava em bons termos com o governo, essa poderia ser a única oportunidade que havia de uma volta legal para os Estados Unidos. Talvez eu estivesse me enganando. Talvez Jensen tivesse razão e eu estivesse atolado.

— Acho que você deve pesar o que Robert diz — disse Marjorie. — É assustador demais lá fora sozinho.

Embora soubesse que ela podia ter razão, eu ainda acreditava em Wil, no que estávamos fazendo. Quis expressar esse pensamento, mas quando tentei falar descobri que não conseguia formular as palavras. Não mais podia pensar com clareza.

De repente, o homenzarrão entrou na sala mais uma vez e olhou pela janela. Jensen levantou-se rápido e olhou, depois se virou para Marjorie e disse num tom casual:

— Vem vindo alguém. Peça a Kenny para subir até aqui.

Pela janela, vi alguns faróis de caminhão aproximando-se. O veículo parou pouco além da cerca, a uns quinze metros.

Jensen abriu a porta, e quando fez isso ouvi falarem meu nome do lado de fora.

— Quem é? — perguntei.

Jensen lançou-me um olhar penetrante.

— Não dê um pio — disse.

Ele e o grandão saíram e puxaram a porta, fechando-a. Pela janela, vi uma silhueta solitária por trás dos faróis do caminhão. Meu primeiro impulso foi o de ficar dentro da casa. A avaliação de minha situação por Jensen me enchera de presságios. Mas alguma coisa na pessoa junto ao caminhão me pareceu familiar. Abri a porta e saí. Assim que Jensen me viu, se virou rápido e veio em minha direção.

— Que está fazendo? Volte para dentro.

Acima do gerador, julguei ouvir de novo o meu nome.

— Volte já para dentro! — ordenou Jensen. — Pode ser uma cilada. — Estava parado bem à minha frente, bloqueando minha visão do veículo. — Volte para dentro já!

Eu me senti inteiramente em pânico e confuso, incapaz de tomar uma decisão. Então a figura por trás dos faróis se aproximou e eu vi seu vulto junto ao corpo de Jensen. Ouvi claramente:

— ... venha cá, preciso falar com você!

Então, quando o vulto se aproximou, minha mente ficou clara e percebi que era Wil. Passei correndo por Jensen.

— Que foi que houve com você? — Wil perguntou rápido. — Temos de sair daqui.

— E quanto a Marjorie? — perguntei.

— Não podemos fazer nada em relação a ela agora — disse Wil. — É melhor a gente ir embora.

E já nos afastávamos, quando Jensen chamou.

— É melhor você ficar aqui. Não vai conseguir.

Wil parou e me olhou, dando-me a opção de ficar ou partir.

— Vamos — eu disse.

Passamos pelo caminhão em que Wil chegara e notei que dois outros homens estavam à espera no assento da frente. Quando chegamos ao jipe de Wil, ele me pediu as chaves e fomos embora. O caminhão com os amigos dele nos seguiu.

Wil se voltou e falou:

— Jensen me disse que você tinha decidido ficar com esse grupo. Que está acontecendo?

— Como sabe o nome dele? — gaguejei.

— Acabo de ouvir falar nesse cara — ele respondeu. — Trabalha para o governo peruano. É realmente arqueólogo, mas comprometido em manter a coisa toda em segredo, em troca dos direitos exclusivos de estudar o Manuscrito, só que não era para sair procurando a visão que falta. Aparentemente, decidiu violar o acordo. Dizem que vai partir em breve em busca da Nona.

"Quando eu soube que era ele a pessoa com quem Marjorie estava, achei melhor vir até aqui. Que disse ele a você?"

— Que eu corria perigo e devia me juntar a ele, e que ia me ajudar a deixar o país, se fosse isso que eu desejasse.

Wil sacudiu a cabeça.

— Ele tinha fisgado você direitinho.

— Que quer dizer?

— Devia ter visto seu campo de energia. Fluía quase totalmente para dentro do dele.

— Não entendo.

— Se lembre da discussão de Sarah com o cientista em Viciente.... Se você tivesse visto um deles vencer, convencendo o outro de que estava certo, teria visto a energia do perdedor fluindo para a do vencedor, deixando o derrotado se sentindo esgotado, fraco e meio confuso, como a moça naquela família peruana, e como você — sorriu — agora.

— Você viu isso acontecendo comigo?

— Sim — ele respondeu. — E foi extremamente difícil para você deter o controle que ele tinha sobre você e se livrar. Por um instante, achei que não ia conseguir.

— Nossa — eu disse. — Aquele cara deve ser realmente um demônio.

— Não exatamente — ele disse. — Na certa só está meio consciente do que faz. Acha que tem direito de controlar a situação, e sem dúvida aprendeu há muito tempo que podia conseguir dominar, seguindo uma determinada estratégia. Primeiro, finge ser amigo da gente, aí descobre alguma coisa errada no que a gente faz, no seu caso, que você estava em perigo. Na verdade, solapa sutilmente a confiança que a gente tem no próprio caminho até a gente passar a se identificar com ele. Assim que acontece isso, é dono da gente.

Wil olhou diretamente para mim.

— Esta é apenas uma das muitas estratégias que as pessoas usam para tapear os outros e tomar a energia deles. Você vai aprender as outras restantes mais tarde, na Sexta Visão.

Eu não estava ouvindo; tinha o pensamento em Marjorie. Não me agradava tê-la deixado lá.

— Acha que devemos tentar ir buscar Marjorie? — perguntei.

— Agora, não — ele respondeu. — Acho que ela não corre perigo. Podemos ir até lá amanhã, quando partirmos, e tentar falar com ela.

Ficamos em silêncio alguns minutos, e então Wil perguntou:

— Entende o que eu disse, que Jensen não percebe o que faz? Ele não é diferente da maioria das pessoas. Só faz o que o faz se sentir o mais forte.

— Não, acho que não entendo.

Wil ficou pensativo.

— Tudo isso ainda é inconsciente na maioria das pessoas. Tudo que sabemos é que nos sentimos fracos, e quando controlamos outros nos sentimos melhor. O que não compreendemos é que o preço dessa sensação de se sentir melhor é a outra pessoa. É a energia que roubamos dela. A maioria das pessoas passa a vida numa caça constante à energia de outra.

Olhou-me com um brilho nos olhos.

— Embora as vezes funcione diferente. Encontramos alguém que, pelo menos durante algum tempo, nos manda voluntariamente sua energia.

— Aonde está querendo chegar?

— Se lembre de quando você e Marjorie comiam juntos no restaurante da aldeia e eu entrei.

— Tudo bem.

— Não sei o que vocês dois conversavam, mas a energia dela inundava você. Quando entrei, vi isso claramente. Me diga: como se sentia naquele momento?

— Eu me sentia bem — respondi. — De fato, as experiências e conceitos que eu contava me pareciam cristalinas. Podia me expressar com facilidade. Mas que significa isso?

Ele sorriu.

— De vez em quando, outra pessoa quer voluntariamente que a gente defina a situação dela para ela, nos dando sua energia diretamente, como Marjorie fez com você. Isso nos faz sentir fortalecidos, mas você vai ver que em geral isso não dura. A maioria das pessoas... entre elas Marjorie... não é bastante forte para continuar dando energia. Por isso é que a maior parte dos relacionamentos acaba virando disputas pelo poder. Os seres humanos ligam as energias e depois lutam para decidir quem vai controlá-las. E o perdedor sempre paga o preço.

Ele parou bruscamente e me olhou.

— Você tem a Quarta Visão? Pense no que aconteceu a você. Você viu que a energia flui entre pessoas e se perguntou o que significava aquilo, e aí demos com Reneau, que lhe disse que os psicólogos já pesquisavam algum motivo para os seres humanos buscarem controlar uns aos outros.

"Tudo isso foi demonstrado com a família peruana. Você viu com toda a clareza que dominar outro faz o dominador se sentir poderoso e esperto, mas suga a energia vital dos que estão sendo dominados. Não faz diferença que nos digamos que fazemos isso para o bem da própria pessoa, ou que são nossos filhos e portanto temos de estar no comando o tempo todo. O dano continua ocorrendo.

"Em seguida, você encontrou Jensen e teve um gosto do que é realmente isso. Viu que quando alguém domina fisicamente a gente, na verdade retira nossa capacidade de pensar. Não era como se você perdesse um debate intelectual com Jensen. Você não tinha a energia ou clareza mental para debater. Todo o seu poder mental ia para Jensen. Infelizmente, esse tipo de violência física ocorre o tempo todo, em toda a cultura humana, muitas vezes cometida por pessoas fora isso bem-intencionadas."

Apenas balancei a cabeça. Wil tinha resumido minha experiência com exatidão.

— Tente integrar plenamente a Quarta Visão — ele prosseguiu. — Veja como ela se encaixa no que você já conhece. A Terceira lhe mostrou que o mundo físico é na verdade um vasto sistema de energia. E agora a Quarta indica que há muito tempo nós, humanos, competimos inconscientemente pela única parte dessa energia aberta a nós: a que flui entre as pessoas. Esse é que foi sempre o conflito humano, em todos os níveis: desde todos os mesquinhos conflitos em família e no emprego até as guerras entre países. É o resultado da sensação de insegurança e fraqueza e da necessidade de roubar a energia de outra pessoa para se sentir bem.

— Espera aí — protestei. — Algumas guerras tinham de ser travadas. Eram justas.

— Claro — respondeu Wil. — Mas o único motivo de não se poder resolver imediatamente um conflito é que um lado se agarra a uma posição irracional, para fins de energia.

Pareceu lembrar-se de alguma coisa. Enfiando a mão numa mochila, tirou de dentro dela um maço de papéis presos com clipes.

— Quase esqueci! — disse. — Achei uma cópia da Quarta Visão.

Passou-me a cópia e não disse mais nada, olhando em frente enquanto dirigia.

Peguei a pequena lanterna que ele trazia no chão e durante os vinte minutos seguintes li o curto documento. Compreender a Quarta Visão, dizia, é uma questão de ver o mundo humano como uma disputa acirrada pela energia, e portanto pelo poder.

Contudo, assim que os humanos compreenderem sua luta, continuava a Visão, começaremos imediatamente a transcender esse conflito. Começaremos a nos livrar da disputa por simples energia humana... pois poderemos afinal receber nossa energia de outra fonte.

Olhei para Wil.

— Qual é a outra fonte? — perguntei.

Ele sorriu, mas nada disse.

A MENSAGEM
DOS MÍSTICOS

Na manhã seguinte, acordei assim que ouvi Wil se mexendo. Tínhamos passado a noite numa casa de um de seus amigos, e ele se sentava numa tarimba do outro lado do quarto, vestindo-se apressado. Ainda estava escuro fora da casa.

— Vamos arrumar a trouxa — ele sussurrou.

Pegamos nossas roupas e fizemos várias viagens até o jipe, com alguns suprimentos extras que Wil comprara. O centro da aldeia ficava apenas a algumas centenas de metros, mas poucas luzes varavam a escuridão. O amanhecer era só uma faixa de céu mais claro para os lados do leste. Além de alguns pássaros anunciando a manhã iminente, não se ouviam outros sons.

Quando terminamos, fiquei no jipe, enquanto Wil falava brevemente com seu amigo, que permanecera sonolento na varanda durante nossas idas e vindas. De repente, ouvimos barulho no entroncamento. Vimos os faróis de três caminhões, que entraram no centro da cidade e pararam.

— Talvez seja Jensen — disse Wil. — Vamos até lá ver o que estão fazendo, mas com cuidado.

Atravessamos várias ruas e entramos num beco que dava na rua principal, a uns trinta metros dos caminhões. Dois dos veículos estavam sendo abastecidos com combustível e o terceiro parado à frente da loja. Havia quatro ou cinco pessoas por perto. Vi Marjorie sair da loja e colocar alguma coisa no caminhão, depois andar distraída para nosso lado, dando uma olhada nas lojas vizinhas.

— Vá lá e veja se consegue fazer com que ela venha conosco — sussurrou Wil. — Espero você aqui.

Eu dobrei a esquina, e quando me aproximava dela me senti horrorizado. Atrás de Marjorie, na frente da loja, vi pela primeira vez que vários dos homens de Jensen tinham metralhadoras automáticas. Alguns instantes depois, meu pavor intensificou-se. Na rua em frente a mim, soldados agachavam-se e aproximavam-se lentamente do grupo de Jensen.

No mesmo momento em que Marjorie me viu, os homens de Jensen viram os outros e dispersaram. Uma rajada de metralhadora encheu o ar. Marjorie me olhava com terror nos olhos. Corri e agarrei-a. Enfiamo-nos correndo no beco seguinte. Mais tiros eram disparados em meio a furiosos gritos em espanhol. Tropeçamos numa pilha de caixas de papelão vazias e caímos, nossos rostos quase tocando-se.

— Vamos! — gritei, saltando de pé.

Ela se levantou com esforço, me puxou para baixo de novo, apontando com a cabeça o fim do beco. Dois homens armados escondiam-se de costas para nós, olhando a rua seguinte. Ficamos imóveis. Finalmente, eles atravessaram a rua correndo para a área de floresta adiante.

Eu sabia que tínhamos de ir até o jipe e voltar para a casa do amigo de Wil. Tinha certeza de que ele estaria lá. Rastejamos com cuidado até a rua seguinte. Ouviam-se gritos furiosos e disparos à direita, mas não víamos ninguém. Olhei à esquerda; nada ali também — nenhum sinal de Wil. Imaginei que ele tivesse corrido à nossa frente.

— Vamos cortar pelo mato — eu disse a Marjorie, que agora estava alerta e parecendo decidida. — Depois — continuei — ficamos na beira da mata e seguimos para a esquerda. O jipe está parado daquele lado.

— Tudo bem — ela disse.

Atravessamos rápido a rua e chegamos a mais ou menos uns trinta metros da casa. O jipe continuava lá, mas não vimos qualquer movimento em parte alguma. Ao nos prepararmos para atravessar correndo a última rua antes da casa, um veículo militar dobrou uma esquina à nossa esquerda e avançou devagar para a moradia. Ao mesmo tempo, Wil atravessou o terreiro correndo, deu partida no jipe e saiu disparado na direção oposta. Os veículos o perseguiram.

— Porra! — eu disse.

— Que vamos fazer agora? — perguntou Marjorie, o pânico voltando ao rosto.

Mais tiros eram disparados na rua atrás de nós, desta vez mais perto. À frente, a floresta engrossava e tendia para a crista que dominava a aldeia e corria para o norte e para o sul. Era a mesma crista que eu vira do mirante antes.

— Vamos lá para o topo — eu disse. — Depressa!

Subimos várias centenas de metros pela montanha. Num mirante, paramos e olhamos a aldeia lá atrás. Veículos militares como que jorravam nas ruas transversais, e inúmeros soldados faziam o que parecia ser uma busca de casa em casa. Abaixo de nós, na base da montanha, ouvi vozes abafadas.

Corremos mais montanha acima. Tudo que podíamos fazer agora era correr.

Seguimos a crista para o norte a manhã toda, parando apenas para nos agachar quando um veículo passava pela crista paralela à nossa esquerda. A maioria era o mesmo jipe militar cinza-aço que tínhamos visto antes, mas de vez em quando passava um carro civil. Ironicamente, a estrada nos oferecia um solitário ponto de referência e de segurança contra a selva em toda a volta.

À frente, as duas cristas se aproximavam mais uma da outra e tornavam-se mais abruptamente íngremes. Afloramentos de rocha irregulares protegiam o solo do vale entre eles. De repente, vimos vindo do norte um jipe semelhante ao de Wil, mas ele virou rapidamente numa estrada lateral que mergulhava no vale.

— Aquele ali parece o Wil — eu disse, me esforçando para ver.

— Vamos descer até lá embaixo — disse Marjorie.

— Espera aí. E se for uma armadilha? E se o capturaram e estão usando o jipe para nos atrair?

O rosto dela caiu.

— Fique aqui — eu disse. — Eu desço lá e você fica me observando. Se tudo estiver bem, eu faço um sinal para você descer.

Ela concordou relutante, e eu comecei a descer a montanha íngreme em direção ao local onde o jipe parara. Através da folhagem, pude ver vagamente alguém saltar do veículo, mas não deu para ver quem era. Agarrando-me a pequenos arbustos e árvores, abri caminho entre as rochas, escorregando de vez em quando no húmus espesso.

Finalmente o veículo estava bem à minha frente na crista defronte, a uns cem metros de distância talvez. O motorista, encostado num dos pára-lamas traseiros, continuava indistinto. Desloquei-me para a direita, a fim de ter uma visão melhor. Era o Wil. Corri mais para a direita e me senti deslizando. No último minuto, estendi o braço para um tronco de árvore e voltei a ficar de pé. Meu estômago se embrulhou de pavor, pois abaixo de mim se abria um precipício de uns dez metros ou mais. Por pouco eu não me matara.

Ainda agarrado à árvore, levantei-me e tentei chamar a atenção de Wil. Ele observava a crista acima de mim, e aí baixou os olhos e olhou direto para mim. Ele se mexeu e veio andando em minha direção por entre os arbustos. Apontei a íngreme garganta abaixo.

Ele examinou o fundo do vale e gritou para mim.

— Não vejo como atravessar — disse. — Você vai ter de descer até o vale e atravessar lá.

Fiz que sim com a cabeça, e ia fazer sinal para Marjorie quando vi um veículo se aproximando à distância. Wil pulou dentro do jipe e voltou às pressas para a estrada principal. Subi a encosta correndo. Eu via Marjorie por entre a folhagem, vindo na minha direção.

De repente, da área atrás dela vieram altos gritos em espanhol e ruídos de pessoas correndo. Marjorie escondeu-se sob uma saliência rochosa. Eu mudei de rumo, correndo tão silencioso quanto podia para a esquerda. Enquanto corria, procurava ver Marjorie por entre as árvores. No momento em que a avistei, ela gritou alto, com dois soldados agarrando-a pelos braços e obrigando-a a levantar-se.

Continuei a correr encosta acima, mantendo-me abaixado, o olhar de pavor dela congelado em minha mente. Uma vez no alto da crista, rumei de novo para o norte, o coração martelando de terror e pânico.

Após correr uns dois quilômetros, parei e escutei. Não ouvia movimento ou conversa alguma atrás de mim. Deitado de costas, tentei relaxar e pensar com clareza, mas o pavoroso espectro da captura de Marjorie era arrasador. Por que pedira a ela que ficasse sozinha na crista? Que devia eu fazer agora?

Levantei-me, respirei fundo e olhei a estrada na outra crista. Não tinha visto nenhum trânsito enquanto corria. Mais uma vez me pus à escuta com toda atenção: nada, a não ser os sons habituais da floresta. Aos poucos, fui me acalmando. Afinal, Marjorie só fora capturada. Não era culpada de nada, a não ser de fugir do tiroteio. Na certa só ficaria detida até que pudessem provar sua identidade de cientista legítima.

Mais uma vez rumei para o norte, as costas doendo um pouco. Sentia-me imundo e exausto, e pontadas de fome me ferroavam o estômago. Durante duas horas andei sem pensar nem ver ninguém.

E então, da encosta à minha direita, ouvi sons de passos correndo. Parei e escutei de novo, mas os sons haviam parado. Ali as árvores eram maiores, protegendo do sol o solo abaixo e fazendo rarear os arbustos. Eu podia ver por cinqüenta ou sessenta metros. Nada se mexia. Passei por uma grande pedra à minha direita e várias árvores, pisando tão macio quanto possível. Três outros afloramentos maciços erguiam-se em meu caminho e passei por dois deles. Ainda nenhum movimento. Contornei o terceiro. Galhos estalaram atrás de mim. Voltei-me devagar.

Ali, junto à rocha, estava o homem barbudo que eu vira na fazenda de Jensen, os olhos loucos, em pânico, os braços trêmulos, apontando uma arma automática para minha barriga. Parecia esforçar-se para se lembrar de mim.

— Espere um minuto — gaguejei. — Eu conheço Jensen.

Ele me olhou com mais atenção e baixou a arma. Então, no mato atrás de nós, ouvimos sons de alguém andando. O barbudo passou correndo por mim para o norte, segurando o rifle numa das mãos. Eu o segui instintivamente. Corríamos o mais depressa que podíamos, nos desviando de galhos e pedras e lançando de vez em quando olhadas para trás.

Após várias centenas de metros, ele tropeçou e passei correndo à sua frente. Desabei entre duas rochas para descansar e olhar para trás, tentando detectar algum movimento. Vi um soldado solitário, a uns cinqüenta metros, erguer o fuzil para o homem imenso, que lutava para levantar-se. Antes que eu pudesse dar um aviso, o soldado atirou. O peito do homem explodiu, quando as balas saíram do outro lado, me salpicando de sangue. Um eco do disparo de fuzil encheu o ar.

Durante um instante ele ficou imóvel, os olhos fixos, depois o corpo arqueou-se para a frente e caiu. Eu reagi cegamente, fugindo do soldado mais uma vez para o norte, mantendo as árvores entre mim e a área de onde haviam partido os tiros. A crista tornava-se cada vez mais irregular e rochosa, e começava a subir dramaticamente.

Todo o meu corpo tremia de exaustão e terror, enquanto eu me esforçava para passar pelos espaços entre as rochas. Numa determinada altura, escorreguei e ousei lançar uma olhada para trás. O soldado aproximava-se do corpo. Deslizei para trás de uma rocha quando ele ergueu os olhos, aparentemente direto para mim. Mantive-me abaixado ao solo e passei rastejando por várias outras pedras. Então a encosta da crista aplainou-se, bloqueando a visão do soldado, e eu me levantei de novo, correndo o mais rápido que podia por entre pedras e árvores. Tinha a mente embotada. Só podia pensar em fugir. Embora não me atrevesse a olhar para trás, tinha certeza de que ouvia o soldado correndo atrás de mim.

A crista subia adiante e eu enfrentei a subida, minhas forças começando a extinguir-se. No alto, o solo se elevava e era cheio de árvores altas e luxuriante matagal. Logo atrás delas erguia-se um paredão de rocha, que tive de escalar com delicadeza, procurando apoios para as mãos e pés enquanto prosseguia. Lutei até o topo e senti o coração afundar com a vista diante de mim. Um abismo de uns trinta metros ou mais barrava meu caminho; eu não podia ir em frente.

Estava condenado, liquidado. Pedras deslizaram no afloramento atrás de mim, indicando que o soldado se aproximava rápido. Caí de joelhos. Estava exausto, nas últimas, e com um suspiro final desisti da luta, aceitando meu destino. Sabia que logo viriam as balas. E interessantemente, como o fim de um terror, a morte parecia quase um alívio bem-vindo. Enquanto esperava, minha mente passava para breves visões de domingos da infância e a inocente contemplação de Deus. Como seria a morte? Tentei me abrir à experiência.

Após um longo período de espera, durante o qual não tive noção do tempo, percebi de repente que nada tinha acontecido! Olhei em volta e notei pela primeira vez que estava no mais alto pico da montanha. Outras cristas e penhascos íngremes tombavam dali, deixando-me com uma vista panorâmica em todas as direções.

Um movimento me chamou a atenção. Bem abaixo na encosta, em direção ao sul, afastando-se casualmente de mim, ia o soldado, a arma pertencente ao homem de Jensen pendurada num braço. A visão aqueceu meu corpo e me causou ondas de mudo riso. De algum modo, eu sobrevivera! Voltei-me, sentei-me de pernas cruzadas e saboreei a euforia. Queria ficar ali para sempre. O dia estava brilhante de raios de sol e céu azul.

Ali sentado, impressionou-me a proximidade das roxas colinas e rochedos à distância, ou melhor, a sensação de que estavam perto. Tinha a mesma sensação em relação aos poucos tufos de nuvens brancas que flutuavam acima. Sentia que podia tocá-las com a mão.

Ao estender o braço para o céu, percebi uma coisa diferente na maneira como sentia meu corpo. Meu braço deslizara para cima com incrível facilidade, e eu mantinha as costas, o pescoço e a cabeça perfeitamente eretos sem nenhum esforço. De minha posição — sentado de pernas cruzadas — me levantei sem usar os braços, e estiquei-me. A sensação era de leveza total.

Olhando as montanhas ao longe, observei que uma lua diurna havia despontado e estava para se pôr. Parecia um quarto crescente e pairava sobre o horizonte como uma concha emborcada. Na mesma hora compreendi por que ela tinha aquela forma. O sol, milhões de quilômetros bem acima de mim, brilhava apenas no topo da lua que descia. Eu podia perceber a linha exata entre o sol e a superfície lunar, e esse reconhecimento de certa forma ampliou mais ainda minha consciência do que me cercava.

Eu podia imaginar a lua já tendo mergulhado abaixo do horizonte e a exata forma refletida que ela teria para os que moravam mais a leste e ainda continuavam a vê-la. Então imaginei qual seria sua aparência quando passasse exatamente sob mim do outro lado do planeta. Para as pessoas ali, ela pareceria cheia, porque o sol acima da minha cabeça brilhava além da Terra e batia em cheio nela.

Esse quadro fez correr uma onda de sensação pela minha espinha, e minhas costas pareceram ficar ainda mais eretas quando concebi, não, experimentei, o mesmo espaço comumente sentido acima de mim existindo também sob meus pés, no outro lado do globo. Pela primeira vez em minha vida sentia a redondeza da Terra não como um conceito intelectual, mas como uma sensação real.

Num certo nível, essa consciência me excitou, mas em outro parecia perfeitamente comum e natural. Tudo o que eu queria fazer era imergir na sensação de estar suspenso, flutuando, no meio de um espaço que existia em todas as direções. Em vez de tentar desprender-me da Terra com minhas pernas, ali parado, resistindo à sua gravidade, eu agora me sentia como se estivesse suspenso por uma flutuabilidade interna, como se estivesse inflado como um balão, com hélio apenas o suficiente para pairar sobre o solo, mal tocando-o com os pés. Era como estar em perfeita forma atlética, como após um ano de exercícios intensos, só que muito mais coordenado e iluminado.

Sentei-me de novo na pedra e, mais uma vez, tudo pareceu próximo: o áspero afloramento onde me sentava, as árvores altas mais abaixo na encosta e as outras montanhas no horizonte. E enquanto olhava os galhos das árvores balançando de leve no horizonte, experimentava não apenas uma percepção visual, mas também uma sensação física, como se os galhos movendo-se ao vento fossem pêlos em meu corpo.

Percebia tudo como de algum modo fazendo parte de mim. Sentado no topo da montanha, olhando as paisagens que se afastavam de mim em todas as direções, me sentia exatamente como se o que conhecera como meu corpo físico fosse apenas a cabeça de um corpo muito maior, constituído de tudo mais que eu via. Experimentava todo o universo se vendo através dos meus olhos.

Essa percepção induziu um lampejo de lembrança. Minha mente se precipitou de volta no tempo, para antes do início da minha viagem ao Peru, antes de minha infância e meu nascimento. Estava presente a compreensão de que minha vida não começara, na verdade, com minha concepção e nascimento neste planeta. Começara muito antes, com a formação do resto de mim, de meu corpo verdadeiro, o próprio universo.

A ciência da evolução sempre me aborrecera, mas agora, à medida que minha mente continuava a disparar de volta no tempo, tudo que eu lera sobre o assunto começava a ressurgir em mim, incluindo as conversas com o amigo que se parecia com Reneau. Lembrei-me de que esse era o campo que lhe interessava: a evolução.

Todo conhecimento parecia fundir-se com lembranças concretas. De algum modo eu estava lembrando o que acontecera, e as lembranças me permitiam ver a evolução de uma nova forma.

Vi quando a primeira matéria explodiu no universo, e compreendi, como descrevera a Terceira Visão, que nada havia de verdadeiramente sólido nela. A matéria era apenas energia vibrando num certo nível, e no início existia apenas em sua mais simples forma vibratória: o elemento que chamamos hidrogênio. Era só isso que existia no universo, apenas hidrogênio.

Vi os átomos de hidrogênio começarem a gravitar juntos, como se o princípio dominante, o impulso, dessa energia fosse iniciar uma passagem para um estado mais complexo. E quando os bolsões desse hidrogênio atingiram densidade suficiente, ele começou a esquentar e a arder, a tornar-se o que chamamos estrela, e nesse arder o hidrogênio fundiu-se e saltou para a vibração superior seguinte, o elemento que chamamos hélio.

Comigo ainda olhando, essas primeiras estrelas envelheceram e finalmente explodiram e cuspiram o hidrogênio restante e o recém-criado hélio no universo. E todo o processo recomeçava mais uma vez. O hidrogênio e o hélio gravitavam juntos até a temperatura esquentar o bastante para se formarem novas estrelas, e estas por sua vez se fundiam com o hélio, criando o elemento lítio, que vibrava no nível mais alto seguinte.

E assim por diante... cada geração sucessiva de estrelas criando matéria que não existia antes, até que o amplo espectro de matéria — os elementos químicos básicos — se houvessem formado e dispersado por toda parte. A matéria evoluíra do elemento hidrogênio, a mais simples vibração de energia, até o carbono, que vibrava num ritmo extremamente acelerado. Agora estava pronto o cenário para o novo passo na evolução.

Enquanto se formava o nosso Sol, bolsões de matéria entravam em órbita em torno dele, e um deles, a Terra, continha todos os elementos recém-criados, inclusive o carbono. À medida que a Terra esfriava, os gases outrora presos na massa derretida migravam para a superfície e se fundiam, formando vapor d'água, e vinham as grandes chuvas, formando oceanos na crosta então infecunda. E aí, quando a água cobriu grande parte da superfície terrestre, os céus clarearam e o Sol, ardendo incandescente, banhou de luz, calor e radiação o novo mundo.

E nas poças e bacias rasas, em meio às grandes tempestades e relâmpagos que de tempos em tempos varriam o planeta, a matéria saltou do nível vibratório do carbono para um estado ainda mais complexo: para a vibração representada pelos aminoácidos. Mas pela primeira vez esse novo nível de vibração não era estável em si e por si. A matéria tinha de absorver continuamente outra matéria dentro de si para manter sua vibração. Tinha de comer. A vida, o novo impulso da evolução, surgira.

Ainda limitada a viver só na água, vi essa vida dividir-se em duas formas distintas. Uma delas — a que chamamos de plantas — vivia de matéria inorgânica, e transformava esses elementos em alimento utilizando dióxido de carbono da primeira atmosfera. Como um subproduto, as plantas liberavam oxigênio livre no mundo pela primeira vez. A vida vegetal disseminava-se rápida pelos oceanos, e finalmente pela terra também.

A outra forma — a que chamamos de animais — absorvia apenas vida orgânica para manter sua vibração. Sob meus olhos, os animais encheram os oceanos na grande era dos peixes, e quando as plantas já haviam liberado oxigênio bastante na atmosfera, eles começaram sua própria jornada para a terra.

Vi os anfíbios — metade peixe, metade uma coisa nova — deixarem pela primeira vez a água e usarem pulmões para respirar o novo ar. Então a matéria saltou mais uma vez à frente para os répteis e cobriu a Terra no grande período dos dinossauros. Depois vieram os mamíferos de sangue quente e do mesmo modo cobriram a Terra, e compreendi que cada espécie que surgia representava a vida — a matéria — passando para a vibração mais alta seguinte. Finalmente, encerrou-se a marcha. Ali, no pináculo, estava a humanidade.

Humanidade. Acabou-se a visão. Eu vira num clarão toda a história da evolução, a história da matéria transformando-se em ser e depois evoluindo, como se seguisse um plano mestre, para vibrações sempre mais altas, criando as condições exatas, por fim, para que surgissem os humanos... para que surgisse cada um de nós, como indivíduo.

Ali sentado naquela montanha, eu quase conseguia compreender como essa evolução se estendera ainda mais na vida dos seres humanos. A continuação da evolução estava de algum modo relacionada com a experiência das coincidências da vida. Alguma coisa nesses acontecimentos nos levava para a frente em nossas vidas e criava uma vibração mais alta, que impelia também a evolução. Contudo, por mais que tentasse, não consegui entender direito.

Fiquei sentado um longo tempo diante do precipício rochoso, tomado de paz e plenitude. E então, abruptamente, tomei consciência de que o sol começava a mergulhar no oeste. Também notei que uns dois quilômetros a noroeste havia uma espécie de aldeia. Podia distinguir os contornos dos telhados. A estrada na crista ocidental parecia serpear até ela.

Levantei-me e comecei a descer as rochas. Ria alto. Continuava tão ligado à paisagem que me sentia andando ao lado do meu próprio corpo, e mais, que explorava as regiões de meu próprio corpo. A sensação era inebriante.

Desci os penhascos e entrei na floresta. O sol da tarde projetava longas sombras no solo da floresta. Na metade da descida, cheguei a uma área particularmente espessa de árvores grandes, e ao entrar nela experimentei no corpo uma mudança perceptível; sentia-me ainda mais leve e coordenado. Parei e olhei bem as árvores e os arbustos embaixo, concentrando-me em sua forma e beleza. Via halos de luz branca e o que parecia ser um brilho rosado em torno de cada planta.

Continuei andando, e cheguei a um riacho que irradiava um azul-claro e me inundou de acentuada tranqüilidade, e mesmo sonolência. Por fim atravessei o fundo do vale e subi a crista seguinte até chegar à estrada. Suspendime até a superfície de cascalho e fui andando despreocupado pelo acostamento, rumo ao norte.

Mais adiante, avistei um homem de batina dobrando a curva seguinte. A visão me emocionou. Sem medo algum, saí correndo para falar com ele. Sabia exatamente o que dizer e fazer. Tinha uma sensação de perfeito bem-estar. Mas para minha surpresa ele desaparecera. À direita, outra estrada voltava para o vale lá embaixo, mas não vi ninguém daquele lado. Segui em frente na estrada principal, mas também não vi ninguém. Pensei em retornar e tomar a estrada pela qual passara, mas sabia que a aldeia ficava em frente, e por isso continuei andando naquela direção. Contudo, voltei a pensar várias vezes mais na outra estrada.

Uns cem metros adiante, ao dobrar outra curva, ouvi o roncar de veículos. Através das árvores, vi uma fila de caminhões militares aproximando-se em alta velocidade. Hesitei por um momento, achando que podia enfrentá-los, mas aí me lembrei do terror do tiro na montanha.

Só tive tempo de me jogar fora da estrada à direita e ficar deitado imóvel. Dez jipes passaram zunindo por mim. Eu caíra num lugar completamente exposto, e minha única esperança era que ninguém olhasse em minha direção. Cada veículo passava a uns sete metros de mim. Eu podia sentir o cheiro da fumaça dos canos de descarga e ver a expressão em cada rosto.

Felizmente, ninguém me viu. Depois que todos haviam passado, eu me arrastei para trás de uma árvore grande. Tinha as mãos trêmulas, e fora-se inteiramente minha sensação de paz e concentração. Uma ponta de já conhecida ansiedade me embrulhava o estômago. Finalmente, fui-me aproximando aos poucos da estrada. O barulho de outros veículos me fez descer de novo a encosta correndo, enquanto dois outros jipes passavam em alta velocidade. Eu me sentia enjoado.

Desta vez me mantive bem longe da estrada e retrocedi por onde viera, movendo-me com cuidado. Cheguei à estrada por onde passara antes. Depois de escutar atentamente, tentando ouvir algum som ou movimento, decidi caminhar pela floresta ao lado dela, voltando ao vale num arco. Sentia de novo o corpo pesado. Que andara eu fazendo, perguntava-me. Por que estivera andando pela estrada? Devia ter estado louco, iludido pelo choque do tiro, em transe devido a um estado de euforia. Entre na realidade, disse a mim mesmo. Precisa tomar cuidado. Tem gente aqui que o mata se você cometer o menor engano!

Parei. À minha frente, talvez a uma centena de metros, estava o padre. Sentava-se sob uma árvore frondosa, cercada de inúmeras rochas. Enquanto eu o olhava, ele abriu os olhos e olhou direto para mim. Recuei, mas ele apenas sorriu e me fez um sinal para que me aproximasse.

Aproximei-me cautelosamente dele, que continuou imóvel, um homem alto e magro, de seus cinqüenta anos. Tinha o cabelo cortado curto e castanho-escuro, combinando com os olhos.

— Parece estar precisando de alguma ajuda — disse, em inglês perfeito.

— Quem é você? — perguntei.

— Sou padre Sanchez. E você?

Expliquei quem eu era e de onde viera, desabando tonto sobre um joelho, e depois sobre as nádegas.

— Você participou do que ocorreu em Cula, não? — ele perguntou.

— Que sabe você disso? — perguntei cautelosamente, sem saber se podia confiar nele.

— Sei que alguém do governo está furioso — ele respondeu. — Não querem que se publique o Manuscrito.

— Por quê? — perguntei.

Ele se levantou e me olhou de cima.

— Por que não vem comigo? Nossa missão fica a apenas uns dois quilômetros. Estará seguro conosco.

Levantei-me com muito esforço, compreendendo que não tinha escolha, e balancei a cabeça, concordando. Ele me conduziu devagar pela estrada, numa atitude respeitosa e deliberada. Pesava cada palavra.

— Os soldados ainda estão à sua procura? — perguntou-me num dado momento.

— Não sei — respondi.

Ele se calou por alguns minutos, depois perguntou:

— Você está à procura do Manuscrito?

— Não mais — eu disse. — Neste momento, só quero sobreviver a isso e voltar para casa.

O padre balançou a cabeça confortadoramente e eu me vi começando a confiar nele, que me lembrava Wil. Logo chegamos à missão, um aglomerado de casinhas voltadas para um pátio e uma capela. Ficava num local de grande beleza. Enquanto andávamos, ele disse algumas coisas em espanhol aos outros homens de batina, e eles se afastaram. Tentei ver para onde iam, mas a fadiga me envolvia. O padre conduziu-me ao interior de uma das casas.

Lá dentro havia uma pequena sala de estar e dois quartos. Um fogo ardia na lareira. Logo após entrarmos, outro padre apareceu trazendo uma bandeja com pão e sopa. Exausto, comi, enquanto Sanchez se sentava polidamente numa cadeira a meu lado. Então, por sua insistência, estendi-me numa das camas e caí num sono profundo.

Quando entrei no pátio, notei imediatamente que os terrenos eram imaculadamente cuidados. As trilhas de casca-

lho eram ladeadas por arbustos e sebes precisamente ar-
ranjadas. Cada uma parecia colocada de modo a realçar sua
forma natural. Nenhuma era podada.

Espreguicei-me e senti a camisa engomada que vestira.
Era feita de algodão rústico e arranhava levemente o pescoço. Mas estava limpa e recém-passada. Antes, eu tinha
acordado com dois padres despejando água quente num
tanque e estendendo roupas limpas. Após banhar-me e
vestir-me, eu passara ao outro aposento e encontrara boli-
nhos quentes e frutas secas na mesa. Comera vorazmente,
com os padres em volta. Quando terminara, os padres
haviam saído e eu viera para onde estava agora.

Aproximei-me e sentei-me num dos bancos de pedra
que ficavam de frente para o pátio. O sol acabava de surgir
acima das copas das árvores, me esquentando o rosto.

— Dormiu bem? — perguntou uma voz atrás de mim.

Virei-me e vi padre Sanchez de pé, muito ereto, sorrindo-me.

— Muito bem — respondi.

— Posso me sentar com você?

— Claro.

Nenhum de nós falou durante vários minutos, um
tempo tão longo que me senti meio incomodado. Diversas
vezes o olhei, me preparando para dizer alguma coisa, mas
ele olhava na direção do sol, o rosto ligeiramente inclinado
para trás, os olhos entrecerrados.

Afinal, ele disse:

— Você escolheu um lugar bonito para ficar. — Aparentemente referia-se ao banco naquela hora da manhã.

— Olhe, preciso lhe pedir um conselho — eu disse. —
Qual a forma mais segura de eu voltar para os Estados
Unidos?

Ele me olhou sério.

— Não sei. Depende de quanto o governo acha você
perigoso. Me conte o que se passou em Cula.

Contei-lhe tudo, desde o momento em que ouvi falar
do Manuscrito pela primeira vez. Minha sensação de eufo-

ria na crista agora parecia fantástica e pretensiosa, por isso só me referi a ela de passagem. Sanchez, contudo, logo me fez perguntas sobre ela.

— Que fez você quando percebeu que o soldado não o viu e foi embora? — perguntou.

— Simplesmente fiquei sentado durante algumas horas — respondi — me sentindo aliviado, acho.

— Que mais sentiu?

Eu me contorci um pouco, e decidi tentar descrever para ele.

— É difícil descrever — disse. — Senti uma ligação eufórica com tudo, e uma espécie total de confiança e segurança. Não me sentia mais cansado.

Ele sorriu.

— Você teve uma experiência mística. Muitas pessoas as têm naquela floresta perto do pico.

Balancei a cabeça, hesitante.

Ele se voltou para mim no banco e me olhou mais diretamente.

— Essa é a experiência que os místicos de todas as religiões sempre descreveram. Você já leu alguma coisa sobre esse tipo de experiência?

— Anos atrás — respondi.

— Mas até ontem era apenas um conceito intelectual?

— É, acho que sim.

Um padre jovem se aproximou e me cumprimentou com a cabeça, depois murmurou alguma coisa ao padre Sanchez, que assentiu, e o jovem se voltou e afastou-se. O velho padre observou cada passo que o jovem deu. Ele atravessou o pátio e entrou numa área que parecia um parque, a uns trinta metros. Notei pela primeira vez que também aquela área estava extremamente limpa e cheia de plantas variadas. O jovem padre foi a vários lugares, hesitando em cada um, como se em busca de alguma coisa, e então se sentou num local específico. Pareceu dedicar-se a algum tipo de exercício.

Sanchez sorriu e pareceu satisfeito, depois voltou sua atenção para mim.

— Acho que provavelmente é arriscado você tentar voltar imediatamente — disse. — Mas vou procurar saber qual é a situação, e se existe alguma notícia sobre seus amigos. — Levantou-se e ficou de frente para mim. — Preciso fazer algumas tarefas. Por favor, compreenda que faremos todo o possível para ajudá-lo. Por ora, espero que se sinta confortável aqui. Relaxe e recupere sua força.

Balancei a cabeça.

·Ele enfiou a mão no bolso, tirou alguns papéis e os estendeu para mim.

— Esta é a Quinta Visão. Fala dessa experiência que você teve. Achei que poderia achá-la interessante.

Peguei-a com relutância, enquanto ele continuava falando.

— Como compreendeu a última Visão que leu? — perguntou-me.

Hesitei. Eu não queria pensar nos manuscritos e nas visões. Afinal, eu disse:

— Que os seres humanos estão presos num tipo de disputa pela energia um do outro. Quando conseguimos que outros aquiesçam com nossa opinião, eles se identificam conosco e isso puxa a energia deles para nós e nos sentimos mais fortes.

Ele sorriu.

— Portanto, o problema é que todo mundo está tentando dominar e controlar uns aos outros pela energia, porque sentimos que a temos pouco?

— Certo.

— Mas há uma solução, outra forma de energia?

— Isso é o que trata a última Visão.

Ele balançou a cabeça e entrou com muita determinação na igreja.

Por algum tempo, fiquei curvado para a frente, apoiando os cotovelos nos joelhos, sem olhar para a tradução. Continuava a sentir relutância. Os acontecimentos das duas   *123* últimas noites haviam arrefecido meu entusiasmo, e eu preferia em vez disso pensar em como ia voltar para os Estados Unidos. Depois, na área arborizada à frente da trilha, vi o padre jovem levantar-se e caminhar lentamente para outro lugar, a uns seis metros de onde estava. Virou-se para mim e sentou-se.

Fiquei intrigado com o que ele estaria fazendo. Então me ocorreu que poderia estar se exercitando em alguma coisa dita no Manuscrito. Olhei a primeira página e comecei a ler.

Descrevia uma nova compreensão do que há muito se chama de consciência mística. Nas últimas décadas do século 20, dizia, essa consciência seria popularizada como uma forma de ser que se podia de fato alcançar, uma forma que fora demonstrada pelos praticantes mais esotéricos de muitas religiões. Para a maioria, essa consciência continuaria sendo um conceito intelectual, apenas motivo para conversas e debates. Mas para um número cada vez maior de seres humanos, iria tornar-se comprovadamente real — porque esses indivíduos experimentariam clarões e vislumbres desse estado mental no decorrer de suas vidas. O Manuscrito dizia que essa experiência era a chave para o fim do conflito humano no mundo, pois durante ela recebemos energia de outra fonte — uma fonte que acabaremos aprendendo a canalizar à vontade.

Parei de ler e olhei mais uma vez para o padre jovem. Ele tinha os olhos abertos e parecia fitar-me. Balancei a cabeça, embora não pudesse distinguir os detalhes de seu rosto. Para minha surpresa, ele respondeu ao aceno e me sorriu de leve. Então se levantou e se dirigiu para a minha esquerda, seguindo para a casa daquele lado. Evitava meu olhar quando o vi atravessar o pátio e entrar na moradia.

Ouvi passos atrás de mim, voltei-me e vi Sanchez saindo da igreja. Ele sorria ao se aproximar de mim.

— Não levou muito tempo — disse. — Gostaria de conhecer melhor o lugar?

— Sim, gostaria — respondi. — Me fale dessas áreas de estar que vocês têm aqui. — Indiquei o lugar onde estivera o jovem padre.

— Vamos até lá — ele disse.

Enquanto passeávamos pelo pátio, Sanchez me disse que a missão tinha cerca de quatrocentos anos, e fora fundada por um missionário muito singular da Espanha, que achava que a maneira de converter os índios locais era por seus corações, e não pela coerção e espada. O método dera certo, prosseguiu Sanchez, e em parte devido a esse sucesso e em parte à localização remota, o padre fora deixado em paz seguir seu próprio curso.

— Nós continuamos a tradição dele de buscar a verdade dentro de nós — disse Sanchez.

A área de sentar era imaculadamente ajardinada. Derrubara-se cerca da meio acre da densa floresta, e os arbustos e plantas floridas embaixo eram entremeados de trilhas feitas de lisos seixos de rio. Como as do pátio, as plantas ali também eram perfeitamente espaçadas, realçando sua forma singular.

— Onde gostaria de se sentar? — perguntou Sanchez.

Olhei as opções em volta. À nossa frente havia várias áreas arrumadas — recantos que pareciam completos em si. Todos continham espaços abertos cercados de belas plantas, pedras e árvores maiores de formas variadas. Um deles, à nossa esquerda, onde o jovem padre se sentara por último, tinha mais rochas.

— Que tal ali? — perguntei.

Ele concordou e fomos até lá e nos sentamos. Sanchez inspirou fundo durante vários minutos, e depois me olhou.

— Me fale mais de sua experiência na montanha — disse.

Senti uma certa resistência.

— Não sei mais o que dizer sobre ela. Não durou.

O padre me olhou com severidade.

— O simples fato de ter acabado quando você voltou a ter medo não nega a importância dela, não acha? Talvez seja uma coisa a ser reconquistada.

— Talvez — eu disse. — Mas é difícil para mim me concentrar numa sensação cósmica quando tem gente tentando me matar.

Ele riu e me olhou com simpatia.

— Vocês estão estudando o Manuscrito aqui na missão? — perguntei.

— Sim — respondeu. — Ensinamos os outros a buscarem o tipo de experiência que você teve na montanha. Você gostaria de recuperar um pouco daquela sensação, não?

Uma voz vinda do pátio interrompeu: um padre chamava Sanchez. O velho se desculpou, dirigiu-se ao pátio e conversou com o padre que o tinha chamado. Tornei a me sentar e olhei as plantas e pedras próximas, desfocando um pouco o olhar. Em torno do arbusto mais perto de mim, mal podia ver uma área de luz, mas quando tentei vê-la nas pedras, não consegui.

Então notei que Sanchez retornava.

— Preciso sair um instante — ele disse, quando se aproximou. — Vou a uma reunião na cidade, assim talvez consiga obter alguma informação sobre seus amigos, ou pelo menos saber se é seguro você viajar.

— Ótimo — eu disse. — Volta hoje?

— Acho que não — ele respondeu. — É mais provável amanhã de manhã.

Devo ter me mostrado inseguro, pois ele chegou mais perto e pôs a mão em meu ombro.

— Não se preocupe. Está seguro aqui. Por favor, sinta-se em casa. Dê uma olhada por aí. Pode conversar com qualquer um dos padres, mas entenda que alguns deles serão mais receptivos que outros, dependendo do desenvolvimento deles.

Balancei a cabeça.

Ele sorriu e entrou num caminhão velho, que eu não notara, passando por trás da igreja. Depois de várias tentativas, o carro pegou e ele contornou os fundos da igreja e tomou a estrada que levava de volta à crista.

Fiquei várias horas na área de estar, satisfeito em juntar as idéias, imaginando se estaria tudo bem com Marjorie e se Wil havia escapado. Diversas vezes a imagem do homem de Jensen sendo assassinado lampejou em minha mente, mas eu repelia a lembrança e tentava me manter calmo.

Lá pelo meio-dia, notei que vários padres preparavam uma mesa comprida no centro do pátio com pratos de comida. Quando terminaram, uma dúzia ou mais de outros padres juntou-se a eles, e começaram a servir seus pratos e a comer informalmente nos bancos. A maioria deles sorria com simpatia um para o outro, mas eu quase não ouvia a conversa. Um deles me olhou e apontou a comida.

Balancei a cabeça, fui para o pátio e preparei um prato de milho e feijão. Cada um dos padres parecia muito cônscio de minha presença, mas nenhum falou comigo. Fiz vários comentários sobre a comida, mas minhas palavras encontravam apenas sorrisos e gestos polidos. Se eu tentava olhá-los nos olhos, eles baixavam os deles.

Sentei-me num dos bancos sozinho e comi. Os legumes e o feijão estavam sem sal, mas temperados com ervas. Quando o almoço terminou e os padres puseram seus pratos sobre a mesa, outro saiu da igreja e fez rapidamente o dele. Quando acabou, olhou em volta procurando um lugar para se sentar e nossos olhos se encontraram. Ele sorriu e o reconheci como o que me olhara antes da área de estar. Retribuí seu sorriso e ele se aproximou e falou comigo num inglês precário.

— Posso me sentar no banco com você? — perguntou.

— Sim, por favor — respondi.

Ele se sentou e começou a comer bem devagar, mastigando deliberadamente a comida e sorrindo-me de vez em quando. Era baixo e pequeno, com uma constituição resistente e cabelos negros como carvão. Tinha os olhos de um castanho mais claro.

— Gosta da comida? — perguntou-me.

Eu tinha meu prato no colo. Vários grãos de milho haviam sobrado.

— Ah, sim — eu disse, dando uma garfada.

Notei mais uma vez como ele comia devagar e mastigava deliberadamente, e tentei fazer o mesmo. Então me dei conta de que todos os padres comiam assim.

— Esses legumes são cultivados na missão? — perguntei.

Ele hesitou antes de responder, mastigando lentamente.

— Sim, a comida é muito importante.

— Você medita com as plantas? — perguntei.

Ele me olhou com visível surpresa.

— Você leu o Manuscrito? — perguntou.

— Sim, as primeiras quatro visões.

— Cultivou alimentos? — perguntou.

— Ah, não. Estou só começando a aprender isso.

— Você vê campos de energia?

— Sim, às vezes.

Ficamos sentados em silêncio por alguns minutos, enquanto ele dava várias outras garfadas com cuidado.

— Comida é a primeira forma da gente ganhar energia.

Balancei a cabeça.

— Mas para absorver toda a energia da comida, ela tem de ser apreciada, e... — Pareceu fazer um esforço para encontrar a palavra inglesa certa. — Saboreada — disse afinal. — O paladar é a porta de entrada. Você tem de apreciar o sabor. Este é o motivo pelo qual a gente reza antes de comer. Não se trata só de agradecer, mas fazer do ato de comer uma experiência sagrada, para que a energia da comida penetre em você.

Olhou-me fixo, como para ver se eu entendera.

Assenti sem nenhum comentário. Ele pareceu pensativo.

O que me dizia, calculei, era que aquele tipo de apreciação deliberada da comida era o verdadeiro sentido por trás do hábito religioso normal de dar graças, sendo a consequência uma absorção mais alta de energia da comida.

— Mas a ingestão de comida é só o primeiro passo — ele disse. — Depois de aumentar a energia dessa forma, você se torna mais sensível à energia em tudo... e aprende a absorvê-la sem comer nada.

Balancei a cabeça concordando.

— Tudo em volta de nós — continuou — tem energia. Mas cada coisa tem sua forma própria especial. Por isso é que alguns lugares desenvolvem mais energia que outros. Depende de como a forma da gente se adapta à energia do lugar.

— Então era isso o que você fazia ali mais cedo?

Ele pareceu satisfeito.

— Sim.

— Como faz isso? — perguntei.

— A gente tem de estar aberto, se ligar, usar o senso de apreciação, como nos campos visuais. Mas a gente dá esse passo a mais para ter a sensação de estar pleno.

— Não sei se entendi o que disse.

Ele franziu o cenho para minha estupidez.

— Gostaria de voltar à área de estar? Eu posso lhe mostrar.

— Tudo bem — respondi. — Por que não?

Segui-o atravessando o pátio de volta à área de estar. Quando chegamos, ele parou e olhou em redor, como se inspecionasse o local em busca de alguma coisa.

— Ali — disse, apontando um local na borda da mata fechada.

Seguimos a trilha que atravessava as árvores e o mato. Ele escolheu um ponto diante de uma grande árvore que se erguia de um monte de pedras, de um modo que seu tronco imenso parecia encarapitado em cima nas rochas. As raízes enrolavam-se em volta e por entre as pedras antes de atingir afinal o solo. Uma espécie de arbusto florido brotava em semicírculos diante da árvore, e detectei um estranho cheiro adocicado que vinha das flores amarelas do arbusto. A mata fechada oferecia um fundo de compacta superfície verde.   *129*

O padre me mandou sentar num lugar claro em meio aos arbustos, diante da árvore engrinaldada. Sentou-se ao meu lado.

— Acha essa árvore bonita? — perguntou.

— Sim.

— Então, uu... sinta sua... uu...

Parecia esforçar-se mais uma vez para encontrar a palavra. Pensou um momento, e perguntou:

— Padre Sanchez me disse que você teve uma experiência na crista; consegue se lembrar como foi?

— Eu me senti leve, seguro e ligado.

— Como ligado?

— É difícil descrever — respondi. — Como se toda a paisagem fizesse parte de mim.

— Mas qual era a sensação?

Pensei um minuto. Qual era a sensação? Então consegui lembrar.

— Amor — respondi. — Acho que sentia amor por tudo.

— Sim — ele disse. — É isso mesmo. Sinta por essa árvore.

— Ei, espera aí — protestei. — Amor é uma coisa que simplesmente acontece. Não posso me forçar a amar uma coisa.

— Você não se força a amar — ele explicou. — Mas deixa que o amor lhe penetre. Mas para fazer isso você tem de pôr a mente em posição, lembrando como era a sensação e tentando senti-la mais uma vez.

Olhei a árvore e tentei recordar a emoção na crista. Aos poucos, comecei a admirar sua forma e presença. Minha apreciação aumentou até eu sentir na verdade uma emoção de amor. A sensação era exatamente a mesma que recordo ter sentido quando criança por minha mãe, e a de quando jovem pela menina especial que era objeto de meu "amor de criança". Contudo, embora estivesse contemplando a árvore, esse amor em particular existia como uma sensação de fundo. Sentia amor por tudo.

O padre afastou-se em silêncio vários passos e voltou a me olhar intensamente.

— Muito bom — disse. — Você está aceitando a energia. Notei que tinha os olhos ligeiramente fora de foco.

— Como você sabe? — perguntei.

— Porque vejo seu campo de energia aumentando.

Fechei os olhos e tentei encontrar os sentimentos intensos que adquirira na crista, mas não consegui repetir a experiência. O que eu sentia tinha a mesma intensidade, mas era em menor grau que antes. O fracasso me frustrou.

— Que aconteceu? — ele perguntou. — Sua energia decresceu.

— Não sei — respondi. — Simplesmente não consigo com tanta intensidade quanto antes.

Ele me olhou, a princípio divertido, depois com impaciência.

— O que você sentiu na montanha foi uma dádiva, uma abertura, uma visão de um caminho novo. Agora precisa aprender a conseguir essa experiência por si mesmo, um pouco de cada vez.

Recuou mais um passo e tornou a me olhar.

— Agora tente mais uma vez.

Fechei os olhos e tentei sentir profundamente. A emoção acabou por me tomar de novo. Permaneci com ela, tentando intensificar a sensação com pequenos aumentos. Focalizei os olhos na árvore.

— Isso é muito bom — ele disse de repente. — Você está recebendo energia e passando-a para a árvore.

Olhei-o diretamente.

— Eu a estou devolvendo à árvore?

— Quando a gente aprecia a beleza e o aspecto único das coisas — ele explicou — recebe energia. Quando chega a um nível em que sente amor, pode então mandar a energia de volta, é só desejar.

Durante um longo tempo fiquei ali sentado com a árvore. Quanto mais concentrava minha atenção nela e admirava sua cor e forma, mais amor parecia adquirir em geral, uma experiência incomum. Imaginei minha energia fluindo e inundando a árvore, mas não consegui ver isso. Sem mudar o foco, notei o padre levantar-se e começar a afastar-se.

— Que aparência tem quando eu devolvo energia à árvore? — perguntei.

Ele descreveu a percepção em detalhe e eu a reconheci como o mesmo fenômeno que presenciara quando Sarah projetava energia para o filodendro em Viciente. Embora ela tivesse conseguido, aparentemente não tinha consciência de que era necessário um estado de amor para que ocorresse a projeção. Devia estar adquirindo-a naturalmente, sem perceber.

O padre desceu para o pátio e saiu do meu campo visual. Eu continuei na área de estar até o crepúsculo.

Os dois padres me cumprimentaram polidamente com a cabeça quando entrei na casa. Um fogo crepitante cortava o frio do anoitecer e várias candeias a óleo iluminavam o aposento da frente. O ar recendia com o aroma de legumes, ou talvez batata, sopa. Na mesa, uma tigela de barro, várias colheres e um prato com quatro fatias de pão.

Um dos padres virou-se e saiu sem me olhar, e o outro mantinha os olhos baixos e apontou com a cabeça uma grande panela de ferro fundido na lareira junto ao fogo. Um cabo saía de debaixo da tampa. Assim que vi a panela, o segundo padre perguntou:

— Precisa de mais alguma coisa?

— Acho que não — respondi. — Obrigado.

Ele balançou a cabeça e também saiu da casa, deixando-me sozinho. Levantei a tampa da panela — sopa de batata. Tinha um cheiro forte e gostoso. Despejei várias conchas numa tigela e me sentei à mesa, depois saquei do bolso a parte do Manuscrito que Sanchez me dera e a pus ao lado do meu prato, com a intenção de lê-la. Mas a sopa estava tão gostosa que me concentrei inteiramente em comer. Ao terminar, pus os pratos numa travessa maior e fiquei fitando o fogo, hipnotizado, até as chamas enfraquecerem. Depois apaguei as candeias e fui me deitar.

Na manhã seguinte, acordei ao alvorecer me sentindo totalmente refeito. Do lado de fora, uma neblina matinal cobria o pátio. Abasteci o fogo, pus vários gravetos sobre o carvão e abanei-o até levantar chamas. Ia procurar na cozinha alguma coisa para comer quando ouvi o caminhão de Sanchez aproximar-se.

Saí quando ele surgiu de detrás da igreja, uma mochila num braço e vários pacotes no outro.

— Tenho algumas notícias — disse, fazendo sinal com a cabeça para que eu o seguisse até o interior da casa.

Vários outros padres apareceram com bolos de milho, aveia e mais frutas secas. Sanchez os cumprimentou e se sentou à mesa comigo, enquanto os padres saíam apressados.

— Fui a uma reunião de alguns padres do Conselho do Sul — disse. — Fomos lá para conversar sobre o Manuscrito. Em pauta, as ações agressivas do governo. Foi a primeira vez que um grupo de padres se reuniu publicamente em defesa desse documento, e mal havíamos começado a reunião, quando um representante do governo bateu à porta e pediu para participar.

Fez uma pausa, enquanto se servia e dava umas mordidas, mastigando deliberadamente.

— O representante — prosseguiu — garantiu que o único objetivo do governo era proteger o Manuscrito de exploração externa. Ele nos informou que todas as cópias em poder de cidadãos peruanos têm de ser autorizadas. Disse que compreendia nossa preocupação, mas pediu que obedecêssemos a essa lei e devolvêssemos nossas cópias. Prometeu que as duplicatas oficiais nos seriam entregues imediatamente.

— Vocês devolveram? — perguntei.

— Claro que não.

Comemos calados durante alguns minutos. Eu tentava mastigar demais, para apreciar o sabor.

— Perguntamos sobre a violência em Cula — continuou Sanchez — e ele nos disse que tinha sido uma reação necessária contra um homem chamado Jensen, que vários dos homens dele eram agentes armados de outro país. Disse que planejavam encontrar e roubar a parte não descoberta do Manuscrito e retirá-la do Peru, e portanto o governo não teve outra opção senão prendê-lo.

— Vocês acreditaram no homem do governo?

— Não. Depois que ele saiu, continuamos a reunião. Concordamos que nossa política seria de discreta resistência. Continuaremos a fazer cópias e a distribuí-las com cautela.

— Os líderes de sua igreja vão permitir que façam isso? — perguntei.

— Não sabemos — Sanchez respondeu. — Os velhos da igreja desaprovaram o Manuscrito mas até agora não investigaram seriamente quem está envolvido com ele. Nossa principal preocupação é um cardeal que reside mais ao norte, o cardeal Sebastian. É o mais polêmico da oposição ao Manuscrito e muito influente. Se ele convencer a liderança a publicar proclamações fortes, aí teremos uma decisão muito interessante a tomar.

— Por que ele se opõe tanto ao Manuscrito?

— Medo.

— De quê?

— Não falo com ele há muito tempo, e sempre evitamos o assunto do Manuscrito. Mas acredito que ele acha que o papel do homem é participar do cosmos ignorante de conhecimento espiritual; só pela fé. Acha que o Manuscrito solapará o *status quo*, as linhas de autoridade no mundo.

— Como poderia fazer isso?

Ele sorriu e jogou ligeiramente a cabeça para trás.

— A verdade vos libertará.

Eu o olhava tentando entender o que queria dizer, comendo o resto de pão e fruta em meu prato. Ele deu várias outras mordidas pequenas e empurrou a cadeira para trás.

— Você parece muito mais forte — disse. — Conversou com alguém aqui?

— Sim — respondi. — Aprendi um método de me ligar com a energia, com um dos padres. Eu... não peguei o nome dele. Estava na área de estar quando conversamos ontem pela manhã no pátio, se lembra? Quando falei com ele mais tarde, me mostrou como absorver energia e depois projetá-la de volta.

— Ele se chama John — disse Sanchez, fazendo um sinal com a cabeça para que eu prosseguisse.

— Foi uma experiência impressionante — eu disse. — Lembrando o amor que sentia, consegui me abrir. Passei o dia todo ali sentado curtindo lentamente aquilo. Não atingi o estado que experimentei na crista, mas cheguei perto.

Sanchez pareceu mais sério.

— O papel do amor foi mal compreendido durante muito tempo. O amor não é uma coisa que devemos fazer para ser bons ou tornar o mundo um lugar melhor, por alguma abstrata responsabilidade moral, ou porque devemos desistir de nosso hedonismo. Se ligar na energia provoca emoção, depois euforia e depois amor. Encontrar bastante energia para conservar esse estado de amor sem dúvida faz bem ao mundo, porém mais diretamente a nós. É a coisa mais hedonista que podemos fazer.

Concordei, depois notei que ele afastara bem mais a cadeira para trás e me olhava intensamente, os olhos meio fora de foco.

— Então, como está meu campo hoje? — perguntei.

— Muito maior — ele respondeu. — Acho que você está se sentindo muito bem.

— Estou.

— Bom. Isso é o que fazemos aqui.

— Me fale disso — pedi.

— Treinamos padres a entrar mais montanhas adentro e trabalhar com os índios. É um trabalho solitário, e os padres precisam ter muita força. Todos os homens aqui 135 foram triados completamente, e todos têm uma coisa em comum: tiveram uma experiência que chamam de mística.

"Eu estudo esse tipo de experiência há muitos anos," continuou, "ainda antes da descoberta do Manuscrito, e acredito que quando alguém já passou por uma experiência mística, fica muito mais fácil retornar a esse estado e aumentar o nível de energia pessoal. Outros também podem entrar em contato com ela, mas isso exige mais tempo.

— Qual o aspecto do campo de energia de uma pessoa quando isso ocorre?

— Aumenta em extensão e muda ligeiramente de cor.

— Que cor?

— Em geral de um branco baço para esverdeado e azulado. Mas o mais importante é que se expande. Por exemplo, durante seu encontro místico no pico da montanha, sua energia se projetou em todo o universo. Em essência, você se ligou e extraiu energia de todo o cosmos, e em troca sua energia se expandiu para abranger tudo, em toda a parte. Consegue lembrar a sensação?

— Sim — respondi. — Senti como se todo o universo fosse meu corpo, e eu apenas a cabeça, ou, talvez com mais exatidão, os olhos.

— É — ele concordou —, e naquele momento seu campo de energia e o do universo eram um só. O universo era seu corpo.

— Tive uma lembrança estranha naquele momento — eu disse. — Me pareceu lembrar como esse corpo maior, esse meu universo, evoluiu. Eu estava lá. Vi as primeiras estrelas se formarem do simples hidrogênio, e depois vi a matéria mais complexa evoluir em sucessivas gerações desses sóis. Só que não via matéria. Eu a via como simples vibrações de energia que evoluíam sistematicamente para estados superiores ainda mais complexos. E aí... a vida começou e evoluiu até o ponto em que surgiram os seres humanos.

Parei de repente e ele notou minha mudança de estado de espírito.

— Que houve? — perguntou.

— Foi aí que parou a lembrança da evolução — expliquei — com os humanos. Eu sentia que a história continuava, mas não consegui captá-la muito bem.

— Continua mesmo — ele disse. — Os seres humanos levam a evolução do universo para complexidades vibracionais cada vez mais altas.

— Como? — perguntei.

Ele sorriu, mas não respondeu.

— Vamos conversar sobre isso mais tarde. Tenho mesmo de conferir algumas coisas. Vejo você daqui a uma hora mais ou menos.

Concordei. Peguei uma maçã e saí. Perambulei atrás dele, e aí me lembrei da cópia da Quinta Visão no quarto e fui buscá-la. Antes estivera pensando na floresta onde se sentava Sanchez quando o vi pela primeira vez. Mesmo em minha exaustão e pânico eu notara que o lugar era de extraordinária beleza, por isso peguei pela estrada para leste até chegar no mesmo local e me sentei ali.

Recostado a uma árvore, limpei a mente e passei vários minutos olhando em volta. A manhã estava luminosa e fresca e observei o vento açoitando os galhos acima de mim. O ar era fresco quando o inspirei em várias inalações profundas. Durante uma calmaria do vento, peguei o Manuscrito e procurei a página onde parara de ler. Antes de poder localizá-la, porém, ouvi o barulho do motor de uma camionete.

Joguei-me no chão ao lado da árvore e tentei determinar de onde vinha. Era da missão. Ao se aproximar mais, vi que era o velho caminhão de Sanchez, com ele ao volante.

— Achei que você podia estar aqui — ele disse, após encostar onde eu estava de pé. — Entre. Precisamos partir.

— Que está acontecendo? — perguntei, deslizando para o assento do passageiro.

Ele seguiu para a estrada principal.

— Um dos padres me contou uma conversa que ouviu na aldeia. Algumas autoridades governamentais estão na cidade fazendo perguntas sobre mim e a missão.

— Que acha que eles querem?

Ele me olhou, tranqüilizador.

— Não sei. Digamos apenas que não tenho mais tanta certeza de que nos deixarão em paz. Achei, por precaução, que devíamos nos meter nas montanhas. Um dos meus padres mora perto de Machu Picchu. Ele se chama Carl. Estaremos seguros na casa dele até entendermos melhor a situação. — Sorriu. — De qualquer modo, quero que conheça Machu Picchu.

De repente tive um lampejo de suspeita de que ele fizera um trato e me levava a algum lugar para me entregar. Decidi agir com cautela e ficar atento até descobrir a verdade.

— Terminou a tradução? — ele perguntou.

— A maior parte — respondi.

— Você perguntou sobre a evolução humana. Já acabou de ler essa parte?

— Não.

Ele desviou os olhos da estrada e me olhou intensamente. Fingi não notar.

— Algum problema?

— Nada — respondi. — Quanto tempo leva para chegar a Machu Picchu?

— Mais ou menos quatro horas.

Eu queria ficar em silêncio e deixá-lo falar, esperando que se denunciasse, mas não pude controlar minha curiosidade sobre a evolução.

— Como os seres humanos tocam a evolução? — perguntei.

Ele me lançou uma olhada.

— Que acha?

— Não sei — respondi. — Mas quando eu estava lá em cima na crista, achei que podia ter alguma coisa a ver com as coincidências significativas de que fala a Primeira Visão.

138

— Certo — ele disse. — Isso se encaixaria nas outras visões, não?

Eu estava confuso. Quase entendia, mas não conseguia captar. Fiquei calado.

— Pense em como as Visões entram em seqüência — ele disse. — A Primeira Visão ocorre quando levamos a sério as coincidências. Elas nos fazem sentir que existe mais alguma coisa, espiritual, atuando por baixo de tudo que fazemos.

"A Segunda Visão institui nossa consciência como uma coisa real. Podemos ver que temos estado preocupados com a sobrevivência material, em nos concentrar no controle de nossa situação no universo para termos segurança, e sabemos que nossa abertura agora representa um tipo de despertar para o que está realmente ocorrendo.

"A Terceira Visão inicia uma nova visão da vida. Define o universo físico como de pura energia, uma energia que de algum modo responde ao que pensamos.

"E a Quarta expõe a tendência humana de roubar energia de outros humanos para dominá-los, apoderando-se de suas mentes, um crime no qual nos empenhamos porque nos sentimos tão freqüentemente esvaziados de energia, e isolados. Essa escassez de energia pode ser remediada, claro, quando nos ligamos na fonte superior. O universo nos proporciona tudo o que necessitamos, bastando apenas que estejamos abertos a isso. Esta é a revelação da Quinta Visão.

"No seu caso", ele continuou, "você teve uma experiência mística que lhe permitiu ver brevemente a magnitude da energia que a gente pode obter. Mas esse estado é como saltar à frente de qualquer outra pessoa e vislumbrar o futuro. Não podemos mantê-lo por muito tempo. Assim que tentamos conversar com alguém que atua com a consciência normal, ou tentamos viver num mundo em que ainda existe conflito, somos rechaçados desse estado avançado e recaímos no nível de nossos antigos egos.

"E então", prosseguiu, "trata-se de reconquistar lentamente o que vislumbramos, um pouco de cada vez, e iniciar uma marcha de volta àquela consciência suprema. Mas para fazer isso temos de aprender a nos inundar conscientemente de energia, pois essa energia acarreta as coincidências, e as coincidências nos ajudam a concretizar o novo nível em base permanente."

Devo ter parecido desnorteado, porque ele disse:

— Pense nisso: quando ocorre alguma coisa além do acaso que nos leva adiante em nossas vidas, nós nos tornamos pessoas mais atualizadas. Nos sentimos como se estivéssemos atingindo o que o destino nos leva a nos tornar. Quando isso se dá, o nível de energia que trouxe as coincidências, para começar, se institui em nós. Podemos ser derrubados dele e perder energia quando temos medo, mas esse nível serve como um novo limite externo que pode ser readquirido com muita facilidade. Nos tornamos uma nova pessoa. Existimos num nível mais alto de energia, um nível... entenda... de maior vibração.

"Pode ver o processo agora? Nós nos enchemos, crescemos, nos enchemos e crescemos de novo. É assim que nós, humanos, continuamos a evolução do universo para uma vibração cada vez mais alta."

Parou um instante e pareceu pensar em alguma coisa que gostaria de acrescentar.

— Essa evolução tem se desenvolvido inconscientemente por toda a história humana. Isso explica porque a civilização avançou e porque os humanos ficaram maiores, vivem mais tempo, e assim por diante. Agora, porém, estamos tornando consciente todo o processo. É isso que o manuscrito nos diz. A tudo isso é que se refere esse movimento em favor de uma consciência espiritual mundial.

Eu ouvia intensamente, inteiramente fascinado com o que Sanchez me dizia.

— Então só precisamos nos encher de energia, como aprendi com John, que as coincidências começam a ocorrer
com mais consistência?

— Bem, sim, mas não é tão fácil assim como você pensa. Antes de entrarmos em contato com a energia em base permanente, precisamos transpor mais um obstáculo. A visão seguinte, a Sexta, trata dessa questão.

— Que obstáculo?

Ele me olhou impaciente.

— Temos de enfrentar nossa maneira particular de dominar os outros. Não esqueça, a Quarta Visão revela que os seres humanos sempre sentiram falta de energia e buscaram dominar uns aos outros para adquirir a energia que flui entre as pessoas. A Quinta nos mostra depois que existe uma fonte alternativa, mas não podemos permanecer realmente ligados nessa fonte enquanto não chegarmos a termos com o método particular que, como indivíduos, usamos em nossa dominação, e deixarmos de fazer isso; pois sempre que recaímos nesse hábito, nos desligamos da fonte.

"Livrar-se desse hábito não é fácil, porque é sempre inconsciente a princípio. A chave para abandoná-lo é trazê-lo inteiramente à consciência, e fazemos isso observando que nosso estilo particular de dominar os outros é o que aprendemos na infância para chamar atenção, para conseguir que a energia passe para nós, e ficamos empacados aí. Esse estilo é uma coisa que repetimos várias e várias vezes. Eu o chamo de nosso *drama de controle* inconsciente.

"Chamo de drama porque é uma cena conhecida, como de cinema, da qual escrevemos o roteiro quando jovens. Depois a repetimos vezes sem conta em nossas vidas cotidianas, sem prestar atenção. Só sabemos que algum tipo de acontecimento nos ocorre repetidas vezes. O problema é que, se estamos repetindo uma determinada cena sempre e sempre, então as outras cenas de nosso filme da vida real, a grande aventura marcada pelas coincidências, não podem progredir. Interrompemos o filme quando repetimos esse drama único para manipular em busca de energia."

Sanchez reduziu a velocidade do caminhão e passou com cuidado por uma série de fundos buracos na estrada. Compreendi que eu estava frustrado. Não conseguia captar

141

bem como funcionava um drama de controle. Quase manifestei meus sentimentos a Sanchez, mas não pude. Compreendi que ainda me sentia distante dele, e não gostaria de revelar-me.

— Você compreendeu? — ele perguntou.

— Não sei — respondi secamente. — Não sei se tenho um drama de controle.

Ele me olhou com a mais simpática consideração e pilheriou alto. — É mesmo? — perguntou. — Então por que você sempre age com tanto distanciamento?

ESCLARECENDO
O PASSADO

Adiante a estrada se estreitava e dobrava abruptamente contornando o paredão rochoso da montanha. O caminhão saltou sobre várias pedras grandes e seguiu a curva devagar. Embaixo, os Andes erguiam-se em maciças cristas cinza acima de bancos de nuvens brancas como a neve.

Olhei para Sanchez. Ele se curvava sobre o volante, tenso. Durante a maior parte do dia, estivéramos subindo íngremes ladeiras, enfiando-nos em passagens tornadas mais estreitas pelas pedras caídas. Eu quisera abordar de novo a questão dos dramas de controle, mas o momento não parecia adequado. Sanchez dava a impressão de precisar de cada grama de energia para dirigir, e além disso eu não sabia bem ao certo o que desejava perguntar. Lera o resto da Quinta Visão, e ela repetia exatamente os pontos que Sanchez me relatara. A idéia de me livrar do meu estilo de controle parecia desejável, sobretudo se acelerasse minha evolução, mas eu ainda não conseguia entender como funcionava um drama de controle.

— Em que está pensando? — perguntou Sanchez.

— Terminei de ler a Quinta Visão — respondi. — E estava pensando nos tais dramas. Considerando o que você disse a meu respeito, suponho que acha que meu drama tem alguma coisa a ver com o fato de eu ser distante?

Ele não respondeu. Fixava a estrada. A uma centena de metros adiante, um grande veículo de quatro rodas bloqueava a passagem. Um homem e uma mulher estavam parados diante de um precipício de rocha a uns quinze metros do veículo. Retribuíram nosso olhar.

Sanchez parou o caminhão e olhou-os por um instante, e depois sorriu.

— Conheço a mulher — disse. — É Júlia. Está tudo bem. Vamos conversar com eles.

Tanto o homem quanto a mulher eram morenos e pareciam peruanos. A mulher parecia mais velha, uns cinqüenta anos, enquanto o homem beirava os trinta. Quando saltamos do caminhão, ela se aproximou.

— Padre Sanchez! — disse ao chegar perto.

— Como vai, Júlia? — cumprimentou Sanchez.

Os dois se abraçaram, e Sanchez me apresentou a Júlia, que por sua vez apresentou seu colega, Rolando.

Sem nada dizer, Júlia e Sanchez nos deram as costas e foram para o afloramento onde ela e Rolando estavam antes. Rolando me olhou fixo e eu instintivamente me virei e segui os dois outros. Rolando veio atrás, ainda me olhando como se quisesse alguma coisa. Embora tivesse os cabelos e traços jovens, a pele era corada e vermelha. Por algum motivo, eu me senti ansioso.

Por várias vezes, enquanto íamos para a beira da montanha, ele pareceu que ia falar, mas de todas as vezes eu desviei os olhos e apressei meus passos. Ele continuou. Quando alcançamos o precipício, eu me sentei numa rocha para impedir que ele se sentasse a meu lado. Júlia e Sanchez estavam uns sete metros acima de mim, sentados juntos numa pedra maior.

Rolando sentou-se o mais perto possível de mim. Embora seu olhar constante me incomodasse, eu sentia ao mesmo tempo uma leve curiosidade em relação a ele.

Ele me surpreendeu olhando-o e perguntou:

— Está aqui por causa do Manuscrito?

Levei um longo tempo para responder.

— Ouvi falar dele.

Ele me olhou perplexo.

— Você o viu?

— Uma parte — respondi. — Você tem alguma coisa a ver com ele?

— Estou interessado — disse — mas ainda não vi nenhuma cópia.

Seguiu-se um período de silêncio.

— Você é dos Estados Unidos? — perguntou.

A pergunta me perturbou, assim decidi não respondê-la. Em vez disso, perguntei:

— O Manuscrito tem alguma coisa a ver com as ruínas de Machu Picchu?

— Acho que não — respondeu. — A não ser pelo fato de ter sido escrito mais ou menos na mesma época em que elas foram construídas.

Permaneci em silêncio, contemplando a fantástica paisagem dos Andes. Mais cedo ou mais tarde, se eu continuasse em silêncio, ele revelaria o que estava fazendo ali com Júlia, e de que maneira isso dizia respeito ao Manuscrito. Ficamos sentados uns vinte minutos sem nos falar. Finalmente, Rolando levantou-se e subiu para onde os dois conversavam.

Fiquei perplexo, sem saber o que fazer. Eu evitara me sentar com Sanchez e Júlia porque tivera a nítida impressão de que eles queriam conversar a sós. Durante talvez mais uns trinta minutos, fiquei ali contemplando os picos rochosos e me esforçando por ouvir a conversa acima de mim. Nenhum deles me dava a mínima atenção. Afinal decidi me juntar a eles, mas antes que pudesse me mover os três se levantaram e dirigiram-se para o carro de Júlia. Atravessei as pedras em direção a eles.

— Eles precisam ir embora — disse Sanchez quando me aproximava.

— Lamento não termos tido tempo para conversar — disse Júlia. — Espero que o vejamos de novo. — Olhava-me com a mesma simpatia que Sanchez muitas vezes demonstrava. Enquanto eu balançava a cabeça, ela baixou ligeiramente a sua e acrescentou: — Na verdade, tenho a sensação de que vamos nos ver em breve.

Quando descíamos a trilha pedregosa, senti que precisava dizer alguma coisa em troca, mas não conseguia pensar. Ao chegarmos ao veículo dela, Júlia apenas balançou a cabeça e disse um rápido até-logo. Ela e Rolando entraram no carro e seguiram para o norte, pelo caminho em que Sanchez e eu viéramos. Eu me sentia intrigado com toda aquela experiência.

Assim que entramos em nosso veículo, Sanchez perguntou:

— Rolando lhe informou sobre Wil?

— Não! — respondi. — Eles o tinham visto?

Sanchez pareceu confuso.

— Sim, o viram numa aldeia uns sessenta quilômetros a leste daqui.

— Wil falou alguma coisa sobre mim?

— Júlia disse que ele falou que tinha se separado de você, e que conversou principalmente com Rolando. Você não disse a Rolando quem era?

— Não, eu não sabia se podia confiar nele.

Sanchez me olhou com total decepção.

— Eu lhe disse que seria ótimo conversar com eles. Conheço Júlia há anos. É dona de uma empresa em Lima, mas desde a descoberta do Manuscrito está à procura da Nona Visão. Ela não viajaria com pessoas não confiáveis. Não havia perigo. Agora você perdeu o que poderiam ser importantes informações.

Olhou-me com uma expressão séria.

— Este é o exemplo perfeito de como um drama de controle interfere — disse. — Você estava tão distante que não permitiu que se desse uma coincidência importante.

Devo ter-me mostrado defensivo.

— Está tudo bem — ele disse — todo mundo desempenha um ou outro tipo de drama. Pelo menos você agora entendeu como os seus funcionam.

— Eu não entendo! — disse. — Que é que estou fazendo exatamente?

— Sua maneira de controlar pessoas e situações — ele explicou — para trazer energia para si, é criar na cabeça um drama durante o qual você se isola e parece misterioso e cheio de segredos. Diz a si mesmo que está sendo cauteloso, mas o que faz na verdade é esperar que alguém seja atraído para esse drama e tente imaginar o que se passa com você. Quando alguém faz isso, você se mantém vago, obrigando a pessoa a lutar e cavar para discernir seus verdadeiros sentimentos.

"Quando a pessoa faz isso, dedica toda a atenção a você e lhe transmite a energia. Quanto mais consegue mantê-la interessada e confusa, mais energia você recebe. Infelizmente, quando age com esse distanciamento, sua vida tende a evoluir muito devagar, pois você repete a mesma cena seguidas vezes. Se tivesse se aberto com Rolando, o filme de sua vida teria partido numa nova e significativa direção."

Eu me sentia entrando em depressão. Tudo aquilo era apenas mais um exemplo do que Wil observara quando me vira relutando a dar informações a Reneau. Era verdade. Eu tendia a ocultar o que de fato pensava. Fiquei olhando para fora pela janela enquanto subíamos mais na estrada, rumo aos picos. Sanchez concentrava-se de novo em evitar os precipícios fatais. Quando a estrada se estreitou, olhou para mim e disse:

— O primeiro passo no processo de esclarecimento para cada um de nós é trazer o nosso drama de controle pessoal à plena consciência. Nada pode prosseguir enquanto não olharmos de fato para nós mesmos e descobrirmos o que estamos fazendo para manipular em busca de energia. Foi isso que acabou de acontecer com você.

— Qual o passo seguinte? — perguntei.

— Cada um de nós tem de voltar ao próprio passado, ao centro da vida familiar inicial, e observar como se formou esse hábito. Ver a gestação disso mantém consciente nossa maneira de controlar. Lembre-se, a maior parte dos membros de nossa família tinha um drama próprio, tentando

147

extrair energia de nós quando crianças. Por isso é que tivemos de criar uma forma de drama de controle, para começar. Tivemos de criar uma estratégia para recuperar a energia. É sempre na relação com os membros da família que criamos nossos dramas particulares. Contudo, assim que reconhecemos as dinâmicas de energia familiares, podemos nos distanciar dessas estratégias de controle e ver o que realmente está acontecendo.

— Que quer dizer com realmente acontecendo?

— Cada pessoa tem de reinterpretar a experiência familiar de um ponto de vista evolutivo, espiritual, e descobrir quem é ela própria na realidade. Assim que fazemos isso, nosso drama de controle desaparece e nossas vidas reais decolam.

— Como começo então?

— Primeiro entendendo como se formou seu drama. Me fale de seu pai.

— É um homem bom, gosta de se divertir e é competente, mas... — hesitei, não querendo parecer ingrato com meu pai.

— Mas o quê? — perguntou Sanchez.

— Bem — respondi —, sempre critica tudo. Nada que eu fazia estava certo.

— Como ele criticava você? — ele perguntou.

Veio-me à mente uma imagem de meu pai, jovem e forte.

— Fazia perguntas, depois descobria alguma coisa errada nas respostas.

— E que acontecia com sua energia?

— Acho que eu me sentia esvaziado e evitava dizer qualquer coisa a ele.

— Quer dizer que se tornou vago e distante, tentando dizer a ele coisas de um modo que chamasse a atenção dele mas não revelasse o bastante para lhe dar alguma coisa para criticar. Ele era o interrogador e você se esquivava quando estava perto dele com seu distanciamento?

— É, acho que sim. Mas que é um interrogador?

— Um interrogador é outro tipo de drama. As pessoas que usam essa maneira de adquirir energia encenam um drama de fazer perguntas e sondar o mundo de outra pessoa, com o propósito específico de descobrir alguma coisa errada. Assim que fazem isso, criticam esse aspecto da vida da outra pessoa. Se essa estratégia der certo, aí a pessoa criticada é atraída para o drama. Se vê de repente ficando intimidada perto do interrogador, prestando atenção ao que ele faz e pensando nisso, para não fazer nada errado que o interrogador perceba. A deferência psíquica dá ao interrogador a energia que ele deseja.

"Tente se lembrar das vezes em que conviveu com pessoas assim. Quando a gente é colhido nesse drama, não tende a agir de um certo modo, para que a pessoa não o critique? Ela nos tira de nosso caminho e drena nossa energia, porque nós nos julgamos pelo que ela pode estar pensando."

Lembrei-me exatamente dessa sensação, e a pessoa que me veio à lembrança foi Jensen.

— Então meu pai era um interrogador? — perguntei.

— É o que parece.

Por um momento, me perdi no pensamento do drama de minha mãe. Se meu pai era interrogador, ela era o quê?

Sanchez me perguntou o que eu estava pensando.

— No drama de controle de minha mãe — eu disse. — Quantos tipos diferentes existem?

— Eu vou lhe explicar as classificações citadas no Manuscrito — disse Sanchez. — Todos manipulam em busca de energia, ou de uma maneira agressiva, direta, forçando as pessoas a prestar atenção neles, ou de uma maneira passiva, jogando com a simpatia ou curiosidade das pessoas para chamar atenção. Por exemplo, se alguém o ameaça, seja verbal ou fisicamente, então você é obrigado, por medo de que alguma coisa ruim lhe aconteça, a prestar atenção nele, e portanto a transmitir energia para ele. A pessoa que o ameaça está envolvendo você no mais agressivo tipo de drama, o que a Sexta Visão chama de o intimidador.

"Se, por outro lado, alguém lhe conta todas as coisas horríveis que já aconteceram com ele, insinuando que talvez você seja o responsável, e que se se recusar a ajudá-lo essas coisas horríveis vão continuar, essa pessoa está buscando controlar no nível mais passivo, com o que o Manuscrito chama de drama do coitadinho de mim. Pense nisso um instante. Nunca se viu com alguém que o faz se sentir culpado quando está em presença dele, mesmo sabendo que não existe nenhum motivo para se sentir assim?

— Sim.

— Bem, é que você entrou no mundo dramático de um coitadinho de mim. Tudo que eles dizem e fazem deixam você numa posição em que tem de se defender contra a idéia de não estar fazendo o bastante por essa pessoa. Por isso é que se sente culpado só por estar perto dela.

Concordei.

— O drama de qualquer um pode ser examinado — continuou — de acordo com o lugar que ele ocupa nesse espectro que vai do agressivo ao passivo. Se uma pessoa é sutil em sua agressão, encontrando defeito e solapando lentamente nosso mundo para extrair nossa energia, então, como observamos em seu pai, essa pessoa seria um interrogador. Menos passivo que o coitadinho de mim seria o seu drama de distanciamento. Portanto, a ordem dos dramas segue-se deste modo: intimidador, interrogador, distante e coitadinho de mim. Isso faz sentido?

— Acho que sim. Você acha que todo mundo se encaixa em algum ponto entre esses estilos?

— Correto. Algumas pessoas usam mais de um estilo em diferentes circunstâncias, mas a maioria de nós tem um drama de controle dominante, que tentamos repetir, dependendo de qual funcionava bem com os membros de nossa família inicial.

De repente compreendi. Minha mãe fazia comigo exatamente a mesma coisa que meu pai. Olhei para Sanchez.

— Minha mãe. Eu sei o que ela era. Era também uma interrogadora.

— Então você recebeu uma dose dupla — disse Sanchez. — Agora se entende porque é tão distante. Mas pelo menos não o intimidavam, e você nunca temeu por sua segurança.

— Que teria acontecido nesse caso?

— Você teria se atolado num drama coitadinho de mim. Vê como funciona? Se você é uma criança e alguém consome sua energia o ameaçando com danos físicos, então se distanciar não resolve. Você não pode fazer com que lhe dêem energia bancando o sonso. Eles não dão a mínima para o que se passa dentro de você. Vêm com força total. Portanto você é obrigado a se tornar mais passivo e tentar a técnica do coitadinho de mim, apelando para a bondade das pessoas, explorando a culpa delas em relação ao mal que lhe fazem.

"Se isso não funciona, então, como criança, você suporta até crescer o bastante para explodir contra a violência e combater a agressão com agressão. — Fez uma pausa. — Como a criança de quem você me falou, a da família peruana que serviu seu jantar.

"A pessoa chega ao extremo que for necessário para conseguir atenção de energia na família. E depois disso, essa estratégia se torna a maneira dominante de controle para extrair energia de todos, o drama que ela irá repetir constantemente."

— Entendo o intimidador — eu disse — mas como surge o interrogador?

— Que faria você se fosse uma criança e os membros de sua família ou estivessem ausentes ou o ignorassem, porque estavam preocupados com suas carreiras ou algo assim?

— Não sei.

— Representar o distante não ia chamar a atenção deles; nem repararíam. Não teria você de recorrer às sondagens e à espionagem, para acabar descobrindo alguma coisa de errado nessas pessoas distantes, a fim de forçar atenção de energia? É isso que faz o interrogador.

Eu começava a perceber.

— As pessoas distantes criam interrogadores!

— Isso mesmo.

— E os interrogadores tornam as pessoas distantes! E os intimidadores criam a técnica coitadinho de mim, ou, se isso falhar, outro intimidador!

— Exatamente. É assim que os próprios dramas de controle se eternizam. Mas lembre-se que há uma tendência a ver esses dramas nos outros, mas achar que nós próprios somos isentos dessas tramas. Cada um de nós deve transcender essa ilusão antes de começar. A maioria de nós tende a empacar, pelo menos durante parte do tempo, num drama, e temos de recuar e nos olhar a nós mesmos o suficiente para descobrir qual é ele.

Fiquei calado por um momento. Finalmente olhei mais uma vez para Sanchez e perguntei:

— Depois que vimos nosso drama, que acontece em seguida?

Ele reduziu a velocidade do caminhão para me olhar nos olhos.

— Estamos verdadeiramente livres para nos tornar mais que o número inconsciente que representamos. Como eu disse antes, podemos encontrar um sentido mais elevado para as nossas vidas, uma razão espiritual de termos nascido em determinadas famílias. Podemos começar a esclarecer quem somos de fato.

— Estamos quase chegando — disse Sanchez.

A estrada atravessava entre dois picos. Ao passarmos pela imensa formação à nossa direita, avistei uma casinha adiante. Ficava contra outro majestoso pináculo de rocha.

— O caminhão dele não está lá — disse Sanchez.

Paramos o carro e fomos andando até a casa. Sanchez
abriu a porta e entrou, enquanto eu esperava. Inspirei fundo

várias vezes. O ar estava gelado e muito rarefeito. Acima, o céu era cinza-escuro e coberto de espessas nuvens. Parecia que ia chover.

Sanchez voltou à porta.

— Não tem ninguém. Ele deve estar nas ruínas.

— Como a gente chega lá?

Ele pareceu de repente exausto.

— Ficam lá na frente, a cerca de um quilômetro — respondeu, estendendo-me as chaves do caminhão. — Siga aquela estrada até depois da crista seguinte, e as verá embaixo adiante. Pegue o caminhão. Quero ficar aqui e meditar.

— Certo, vou até lá — eu disse, contornando para entrar no veículo.

Segui por um pequeno vale e subi a elevação seguinte, prevendo o panorama. A visão não me decepcionou. Quando cheguei à crista vi todo o esplendor das ruínas de Machu Picchu: um complexo templo de pedras maciças talhadas, pesando toneladas, empilhadas umas sobre as outras na montanha. Mesmo àquela baça luz nublada, a beleza do lugar era esmagadora.

Parei o caminhão e me encharquei de energia durante dez ou quinze minutos. Vários grupos de pessoas andavam pelas ruínas. Vi um homem com um colarinho de padre sair dos restos de uma construção e dirigir-se para um veículo estacionado perto. Por causa da distância, e pelo fato de ele vestir uma jaqueta de couro, eu não tinha certeza se era o padre Carl.

Liguei o caminhão e cheguei mais perto. Logo que ouviu o som, ele olhou para cima e sorriu, aparentemente reconhecendo o veículo como sendo o de Sanchez. Quando me viu dentro, pareceu interessado e aproximou-se. Tinha o corpo pequeno e atarracado, cabelos castanho-escuros, feições gorduchas e olhos azuis intensos. Aparentava uns trinta anos.

— Estou com o padre Sanchez — eu disse, saltando do veículo e me apresentando. — Ele está lá na sua casa.

153

Ele me ofereceu a mão.

— Eu sou o padre Carl.

Dei uma olhada nas ruínas atrás dele. O talhe das pedras era mais impressionante visto de perto.

— É a primeira vez que vem aqui? — perguntou.

— Sim, é — respondi. — Ouvi falar neste lugar há anos, mas nunca esperei isso.

— É um dos centros de energia mais fortes no mundo — ele disse.

Olhei-o com atenção. Era evidente que falava sobre energia no mesmo sentido usado no Manuscrito. Balancei a cabeça concordando, depois disse:

— Estou num ponto em que tento conscientemente acumular energia e lidar com meu drama de controle.

Senti-me meio pretensioso ao dizer isso, mas bastante confortável em ser honesto.

— Você não parece muito distante — ele disse.

Fiquei perplexo.

— Como soube qual era meu drama? — perguntei.

— Desenvolvi um instinto para isso. Por isso é que estou aqui.

— Você ajuda as pessoas a verem a maneira de controle delas?

— Sim, e o verdadeiro eu delas.

Seus olhos brilhavam de sinceridade. Era totalmente direto, sem nenhuma indicação de embaraço por revelar-se para um estranho.

Permaneci em silêncio e ele perguntou:

— Você entende as cinco Visões?

— Li a maior parte delas — respondi — e conversei com várias pessoas.

Logo que fiz essa afirmação, percebi que estava sendo muito vago. — Acho que compreendi as cinco primeiras — acrescentei. — Sobre a número seis é que ainda tenho dúvidas.

Ele balançou a cabeça e disse:

— A maioria das pessoas com quem conversei sequer ouviu falar do Manuscrito. Chegam aqui e entram em transe com a energia. Só isso faz com que repensem suas vidas.

— Como você encontra essas pessoas?

Ele me olhou com uma expressão de conhecedor.

— Parece que são elas que me encontram.

— Você disse que as ajuda a descobrir o verdadeiro eu; como?

Ele respirou fundo e disse:

— Só existe um modo. Cada um de nós tem de recuar à própria experiência familiar, ao tempo e lugar da infância, e reexaminar o que ocorreu. Assim que tomamos consciência de nosso drama de controle, podemos nos concentrar na verdade mais profunda de nossa família, no lado bom por assim dizer, além do conflito por energia. Assim que encontramos essa verdade, ela energiza nossas vidas, pois essa energia diz quem somos, o caminho em que estamos, o que estamos fazendo.

— Foi isso que Sanchez me disse — eu disse. — Gostaria de saber mais sobre como encontrar essa verdade.

Ele puxou o fecho ecler de seu casaco, protegendo-se do frio do entardecer.

— Espero que possamos conversar sobre isso mais tarde — disse. — Agora eu gostaria de ir cumprimentar o padre Sanchez.

Olhei para as ruínas e ele acrescentou:

— Fique à vontade para apreciar o lugar. Eu o vejo lá em casa mais tarde.

Na hora e meia seguinte eu andei pelo sítio antigo. Parava em determinados pontos, sentindo-me mais flutuante que em outros. Pensava fascinado na civilização que construíra aqueles templos. Como haviam removido aquelas pedras para o alto e arrumado umas sobre as outras daquela forma? Parecia impossível.

Quando meu intenso interesse pelas ruínas começou a passar, meus pensamentos se voltaram para minha situação pessoal. Embora minhas circunstâncias não tivessem mudado, sentia menos medo agora. A confiança de Sanchez me tranqüilizara. Eu fora estúpido em desconfiar dele. E já gostava do padre Carl.

Ao escurecer, voltei ao caminhão e à casa de padre Carl. Quando cheguei lá, vi dois homens parados um ao lado do outro. Ao entrar ouvi risos. Os dois estavam ocupados na cozinha, preparando o jantar. Padre Carl me saudou e me levou até uma cadeira. Sentei-me preguiçosamente em frente a um grande fogo na lareira e olhei em volta.

A sala era grande e revestida de largas tábuas. Vi outros dois aposentos, quartos de dormir aparentemente, ligados por um corredor estreito. A casa era iluminada com lâmpadas de baixa voltagem, e julguei detectar o zumbido fraco de um gerador.

Quando os preparativos terminaram, fui convidado a me sentar a uma mesa de madeira rústica. Sanchez fez uma rápida oração e comemos, os dois homens continuando a conversar. Depois nos sentamos juntos perto do fogo.

— Padre Carl falou com Wil — disse Sanchez.

— Quando? — perguntei, imediatamente excitado.

— Wil passou por aqui há vários dias — disse padre Carl. — Eu o conheci há um ano, e ele apareceu para me trazer informações. Disse que acha que sabia quem estava por trás da ação governamental contra o Manuscrito.

— Quem? — perguntei.

— O cardeal Sebastian — interveio Sanchez.

— Que é que ele está fazendo? — perguntei.

— Aparentemente — disse Sanchez — usando sua influência junto ao governo para aumentar a pressão militar contra o Manuscrito. Sempre preferiu trabalhar em silêncio, através do governo, a forçar uma divisão dentro da Igreja. Agora está intensificando seus esforços. Infelizmente, parece que está funcionando.

— Que quer dizer? — perguntei.

— Com exceção dos poucos padres do Conselho do Norte, e poucas pessoas como Júlia e Wil, parece que ninguém tem mais cópias.

— E os cientistas em Viciente? — perguntei.

Os dois ficaram em silêncio por um instante, e então o padre Carl disse:

— Wil me contou que o governo o fechou. Todos os cientistas foram presos e seus dados de pesquisa confiscados.

— A comunidade científica vai aceitar isso? — perguntei.

— Que opção têm eles? — disse Sanchez. — Além disso, a pesquisa não era aceita pela maioria dos cientistas mesmo. O governo aparentemente está vendendo a idéia de que aquelas pessoas estavam descumprindo a lei.

— Não acredito que o governo possa sair impune disso.

— Pelo jeito já saiu — disse o padre Carl. — Dei alguns telefonemas para saber e ouvi a mesma história. Embora estejam agindo muito na surdina, o governo está intensificando a repressão.

— Que acham que vai acontecer? — perguntei aos dois.

Padre Carl encolheu os ombros e padre Sanchez respondeu:

— Não sei. Talvez dependa do que Wil descubra.

— Por quê? — perguntei.

— Parece que ele está perto de descobrir a parte que falta do Manuscrito, a Nona Visão. Talvez quando descobrir haja suficiente interesse para provocar uma intervenção de âmbito internacional aqui.

— Aonde ele disse que ia? — perguntei ao padre Carl.

— Ele não sabia exatamente, mas disse que suas intuições o levavam mais para o norte, perto da Guatemala.

— As intuições o levavam?

— Vai compreender isso depois que esclarecer quem você é e ler a Sétima Visão.

Olhei para os dois, como pareciam incrivelmente serenos.

— Como podem ficar tão calmos? — perguntei. — E se invadirem isto aqui e nos prenderem a todos?

Eles me olharam pacientes, e então padre Sanchez disse:

— Não confunda calma com despreocupação. Nossa fisionomia tranqüila é uma medida de como estamos bem ligados na energia. Nos mantemos ligados porque é o melhor que temos a fazer, apesar das circunstâncias. Você compreende isso, não?

— Sim — respondi —, claro. Acho que estou com dificuldade para me manter ligado.

Os dois sorriram.

— Se manter ligado — disse o padre Carl — vai ficar mais fácil quando você esclarecer quem é.

Padre Sanchez se levantou e saiu, avisando que ia lavar os pratos.

Olhei para o padre Carl.

— Tudo bem — falei. — Como vou esclarecer quem sou eu?

— Padre Sanchez me disse — ele respondeu — que você já compreendeu os dramas de controle de seus pais.

— Certo. Os dois eram interrogadores e isso me tornou distante.

— Tudo bem. Agora você tem de olhar além da disputa por energia que existia em sua família e buscar o verdadeiro motivo pelo qual estava ali.

Olhei-o sem entender nada.

— O processo para descobrir sua verdadeira identidade espiritual envolve ver toda sua vida como uma longa história, tentando encontrar um significado superior. Comece se fazendo a pergunta: por que nasci naquela determinada família? Qual teria sido o propósito disso?

— Não sei — respondi.

— Seu pai era um interrogador; que mais era?

— Quer dizer como era a vida dele?

— É.

Pensei por um momento, e disse:

— Meu pai acredita mesmo em gozar a vida, viver com integridade mas tirando o máximo que a vida pode lhe oferecer. Você sabe, viver o mais intensamente possível.

— Conseguiu fazer isso?

— Até certo ponto, sim, mas de algum modo parece que sempre tem uma maré de azar no momento mesmo em que acha que está prestes a gozar mais a vida.

Padre Carl estreitou os olhos em contemplação.

— Ele acredita que a vida é feita para diversão e alegria, mas ainda não conseguiu isso exatamente?

— É.

— Já pensou por quê?

— Não muito. Sempre achei que ele não tinha sorte.

— Não será talvez que ainda não tenha descoberto a maneira de fazer isso?

— Talvez.

— E sua mãe?

— Ela já morreu.

— Você consegue ver o que representou a vida dela?

— Sim, a vida dela era a religião dela. Defendia princípios cristãos.

— Como?

— Acreditava no trabalho comunitário e em seguir as leis de Deus.

— Ela seguiu as leis de Deus?

— Ao pé da letra, pelo menos até onde a igreja dela ensinou.

— Conseguia convencer seu pai a fazer o mesmo?

Eu ri.

— Na verdade, não. Minha mãe queria que ele fosse à igreja todas as semanas e se envolvesse nos programas comunitários. Mas como eu lhe disse, ele tinha um espírito mais livre.

— Então onde isso deixa você?

Olhei para ele.

— Nunca pensei nisso.

— Os dois não queriam sua aliança? Não era por isso que o interrogavam, para se certificarem de que você não ficava do lado dos valores do outro? Os dois não queriam que você pensasse que o caminho deles era o melhor?

— É, tem razão.

— Como reagia você?

— Simplesmente tentava não tomar uma posição, eu acho.

— Os dois o controlavam para que você estivesse à altura dos pontos de vista deles, e você, incapaz de agradar aos dois, tornou-se distante.

— É mais ou menos isso.

— Que aconteceu com sua mãe? — ele perguntou.

— Ela contraiu o mal de Parkinson e morreu, depois de ficar doente um longo tempo.

— Ela se manteve fiel à sua fé?

— Totalmente — respondi. — Até o fim.

— Então, que sentido ela transmitiu a você?

— Como?

— Você está buscando o sentido que a vida tem para você, o motivo pelo qual nasceu dela, porque estava ali para aprender. Todo ser humano, quer tenha consciência disso ou não, ilustra com sua vida a maneira como acha que um ser humano deve viver. Você tem de tentar descobrir o que ela lhe ensinou e ao mesmo tempo o que na vida dela poderia ter sido melhor. Saber o que você teria mudado na vida de sua mãe faz parte do que você próprio está trabalhando.

— Por que só parte?

— Porque saber como teria melhorado a vida de seu pai é a outra parte.

Eu continuava confuso.

Ele pôs a mão em meu ombro.

— Não somos apenas criação física de nossos pais; somos também criação espiritual. Você nasceu dessas duas pessoas e as vidas delas tiveram um efeito irrevogável sobre quem você é. Para descobrir o seu verdadeiro eu, você tem de admitir que o verdadeiro você começou numa posição entre as verdades deles. Por isso nasceu ali: para adotar uma perspectiva mais alta sobre o que eles defendiam. Seu caminho é descobrir uma verdade que seja uma síntese mais desenvolvida do que essas pessoas acreditavam.

Balancei a cabeça.

— Assim, como você expressaria o que seus pais lhe ensinaram?

— Não estou certo — respondi.

— Que acha?

— Meu pai achava que viver era maximizar sua condição de ser vivo, desfrutar quem ele era, e tentar perseguir esse fim. Minha mãe acreditava mais em sacrifício e em usar seu tempo a serviço de outros, se negando a si própria. Achava que era isso que a Bíblia mandava.

— E você, como se sente em relação a isso?

— Não sei, na verdade.

— Que ponto de vista escolheria para você mesmo, o da sua mãe ou o do seu pai?

— Nenhum dos dois. Quer dizer, a vida não é tão simples assim.

Ele riu.

— Está sendo vago.

— Acho que não sei.

— Mas se tivesse de escolher entre um ou outro?

Hesitei, tentando pensar honestamente, e então a resposta saiu.

— Os dois estavam corretos — respondi — e incorretos.

Os olhos dele faiscaram.

— Como?

— Não tenho certeza exata. Mas acho que uma vida correta tem de incluir os dois pontos de vista.

— A questão para você — disse padre Carl — é como. Como alguém vive uma vida que é os dois. De sua mãe, você recebeu o conhecimento de que a vida é espiritualidade. De seu pai, você aprendeu que a vida é auto-estímulo, diversão, aventura.

— Então minha vida — interrompi — é de algum modo combinar as duas visões?

— Sim, para você, a espiritualidade é a questão. Toda a sua vida será descobrir uma que seja auto-estimulante. Esse foi o problema que seus pais não conseguiram conciliar, e que deixaram para você. Esta é sua questão evolucionária, sua missão nesta existência.

A idéia me lançou em profunda meditação. O padre Carl disse mais alguma coisa, mas não consegui me concentrar no que ele dizia. O fogo minguando tinha um efeito calmante sobre mim. Percebi que estava cansado.

Padre Carl se pôs de pé e disse:

— Acho que você está sem energia esta noite. Mas me permita deixá-lo com um pensamento. Pode dormir e nunca mais pensar no que conversamos. Pode voltar direto a seu velho drama, ou pode acordar amanhã e se apegar a essa nova idéia de quem é você. Se fizer isso, pode dar o passo seguinte no processo, que é examinar de perto todas as outras coisas que lhe aconteceram desde o nascimento. Se vir sua vida como uma história completa, do nascimento até hoje, você será capaz de ver como tem trabalhado nessa preocupação todo esse tempo. Será capaz de ver como chegou aqui no Peru, e o que deverá fazer em seguida.

Concordei com a cabeça e o olhei. Os olhos dele eram simpáticos e sinceros, e tinham a mesma expressão que eu vira tantas vezes no rosto de Wil e de Sanchez.

— Boa noite — disse padre Carl, e entrou no quarto, fechando a porta.

Desenrolei meu saco de dormir no assoalho e caí rápido no sono.

Acordei com Wil no pensamento. Quis perguntar ao padre Carl que mais ele sabia dos planos de Wil. Enquanto permanecia ali deitado pensando, ainda fechado no saco de dormir, o padre Carl entrou em silêncio no aposento e começou a reacender o fogo.

Abri o fecho ecler do saco e ele me olhou, alertado pelo som.

— Bom dia — disse. — Como passou a noite?

— Bem — respondi, levantando-me.

Ele pôs novos gravetos sobre o carvão e depois pedaços maiores de madeira.

— Que disse Wil que ia fazer? — perguntei.

Padre Carl parou e se voltou para mim.

— Disse que ia à casa de um amigo aguardar uma informação que estava esperando, aparentemente sobre a Nona Visão.

— Que mais disse ele?

— Que achava que o cardeal Sebastian pretendia encontrar a última visão por si mesmo, e parecia estar perto disso. Acha que a pessoa que controlar a última visão vai determinar se o Manuscrito será um dia distribuído e compreendido amplamente.

— Por quê?

— Na verdade, não estou muito certo. Wil foi um dos primeiros a recolher e ler as Visões. Talvez as entenda melhor que qualquer pessoa viva. Ele sente, eu acho, que a última visão tornará todas as outras mais compreensíveis e aceitas.

— Acha que ele está certo? — perguntei.

— Não sei — ele respondeu. — Não compreendo tanto quanto ele. Tudo que compreendo é o que se espera que eu faça.

— Que é?

Ele fez uma pausa rápida, e respondeu:

— Como eu disse antes, minha verdade é ajudar as pessoas a descobrirem quem realmente são. Quando li o Manuscrito, essa missão ficou clara para mim. A Sexta Visão é a minha visão especial. Minha verdade é ajudar os outros a alcançarem essa visão. E sou eficiente, porque eu próprio passei por todo o processo.

— Qual era seu drama de controle? — perguntei.

Ele me olhou divertido.

— Eu era um interrogador.

— Dominava as pessoas descobrindo alguma coisa de errado em como viviam suas vidas?

— Exato. Meu pai era um coitadinho de mim, e minha mãe uma distante. Me ignoravam totalmente. O único meio que eu tinha para conseguir alguma energia de atenção era espionar o que eles faziam e depois apontar alguma coisa errada.

— E quando acabou esse drama?

— Há um ano e meio, quando conheci o padre Sanchez e comecei a estudar o Manuscrito. Depois de ter observado de fato meus pais, compreendi o que minha experiência com eles me preparava para fazer. Veja, meu pai defendia as realizações. Era muito voltado para cumprir metas. Planejava cada minuto de sua vida e se julgava pelo quanto havia feito. Minha mãe era muito intuitiva e mística. Acreditava que cada um de nós recebia orientação espiritual, e que viver era seguir essa orientação.

— Que pensava seu pai disso?

— Achava uma loucura.

Sorri, mas não disse nada.

— Pode ver onde isso me deixava? — perguntou o padre Carl.

Sacudi a cabeça. Não conseguia compreender bem.

— Por causa do meu pai — ele explicou — fui sensibilizado pela idéia de que a vida era realização: ter uma coisa importante a fazer e conseguir fazê-la. Mas ao mesmo tempo minha mãe estava ali para me dizer que a vida era orientação interna, uma espécie de orientação intuitiva. Compreendi que minha vida era uma síntese das duas opiniões. Eu tentava descobrir como somos guiados internamente para a missão que só nós podemos cumprir, sabendo que era de suprema importância seguir essa missão para nos sentirmos felizes e completos.

Concordei com a cabeça.

— E — ele prosseguiu — você pode ver por que fiquei emocionado com a Sexta Visão. Assim que a li, percebi que meu trabalho era ajudar as pessoas a se esclarecerem, para poderem desenvolver esse sentido de propósito.

— Sabe como Wil entrou nesse caminho?

— Sim, ele partilhou algumas dessas informações comigo. O drama de Wil era ser distante, como o seu. Também como no seu caso, o pai e a mãe era interrogadores, e tinham uma forte filosofia que queriam que ele adotasse. O pai de Wil era um romancista alemão que afirmava que o destino último da raça humana era aperfeiçoar-se. Jamais defendeu nada além dos mais puros princípios humanitários, mas os nazistas usaram sua idéia básica de perfeição para ajudar a legitimar o criminoso extermínio de raças inferiores.

"A corrupção de seu tema destruiu o velho e o levou a se mudar para a América do Sul com a mulher e Wil. Ela era uma peruana criada e educada nos Estados Unidos. Também era escritora, mas essencialmente oriental em suas crenças filosóficas. Afirmava que a vida era alcançar uma revelação interna, uma consciência superior, caracterizada pela paz de espírito e o desprendimento das coisas do mundo. Segundo ela, a vida não era perfeição; era livrar-se da necessidade de aperfeiçoar qualquer coisa, de ir a qualquer parte... Vê onde isso deixou Wil?"

Balancei a cabeça.

— Foi deixado — continuou o padre Carl — numa posição difícil. O pai defendia a idéia ocidental de trabalhar pelo progresso e a perfeição, e a mãe abraçava a crença oriental em que a vida era alcançar a paz interior, nada mais.

"Essas duas pessoas tinham preparado Wil para trabalhar na integração das principais diferenças filosóficas entre a cultura oriental e a ocidental, embora ele não soubesse disso a princípio. Primeiro se tornou um engenheiro dedicado ao progresso, e depois um simples guia em busca de paz, levando as pessoas aos locais belos e emocionantes deste país.

"Mas a busca do Manuscrito despertou tudo isso nele. As visões falam diretamente à sua questão principal. Revelam que os dois pensamentos, oriental e ocidental, podem ser integrados numa verdade superior. Mostram que o Ocidente está certo em sustentar que a vida é progresso, evoluir para alguma coisa superior. Mas o Oriente também está certo ao enfatizar que temos de abandonar o controle com o ego. Podemos progredir usando apenas a lógica. Temos de alcançar uma consciência mais plena, uma ligação mais íntima com Deus, pois só então nossa evolução para alguma coisa melhor poderá ser orientada por uma parte superior de nós mesmos.

"Quando Wil começou a descobrir as visões, toda a sua vida passou a fluir. Conheceu José, o padre que primeiro encontrou o Manuscrito e mandou traduzi-lo. Logo depois disso, conheceu o dono de Viciente e ajudou a iniciar a pesquisa lá. E mais ou menos na mesma época conheceu Júlia, que tinha negócios, mas também guiava pessoas nas florestas virgens.

"Era com Júlia que Wil tinha mais afinidade. Os dois se deram bem de imediato pela semelhança nas questões que perseguiam. Júlia foi criada com um pai que falava de idéias espirituais, mas de uma maneira inconstante e fragmentada. A mãe, por outro lado, era uma professora universitária de retórica, uma debatedora, que exigia pensamento claro. Naturalmente, Júlia se descobriu querendo informação sobre espiritualidade, mas insistindo em que fosse inteligível e precisa.

"Wil queria uma síntese entre o Oriente e o Ocidente que explicasse a espiritualidade humana, e Júlia queria que essa explicação fosse perfeitamente clara. Alguma coisa no Manuscrito proporcionou isso aos dois."

— O café está pronto — Sanchez chamou da cozinha.

Voltei-me surpreso. Eu não percebera que Sanchez se levantara. Sem continuar a conversa nem mais um pouco, o padre Carl e eu nos juntamos a ele na refeição de frutas e cereais. Depois disso, o padre Carl me chamou para dar um passeio nas ruínas com ele. Aceitei, desejando muito voltar lá mais uma vez. Olhamos os dois para o padre Sanchez e ele, delicadamente, recusou, explicando que precisava descer a montanha para dar alguns telefonemas.

Do lado de fora, o céu estava transparente e cristalino, e o sol brilhava sobre os picos. Caminhamos alegremente.

— Acha que existe algum meio de entrar em contato com Wil? — perguntei.

— Não — ele respondeu. — Ele não me disse quem eram seus amigos. O único meio seria ir de carro até Iquitos, uma cidade perto da fronteira ao norte, e acho que isso poderia ser arriscado no momento.

— Por que lá? — perguntei.

— Ele disse que achava que sua busca o levaria a essa cidade. Há muitas ruínas próximas de lá. E o cardeal Sebastian tem uma missão nas proximidades.

— Acha que Wil vai encontrar a última visão?

— Não sei.

Caminhamos em silêncio durante vários minutos, e então o padre Carl perguntou:

— Já decidiu que rumo pessoal vai tomar?

— Que quer dizer?

— Padre Sanchez disse que a princípio você falava em voltar imediatamente para os Estados Unidos, mas depois pareceu mais interessado em explorar as visões. Como se sente agora?

— Em situação precária — eu disse. — Mas por algum motivo, quero continuar.

— Pelo que sei, um homem foi assassinado a seu lado.

— Exato.

— E ainda assim você quer ficar?

— Não — respondi. — Quero dar o fora, salvar minha vida... mas aqui estou.

— Que acha que isso significa? — ele perguntou.

Analisei a expressão dele.

— Não sei. Você sabe?

— Lembra-se em que ponto interrompemos nossa conversa ontem à noite?

Lembrei-me com todos os detalhes.

— Tínhamos descoberto a questão que meus pais deixaram para mim: encontrar uma espiritualidade que nos eleve, que nos dê um senso de aventura e plenitude. E você disse que se eu olhasse de perto como minha vida evoluiu, essa questão a poria em perspectiva e esclareceria o que ocorre comigo agora.

Ele sorriu com um ar de mistério.

— Sim, segundo o Manuscrito, esclarecerá.

— Como se dá isso?

— Cada um de nós tem de observar os pontos importantes em sua vida e reinterpretá-los à luz de nossa questão evolucionária.

Balancei a cabeça, sem compreender.

— Tente perceber a seqüência de interesses, amigos importantes, coincidências que ocorreram em sua vida. Não estavam conduzindo você a algum lugar?

Pensei em minha vida desde a infância, mas não consegui encontrar um padrão.

— Como você passava o tempo quando garoto? — ele perguntou.

— Não sei. Fui uma criança típica, acho. Lia muito.

— Que lia?

— Histórias policiais na maior parte, de assombrações, esse tipo de coisa.

— Que aconteceu em sua vida depois disso?

Pensei no efeito que meu avô tinha sobre mim e falei ao padre Carl do lago e das montanhas.

Ele balançou a cabeça como quem entende.

— E depois que você cresceu, que aconteceu?

— Fui-me embora para a faculdade. Meu avô morreu quando eu estava fora.

— Que estudou na faculdade?

— Sociologia.

168   — Por quê?

— Conheci um professor de quem gostei. O conhecimento que ele tinha da natureza humana me interessou. Decidi estudar com ele.

— E aí, que aconteceu?

— Me formei e fui trabalhar.

— Gostava do trabalho?

— Sim, durante muito tempo.

— Quando as coisas mudaram?

— Senti que o que fazia não era completo. Trabalhava com adolescentes com distúrbios emocionais, e achei que sabia como eles poderiam transcender seus passados e interromper aquela representação tão autodestrutiva. Achei que podia ajudá-los a prosseguir em suas vidas. Acabei percebendo que faltava alguma coisa na minha técnica.

— E aí?

— Desisti.

— E?

— E aí uma velha amiga me telefonou e me falou do Manuscrito.

— Foi quando decidiu vir para o Peru?

— É.

— Que acha da sua experiência aqui?

— Acho que estou louco — respondi. — Acho que vou acabar assassinado.

— Mas que acha da maneira como sua experiência se desenrolou?

— Não compreendo.

— Quando o padre Sanchez me contou o que acontecera com você desde que chegou ao Peru — ele disse — eu fiquei espantado com a série de coincidências que o puseram diante das diferentes visões do Manuscrito na hora em que precisou delas.

— Que acha que significa isso? — perguntei.

Ele parou de andar e olhou para mim.

— Significa que você estava pronto. Você é como o resto de nós aqui. Chegou a um ponto em que necessitava do Manuscrito para continuar a evolução de sua vida.

"Pense como os acontecimentos de sua vida se encaixam. Desde o início, você se interessara por temas misteriosos, e esse interesse o levou finalmente a estudar a natureza humana. Por que acha que conheceu aquele professor em particular? Ele cristalizou seus interesses e o levou a examinar o maior mistério de todos: a situação do homem neste planeta, a questão do que é a vida. Então, de alguma forma, você compreendeu que o sentido da vida estava ligado ao problema de transcender o nosso condicionamento passado e levar nossas vidas à frente. Por isso é que você trabalhava com esses garotos.

"Mas como você pode compreender agora, isso exigia as visões para esclarecer o que faltava à sua técnica com esses jovens. Para que as crianças com distúrbios emocionais evoluam, têm de fazer o que todos nós temos de fazer: nos ligar em energia suficiente para devassar o intenso drama de controle delas, aquilo que você chamou de "representação", e seguir adiante no que revela ser um processo espiritual, um processo que você vem tentando entender a vida toda.

"Veja a perspectiva mais ampla nesses acontecimentos. Todos os interesses que o levaram para frente em seu passado, todos esses estágios do crescimento, estavam apenas preparando você para estar aqui, agora, explorando as Visões. Você tem trabalhado em sua busca evolucionária de uma espiritualidade elevadora durante toda a sua vida, e a energia que adquiriu do local natural onde cresceu, uma energia que seu avô tentava lhe mostrar, lhe deu afinal coragem de vir para o Peru. Você está aqui porque é onde tem de estar para continuar a evolução. Toda a sua vida tem sido uma longa estrada conduzindo diretamente a este momento."

Sorriu.

— Quando você integrar plenamente essa visão de sua vida, terá realizado o que o Manuscrito chama de uma clara consciência de seu caminho espiritual. Segundo o Manuscrito, todos nós temos de passar o tempo que for necessário nos submetendo a esse processo de esclarecimento de nosso passado. A maioria de nós tem um drama de controle que precisa superar, mas assim que o fazemos, podemos compreender o significado superior do motivo de termos nascido de nossos pais específicos, e para o que todas as voltas e viradas de nossas vidas nos preparavam para fazer. Todos temos um propósito espiritual, uma missão, que temos perseguido sem ter plena consciência disso, e assim que os introduzimos completamente em nossa consciência, nossas vidas podem decolar.

"No seu caso, você descobriu esse propósito. Agora tem de progredir, deixando que as coincidências o conduzam a uma idéia cada vez mais clara de como seguir essa missão a partir de agora, o que mais tem de fazer aqui. Desde que está no Peru, você tem usado a energia de Wil e do padre Sanchez. Mas agora é hora de aprender a evoluir por si próprio... conscientemente.

Ia me dizer mais alguma coisa, mas ambos nos distraímos ao ver o caminhão de Sanchez desabalado atrás de nós.

— Que é que há? — perguntou o padre Carl.

— Preciso voltar à missão tão logo consiga arrumar minhas coisas — disse Sanchez. — As tropas do governo estão lá... e o cardeal Sebastian.

Nós dois saltamos dentro do caminhão e Sanchez retornou à casa do padre Carl, dizendo-nos no caminho que as tropas estavam em sua missão para confiscar todas as cópias do Manuscrito e possivelmente fechar suas portas.

Chegamos à casa do padre Carl e entramos depressa. Padre Sanchez começou logo a arrumar seus pertences. Fiquei ali, pensando no que fazer. Enquanto eu observava, o padre Carl se aproximou do outro padre e disse:

— Acho que eu devia ir com você.

Sanchez se virou.

— Tem certeza?

— Sim, acho que devo.

— Para quê?

— Não sei ainda.

Sanchez fitou-o por um momento, depois voltou a embalar suas coisas.

— Se acha que isso é melhor.

Eu me encostava no alizar da porta.

— Que devo fazer? — perguntei.

Os dois olharam para mim.

— Você é que decide — disse o padre Carl.

Apenas fiquei olhando.

— Você tem de tomar a decisão — exclamou Sanchez.

Eu não conseguia acreditar que eles estivessem tão desligados em relação à minha opção. Ir com eles significava a captura certa pelas tropas peruanas. Contudo, como iria eu ficar ali, sozinho?

— Olhem — eu disse — não sei o que fazer. Vocês têm de me ajudar. Alguém lá pode me esconder?

Os dois homens se entreolharam.

— Acho que não — disse o padre Sanchez.

Olhei para eles, um nó de ansiedade crescendo no estômago.

Padre Carl me sorriu e disse:

— Mantenha o equilíbrio. Lembre-se de quem você é.

Sanchez foi até uma mochila e tirou um folheto:

— Aqui está a cópia da Sexta Visão — disse. — Talvez lhe ajude a decidir o que fazer.

Quando peguei a cópia, Sanchez olhou para o padre Carl e perguntou:

— Quanto tempo você precisa antes de irmos embora?

— Tenho de entrar em contato com algumas pessoas — disse o padre Carl. — Provavelmente uma hora.

Sanchez me olhou:

— Leia e pense durante algum tempo, depois conversaremos.

172

Os dois homens retomaram seus preparativos e eu fui lá para fora e me sentei numa pedra grande, e abri o Manuscrito. Ele repetia as palavras exatas do padre Sanchez e do padre Carl. Esclarecer o passado era um processo preciso de tomarmos consciência de nossas maneiras individuais de controle, aprendidas na infância. E assim que pudéssemos transcender esse hábito, dizia, descobriríamos nossos eus superiores, nossas identidades evolucionárias.

Li todo o texto em menos de trinta minutos, e quando terminei, compreendi afinal a visão básica: para podermos entrar no estado mental especial que tanta gente estava vislumbrando — a experiência de nós mesmos avançando na vida orientados por coincidências misteriosas — tínhamos de acordar para quem de fato éramos.

Neste momento, o padre Carl contornou a casa, me localizou e veio até onde eu me sentava.

— Terminou? — perguntou.

Sua atitude era simpática e amistosa como sempre.

— Sim.

— Se incomoda se eu me sentar com você um instante?

— Gostaria que fizesse isso.

Ele tomou posição à minha direita, e após um período de silêncio perguntou:

— Você compreende que está em seu caminho de descoberta aqui?

— Eu acho, mas e daí?

— Agora você precisa mesmo acreditar nisso.

— Como, se sinto tanto medo?

— Você precisa entender o que está em risco. A verdade que busca é tão importante quanto a evolução do próprio universo, pois permite que a evolução prossiga.

"Não percebe? O padre Sanchez me falou de sua visão da evolução no topo da montanha. Você viu como a matéria evoluiu da simples vibração de hidrogênio até a humanidade. Você se perguntou como os seres humanos desenvolveram essa evolução. Não encontrou a resposta: os seres humanos nascem em suas situações históricas e descobrem alguma coisa para acreditar. Eles formam uma união com outro ser humano que também descobriu um propósito.

"Os filhos nascidos dessa união reconciliam então essas duas posições, buscando uma síntese mais elevada, orientada pelas coincidências. Tenho certeza de que você aprendeu na Quinta Visão que todas as vezes que nos enchemos de energia e ocorre uma coincidência que nos faz progredir em nossas vidas, estabelecemos esse nível de energia em nós mesmos, e assim existimos numa vibração mais elevada. Nossos filhos pegam nosso nível de vibração e o elevam ainda mais alto. Essa é a maneira como nós, como humanos, continuamos a evolução.

"A diferença hoje, com essa geração, é que estamos prontos para fazer isso conscientemente e acelerar o processo. Não importa o medo que você tenha, agora não lhe resta opção. Assim que se aprende o que é a vida, não há como apagar esse conhecimento. Se tentar fazer alguma outra coisa com sua vida, vai sempre sentir que lhe falta alguma coisa."

— Mas que faço agora?

— Não sei. Só você sabe. Mas sugiro que primeiro tente absorver alguma energia.

Padre Sanchez dobrou a quina da casa e juntou-se a nós, evitando cuidadosamente encontrar nossos olhos ou fazer ruído, como se não desejasse nos interromper. Tentei me concentrar e focalizar os picos das montanhas que circundavam a casa. Inspirei profundamente e compreendi que tinha estado totalmente absorvido em mim mesmo desde que sentara ali fora, como se tivesse tido uma visão de túnel. Isolara-me da beleza e majestosidade das montanhas.

Enquanto olhava os arredores, tentando apreciar conscientemente o que via, comecei a sentir aquela sensação agora conhecida de proximidade. De repente tudo parecia apresentar mais presença e brilhar ligeiramente. Comecei a ficar mais leve, meu corpo mais flutuante.

Olhei para o padre Sanchez e depois para o padre Carl. Eles me olhavam intensamente, e eu diria que viam meu campo de energia.

— Como pareço?

— Parece estar se sentindo melhor — disse Sanchez. — Fique aqui e intensifique sua energia o máximo possível. Ainda temos uns vinte minutos de arrumação das coisas.

Sorriu de um modo estranho.

— Depois disso — continuou — você estará pronto para começar.

ENTRANDO
NA CORRENTE

Os dois padres tornaram a entrar em casa e eu passei mais vários minutos observando a beleza das montanhas, me esforçando para ganhar mais energia. Então perdi meu foco e vaguei ausentemente num devaneio sobre Wil. Onde estava ele? Estaria perto de encontrar a Nona Visão?

Imaginei-o correndo pela selva, a Nona Visão na mão, tropas por toda a parte, perseguindo-o. Pensei em Sebastian comandando a caça. Mas em meu sonho acordado era visível que Sebastian, mesmo com toda sua autoridade, estava errado, que não entendera alguma coisa sobre o impacto que as visões causariam nas pessoas. Senti que alguém podia convencê-lo a mudar de opinião, se ao menos descobríssemos que parte do Manuscrito o ameaçava tanto.

Enquanto meditava sobre essa idéia, Marjorie surgiu em minha mente. Onde estava ela? Imaginei-me revendo-a. Como poderia isso acontecer?

O barulho da porta da frente batendo me trouxe de volta à realidade. Sentia-me fraco e nervoso mais uma vez. Sanchez contornou a casa até onde eu me encontrava. Vinha em passo rápido, determinado.

Sentou-se a meu lado e perguntou:

— Já decidiu o que fazer?

Balancei a cabeça.

— Você não parece muito forte — ele disse.

— Não me sinto muito forte.

— Talvez não esteja sendo muito sistemático na maneira como acumula sua energia.

— Que quer dizer?

— Vou lhe dizer o modo como eu pessoalmente adquiro energia. Talvez meu método o ajude, até você criar seu próprio procedimento.

Fiz-lhe sinal para que fosse em frente.

— A primeira coisa que faço — ele disse — é me concentrar no ambiente à minha volta, como acho que você também faz. Depois tento me lembrar de como tudo parece quando estou acumulando energia. Faço isso lembrando a presença que todas as coisas apresentam, sobretudo as plantas, e a forma como as cores dão a impressão de fulgir e parecem mais luminosas. Está me seguindo?

— Sim, eu tento fazer a mesma coisa.

— Depois — ele prosseguiu — tento experimentar aquela sensação de proximidade, a sensação, seja qual for a distância de alguma coisa, de que posso tocá-la, me ligar nela. Então a inspiro.

— Inspira?

— O padre John não lhe explicou isso?

— Não.

Sanchez pareceu confuso.

— Talvez pretendesse voltar e falar sobre isso com você. Muitas vezes ele é muito dramático. Sai e deixa o discípulo sozinho para meditar sobre o que ele ensinou, e depois surge mais tarde na hora exata de acrescentar mais alguma coisa à instrução. Suponho que ele pretendia conversar com você mais uma vez, mas nós partimos muito depressa.

— Gostaria que me falasse disso — pedi.

— Você se lembra da sensação de flutuação que experimentou no topo da montanha? — ele perguntou.

— Sim — respondi.

— Para recuperar essa flutuação, tento inspirar a energia com a qual acabei de me ligar.

Eu tinha acompanhado enquanto ele falava. Só ouvir seu procedimento já intensificava minha ligação. Tudo à minha volta tinha aumentado em presença e beleza. Até as pedras pareciam ter um brilho esbranquiçado, e o campo de energia de Sanchez era amplo e azul. Agora ele fazia inspirações profundas, conscientes, retendo cada uma mais ou menos uns cinco segundos antes de expirar. Segui seu exemplo.

— Quando visualizamos — disse — que cada inspiração introduz mais energia dentro de nós e nos infla como um balão, ficamos na verdade mais energizados e nos sentimos muito mais leves e flutuantes.

Após várias inspirações, comecei a me sentir exatamente daquele jeito.

— Depois de inspirar a energia — continuou Sanchez — verifico se sinto a emoção certa. Como lhe disse antes, considero isso a verdadeira medida de se estou realmente ligado.

— Se refere ao amor?

— Correto. Como discutimos na missão, o amor não é um conceito intelectual nem um imperativo moral, nem qualquer outra coisa. É a emoção de fundo que existe quando alguém está ligado na energia que existe no universo, que, claro, é a energia de Deus.

Padre Sanchez me fitava, os olhos ligeiramente fora de foco.

— Isso — disse — você conseguiu. É este o nível de energia que se precisa ter. Estou lhe ajudando um pouco, mas você já está pronto para mantê-la por si mesmo.

— Que quer dizer com me ajudando um pouco?

Padre Sanchez sacudiu a cabeça.

— Não se preocupe com isso agora. Vai aprender depois, na Oitava Visão.

Padre Carl passou então por perto da casa e nos olhou, parecendo satisfeito. Ao se aproximar, me lançou uma olhada.

— Já se decidiu?

A pergunta me irritou; combati a resultante perda de energia.

— Não recaia no seu drama de distanciamento — disse o padre Carl. — Você não pode se esquivar de tomar uma posição aqui. Que acha que precisa fazer?

— Não acho nada — respondi. — É este o problema.

— Tem certeza? As idéias mudam assim que a gente se liga na energia.

Lancei-lhe um olhar desnorteado.

— As palavras que você habitualmente forçou em sua cabeça, numa tentativa de controlar os acontecimentos com lógica — ele explicou — desaparecem quando você abandona seu drama de controle. Quando você se enche de energia interior, outros tipos de idéia penetram a sua mente, vindo de uma parte mais elevada de você mesmo. Essas é que são suas intuições. Parecem diferentes. Simplesmente surgem no fundo de sua mente, às vezes numa espécie de devaneio ou minivisão, e vêm para dirigi-lo, para orientá-lo.

Eu continuava não compreendendo.

— Nos diga em que estava pensando, quando o deixamos sozinho antes — pediu o padre Carl.

— Não sei se me lembro bem — respondi.

— Tente.

Tentei me concentrar.

— Eu pensava em Wil, acho, se ele estaria perto de encontrar a Nona Visão, e na cruzada de Sebastian contra o Manuscrito.

— Que mais?

— Me perguntava sobre Marjorie, o que teria acontecido a ela. Mas não entendo como isso me ajuda a saber o que fazer.

— Vou lhe explicar — disse o padre Sanchez. — Quando você adquirir bastante energia, estará pronto para entrar conscientemente na evolução, para fazê-la começar a fluir, para produzir as coincidências que o levarão à frente. Você entra em sua evolução de uma maneira muito específica.

Primeiro, como eu disse, acumula bastante energia, depois se lembra de sua questão vital básica... a que seus parentes lhe deram... porque essa questão oferece o contexto geral para sua evolução. Em seguida, você se concentra em seu caminho, descobrindo as questões menores imediatas que enfrenta em geral em sua vida. Essas preocupações sempre têm relação com a questão maior, e definem onde você está atualmente em sua busca de toda vida.

"Assim que toma consciência das questões ativas no momento, você sempre obtém algum tipo de orientação intuitiva do que fazer, de aonde ir. Obtém uma dica sobre o passo seguinte. Sempre. Isso só não ocorre se você tiver em mente a questão errada. Você sabe, o problema na vida não está em receber respostas. Está em identificar suas questões presentes. Assim que você formule as perguntas certas, as respostas sempre chegam.

"Depois que tiver uma intuição do que poderia ocorrer em seguida", continuou, "o passo seguinte é ficar bastante alerta e vigilante. Mais cedo ou mais tarde as coincidências vão ocorrer, para levar você na direção indicada pela intuição. Está me entendendo?"

— Acho que sim.

— Então — ele prosseguiu — não acha que esses pensamentos sobre Wil, Sebastian e Marjorie são importantes? Pense em por que esses pensamentos surgem agora, julgando a história de sua vida. Você sabe que saiu de sua família desejando descobrir como fazer da vida espiritual uma aventura que eleva, certo?

— Certo.

— Então, quando menino, você se interessava por histórias de mistério, estudou sociologia e trabalhou com pessoas, embora não soubesse por que fazia essas coisas. Depois, ao começar a despertar, ouviu falar do Manuscrito, veio para o Peru e descobriu as visões, uma a uma, e cada uma lhe ensinou alguma coisa sobre o tipo de espiritualidade que você procura. Agora que você se esclareceu, pode se tornar superconsciente dessa evolução definindo suas preocupações atuais, e depois ver as respostas chegarem.

Apenas fiquei olhando-o.

— Quais são suas questões atuais? — ele perguntou.

— Acho que quero conhecer as outras visões — eu disse. — Sobretudo quero saber se Wil vai encontrar a Nona. E o que aconteceu a Marjorie. E me informar sobre Sebastian.

— E que sugeriam suas intuições sobre essas questões?

— Não sei. Eu pensava em tornar a ver Marjorie, e em Wil correndo com tropas atrás dele. Que significa isso?

— Onde Wil corria?

— Na floresta.

— Talvez isso indique para onde você deve ir. Iquitos fica na selva. E quanto a Marjorie?

— Eu me vi reencontrando-a.

— E Sebastian?

— Fantasiei que ele era contra o Manuscrito porque não o entendera direito, que poderia mudar de idéia se alguém descobrisse o que ele pensava, o que exatamente temia em relação ao Manuscrito.

Os dois se entreolharam em total perplexidade.

— Que significa isso? — perguntei.

Padre Carl respondeu com outra pergunta:

— Que acha você?

Pela primeira vez desde o topo do penhasco, eu começava a me sentir totalmente energizado de novo, e confiante. Olhei-os e disse:

— Acho que significa que devo ir para a selva e tentar descobrir quais os aspectos do Manuscrito que a Igreja condena.

Padre Carl sorriu.

— Exatamente! Pode pegar meu caminhão.

Assenti e fomos para a frente da casa, onde os veículos estavam estacionados. Minhas coisas, junto com uma provisão de água e comida, já estavam empacotadas no cami-   *181* nhão do padre Carl. O veículo do padre Sanchez já estava pronto.

— Quero lhe dizer o seguinte — disse o padre Sanchez.

— Lembre-se de parar quantas vezes for preciso para se religar em sua energia. Permaneça cheio, permaneça em estado de amor. Não esqueça que uma vez atingido esse estado de amor, nada, nem ninguém, pode retirar mais energia de você do que a que você pode recuperar. Na verdade, a energia que flui de você cria uma corrente que puxa energia para dentro de você na mesma proporção. Você não pode ficar vazio. Mas deve estar consciente desse processo para que ele funcione. Isso é sobretudo importante quando você interage com pessoas.

Fez uma pausa. Simultaneamente, como numa deixa, o padre Carl se aproximou e disse:

— Você só não leu duas visões: a Sétima e a Oitava. A Sétima trata do processo de se envolver conscientemente, estar alerta para qualquer coincidência, para toda resposta que o Universo lhe dá.

Estendeu-me um pequeno folheto.

— Aqui está a Sétima. É muito curta e geral — continuou — mas fala sobre como os objetos saltam para nós, e como certos pensamentos nos surgem como um guia. Quanto à Oitava, você mesmo a descobrirá quando chegar a hora certa. Explica como podemos ajudar os outros enquanto eles nos trazem as respostas que buscamos. E mais, descreve toda uma nova ética para governar a maneira como os humanos devem tratar uns aos outros, para facilitar a evolução de todos.

— Por que não pode me dar a Oitava Visão agora? — perguntei.

Padre Carl sorriu e pôs a mão em meu ombro.

— Porque achamos que não devemos. Também temos de seguir nossas intuições. Você terá a Oitava Visão assim que fizer a pergunta certa.

Eu lhe disse que compreendia. Então os dois padres me abraçaram e desejaram tudo de bom. Padre Carl acentuou que logo nos encontraríamos, e que eu ia na verdade encontrar as respostas que estava ali para receber.

Estávamos prestes a entrar em nossos respectivos veículos quando Sanchez se voltou de repente e me encarou.

— Tenho uma intuição de lhe dizer uma coisa. Vai ficar sabendo mais sobre isso depois. Deixe que sua percepção da beleza e da iridescência guie seu caminho. As pessoas e lugares que têm as respostas para você parecerão mais luminosos e atraentes.

Assenti e subi no caminhão do padre Carl, e depois os acompanhei pela estrada de pedras abaixo por vários quilômetros, até chegarmos a um entroncamento. Sanchez acenou pela janela de trás quando ele e o padre Carl seguiram para leste. Fiquei a observá-los por um momento, e depois virei o velho caminhão para o norte, em direção à bacia amazônica.

Uma onda de impaciência subiu dentro de mim. Após fazer uma boa velocidade por mais de três horas, me via agora parado num entroncamento, incapaz de me decidir entre duas rotas.

A da esquerda era uma possibilidade. A julgar pelo mapa, aquela estrada levava para o norte pelas bordas das montanhas, por uns cento e cinqüenta quilômetros, depois virava abruptamente para leste em direção a Iquitos. A outra ia para a direita e cortava a selva em diagonal para leste, para o mesmo destino.

Respirei fundo e tentei relaxar, e então conferi rapidamente o espelho retrovisor. Ninguém à vista. Na verdade, não vira ninguém — nenhum trânsito, nenhum habitante local andando — durante uma hora. Tentei sacudir uma onda de ansiedade. Sabia que devia relaxar e ficar ligado, se quisesse tomar a decisão certa.

Concentrei-me no cenário. A estrada da selva à minha direita avançava por entre um grupo de árvores grandes. Vários afloramentos de rocha imensos pontilhavam o solo em redor delas. A maioria era rodeada por grandes arbustos tropicais. A outra estrada, pelas montanhas, parecia relativamente despida. Uma árvore erguia-se naquela direção, mas o restante da paisagem era rochoso, com muito pouca vida vegetal.

Olhei para a direita mais uma vez e tentei induzir um estado de amor. As árvores e arbustos eram verde-claro. Olhei para a esquerda e tentei o mesmo método. Logo percebi um trecho de mato florido que margeava a estrada. As folhas do mato eram claras e pintalgadas, mas as flores brancas, vistas em conjunto, criavam um desenho singular à distância. Perguntei-me por que não vira as flores antes. Agora pareciam quase fulgir. Alarguei meu foco para abranger tudo naquela direção. As pequenas pedras e os trechos marrons de cascalho pareciam extraordinariamente coloridos e vívidos. Matizes de âmbar, violeta e até vermelho-escuro perpassavam por todo o cenário.

Dei mais uma olhada às árvores e arbustos à direita. Embora bonitos, agora empalideciam em comparação com a outra estrada. Mas como era possível isso, pensei. A princípio, a estrada da direita parecia mais atraente. Dando mais uma olhada à esquerda, minha intuição se fortaleceu. A exuberância de forma e cor me impressionou.

Convenci-me. Liguei o caminhão e tomei a esquerda, seguro do acerto da decisão. A estrada era acidentada com pedras e buracos. Enquanto seguia aos trancos, meu corpo ia ficando mais leve. Meu peso concentrava-se nas nádegas, e eu tinha as costas e o pescoço eretos. Os braços seguravam o volante sem se apoiar nele.

Durante duas horas dirigi sem incidentes, mordiscando coisas da cesta de comidas que o padre Carl preparara, e mais uma vez sem ver ninguém. A estrada serpeava acima e abaixo uma encosta após outra. No topo de uma colina, notei dois carros velhos parados à direita. Estavam bem afastados da estrada, num grupo de pequenas árvores. Não vi nenhum ocupante e presumi que os veículos haviam sido abandonados. À minha frente, a estrada virava abruptamente à esquerda e descia em círculos para um amplo vale. Do pico dava para ver por vários quilômetros.

Parei o veículo de repente. No meio da travessia do vale, três ou quatro veículos militares se achavam parados nos dois lados da estrada. Um grupo de soldados estava entre os caminhões. Senti um arrepio. Era um bloqueio de estrada. Recuei da crista e encostei meu veículo atrás de duas pedras grandes, depois saltei e voltei andando para o mirante, a fim de observar mais uma vez a atividade no vale. Um veículo afastava-se na direção oposta.

De repente, ouvi alguma coisa atrás de mim. Virei-me depressa. Era Phil, o ecologista que eu conhecera em Viciente.

Ele ficou igualmente chocado.

— Que está fazendo aqui? — perguntou, correndo para mim.

— Tentando chegar a Iquitos — respondi.

O rosto dele encheu-se de ansiedade.

— Nós também, mas o governo está enlouquecido por causa desse Manuscrito. Estamos tentando decidir se corremos o risco de passar por aquele bloqueio. Somos quatro.

Apontou com a cabeça para a direita. Vi vários homens entre as árvores.

— Por que está indo para Iquitos? — ele perguntou.

— Para tentar encontrar Wil. Tivemos de nos separar em Cula. Mas ouvi dizer que talvez ele tenha ido para Iquitos, procurar o resto do Manuscrito.

Ele parecia apavorado.

— Ele não devia fazer isso! Os militares proibiram que qualquer um tenha cópias. Você não soube o que aconteceu em Viciente?

— Sim, alguma coisa, mas que foi que você soube?

— Eu não estava lá, mas fiquei sabendo que as autoridades invadiram e prenderam todos que tinham cópias. Todos os hóspedes foram detidos para interrogatório. Dale e os outros cientistas foram levados. Ninguém sabe o que aconteceu com eles.

— Sabe por que o governo está tão transtornado por causa desse Manuscrito? — perguntei.

— Não, mas quando soube como estava ficando inseguro, decidi voltar para pegar meus dados de pesquisa em Iquitos e deixar o país.

Contei-lhe os detalhes do que acontecera com Wil e comigo após deixarmos Viciente, sobretudo o tiro no alto da crista.

— Porra — ele disse. — E você ainda anda por aí se metendo nessa coisa?

Sua declaração abalou minha confiança, mas eu disse:

— Olhe, se não fizermos nada, o governo vai suprimir o Manuscrito completamente. Se negará ao mundo o conhecimento dele, e acho que as visões são importantes!

— O bastante para se morrer por elas? — ele perguntou.

O som de veículos atraiu nossa atenção. Os caminhões atravessavam o vale em nossa direção.

— Ah, merda! — ele disse. — Lá vêm eles.

Antes que pudéssemos nos mexer, ouvimos o barulho de veículos aproximando-se também do outro lado.

— Nos cercaram! — gritou Phil. Parecia estar em pânico.

Corri para o caminhão e esvaziei a cesta de comida numa mochila pequena. Peguei as pastas contendo os Manuscritos e guardei-as também na mochila, depois pensei melhor e as enfiei embaixo do assento.

Os ruídos tornavam-se cada vez mais altos, e atravessei a estrada à direita na direção que Phil tomara. Na encosta abaixo o vi com os outros homens, amontoados atrás de um grupo de pedras. Escondi-me com eles. Minha esperança era que os caminhões militares passassem e continuassem o caminho. Meu caminhão estava fora do campo visual. Esperava que eles pensassem, como eu pensara, que os outros carros haviam sido abandonados.

Os caminhões que vinham do sul chegaram primeiro, e para nosso horror pararam mesmo nos veículos.

— Não se movam. Polícia! — gritou uma voz.

Ficamos imóveis, enquanto vários soldados avançavam por trás de nós. Estavam todos fortemente armados e muito cautelosos. Revistaram-nos minuciosamente e pegaram tudo, depois nos obrigaram a voltar para a estrada. Lá, dezenas deles revistavam os veículos. Phil e seus companheiros foram levados e colocados num dos caminhões militares, que partiram rapidamente. Quando ele passou por mim no carro, eu o vi de relance. Estava pálido e espectral.

Levaram-me a pé para o lado oposto, e pedi para me sentar perto da crista da colina. Vários soldados ficaram em pé a meu lado, cada um com uma arma automática no ombro. Finalmente um oficial se aproximou e jogou as pastas contendo minhas cópias das visões no chão a meus pés. Sobre elas atirou as chaves do caminhão do padre Carl.

— Essas cópias são suas? — perguntou.

Olhei-o sem responder.

— Essas chaves foram encontradas com você — disse.

— Dentro do veículo encontramos essas cópias. Vou lhe perguntar mais uma vez, são suas?

— Acho que não vou responder enquanto não tiver um advogado — gaguejei.

A observação provocou um sorriso sarcástico no rosto do oficial. Ele disse alguma coisa aos outros soldados e afastou-se. Os soldados me indicaram um dos jipes e me mandaram sentar no banco dianteiro, ao lado do motorista. Dois outros soldados sentavam-se no banco de trás, as armas engatilhadas. Às nossas costas, mais soldados embarcavam num segundo caminhão. Após uma breve espera, os dois veículos tomaram o norte e entraram no vale.

Pensamentos angustiantes me inundaram a mente. Para onde me levavam? Por que eu me colocara naquela situação? Quanto à preparação que os padres me haviam dado, nem era preciso falar; eu não resistira um dia. Lá no entroncamento, eu tivera tanta certeza que escolhera a estrada certa. Era a mais atraente; tinha certeza disso. Onde me enganara?

Respirei fundo e tentei relaxar, me perguntando o que ia acontecer agora. Ia alegar ignorância, pensei, e apresentar-me como um turista desorientado sem qualquer má intenção. Me envolvi com as pessoas erradas, ia dizer. Me deixem ir para casa.

Repousava as mãos no colo. Um dos soldados sentados atrás me ofereceu um cantil com água e aceitei, embora não conseguisse beber. O soldado era jovem e quando lhe devolvi o cantil, sorriu sem nenhum traço de malícia no rosto. A imagem de Phil em pânico me passou pela mente. Que iam fazer com ele?

Ocorreu-me a idéia de que o encontro com Phil naquele cume tinha sido uma coincidência. Qual o seu significado? Sobre o que teríamos conversado se não tivéssemos sido interrompidos? Na verdade, eu só fizera acentuar a importância do Manuscrito, e ele só fizera me advertir do perigo ali e me aconselhar a cair fora antes que fosse capturado. Infelizmente, esse aviso chegara tarde demais.

Durante várias horas rodamos sem ninguém falar. O terreno lá fora tornava-se cada vez mais plano. O ar esquentava. Num certo ponto, o jovem soldado me passou uma lata de ração C, uma coisa semelhante a picadinho, porém mais uma vez não consegui que nada descesse. Depois do pôr-do-sol, a luz diminuiu rapidamente.

Eu seguia sem pensar, olhando direto em frente os faróis do caminhão, e depois resvalei para um sono agitado, durante o qual sonhei que estava em fuga. Corria desesperado de um inimigo desconhecido, em meio a fogueiras imensas, certo de que em algum lugar havia uma chave secreta que abriria o caminho ao conhecimento e à segurança. No meio de uma dessas fogueiras gigantes, vi a chave. Lancei-me ao fogo para recuperá-la.

Acordei num sobressalto. Os soldados me olharam nervosos. Balancei a cabeça e encostei-a na porta do caminhão. Durante longo tempo fiquei olhando pela janela lateral as formas escuras da paisagem, lutando contra a tendência a entrar em pânico. Eu estava só e sob guarda, penetrando na escuridão, e ninguém se preocupava com meus pesadelos.

Lá pela meia-noite paramos junto a um prédio pouco iluminado, feito de pedra talhada e de dois andares. Atravessamos a porta da frente por um passadiço e entramos numa porta lateral. Uma escada levava a um corredor estreito. As paredes internas também eram de pedra, e o teto de vigas grandes e pranchas não aparelhadas. Lâmpadas fracas iluminavam o caminho, penduradas do teto. Cruzamos uma outra porta e entramos numa área de celas. Um dos soldados que desaparecera nos alcançou, abriu uma das portas da cela e me indicou com um gesto que entrasse.

Dentro havia três catres, uma mesa de madeira e um vaso de flores. Para minha surpresa, a cela estava muito limpa. Quando entrei, um jovem peruano, de não mais de dezoito ou dezenove anos, me olhou mansamente de trás da porta. O soldado passou a chave atrás de mim e afastou-se. Sentei-me num dos catres, enquanto o jovem estendia o braço e acendia um lampião a óleo. Quando a luz iluminou seu rosto, notei que era índio.

— Você fala inglês? — perguntei.

— Sim, um pouco — ele respondeu.

— Onde estamos?

— Perto de Pullcupa.

— Isto aqui é uma prisão?

— Não, todos estão aqui para ser interrogados sobre o Manuscrito.

— Há quanto tempo você está aqui? — perguntei.

Ele me olhou com olhos tímidos, castanhos.

— Dois meses.

— Que fizeram com você?

— Tentam me fazer desacreditar no Manuscrito e querem que eu lhes diga o nome dos outros que têm cópias.

— Como?

— Conversando comigo.

— Só conversando, sem ameaças?

— Só conversando — ele repetiu.

— Disseram quando vão lhe soltar?

— Não.

Fiz uma pausa por um instante, e ele me olhou interrogativamente.

— Você foi apanhado com cópias do Manuscrito? — perguntou.

— É. Você também?

— É. Moro perto daqui, num orfanato. Meu diretor ensinava segundo o Manuscrito. Me permitiu ensinar às crianças. Ele conseguiu escapar, mas eu fui capturado.

— Quantas Visões você leu? — perguntei.

— Todas que foram encontradas — ele respondeu. — E você?

— Ééé, todas, com exceção da Sétima e da Oitava Visões. Estava com a sétima, mas não tive chance de ler antes de os soldados aparecerem.

O jovem bocejou e pediu:

— Podemos dormir agora?

— Sim — respondi, ausentemente. — Claro.

Deitei-me em meu catre e fechei os olhos, a mente disparada. Que devia fazer agora? Como me deixara capturar? Conseguiria fugir? Forjei várias estratégias e cenários antes de cair finalmente no sono.

Mais uma vez tive sonhos vívidos. Procurava a mesma chave, mas desta vez estava perdido numa profunda floresta. Por muito tempo andara sem rumo, desejando algum tipo de orientação. Passado algum tempo, desabou um temporal imenso e inundou a paisagem. Durante o dilúvio, fui levado pelas águas por uma ravina abaixo e caí no rio, que corria no sentido contrário, ameaçando afogar-me. Com toda minha força lutei contra a corrente, debatendo-me pelo que me pareceram dias. Acabei conseguindo içar-me para fora da corrente, agarrando-me à margem rochosa. Subi as pedras e os rochedos ásperos que margeavam o rio, cada vez mais alto e em áreas sempre mais traiçoeiras.

Embora convocasse toda a minha força de vontade e habilidade montanhística, a determinada altura me vi perigosamente pendurado da face da rocha, incapaz de dar mais um passo. Olhei o terreno abaixo. Em choque, percebi que o rio em que estivera me debatendo vinha da floresta e subia delicadamente para uma bela praia e campina. Na campina, cercada de flores, estava a chave. Então escorreguei e caí gritando até bater no rio e afundar.

Sentei-me rapidamente no catre, ofegante. O jovem índio, aparentemente já acordado, chegou perto de mim.

— Que foi que houve? — perguntou.

Recuperei o fôlego e olhei em volta, compreendendo onde estava. Também observei que a cela tinha uma janela e já era dia lá fora.

— Só um pesadelo — disse.

Ele sorriu como se se sentisse satisfeito com o que eu dissera.

— Os pesadelos trazem as mensagens mais importantes — comentou.

— Mensagens? — perguntei, levantando-me e vestindo minha camisa.

Ele pareceu embaraçado por ter de explicar.

— A Sétima Visão fala de sonhos — disse.

— Que diz sobre os sonhos?

— Mostra como in... ter...

— Interpretar sonhos?

— É.

— Que diz sobre isso?

— Diz para comparar a história do sonho com a história de sua vida.

Pensei um instante, sem saber bem o que significava aquela instrução.

— Que quer dizer com essa de comparar histórias?

O jovem índio mal conseguia me olhar nos olhos.

— Quer interpretar seu sonho?

Fiz que sim com a cabeça e contei-lhe o que se passara. Ele ouviu com atenção, depois disse:

191

— Compare partes da história com a sua vida.

Olhei para ele.

— Por onde começo?

— Do início. Que fazia no início do sonho?

— Procurava uma chave na floresta.

— Como se sentia?

— Perdido.

— Compare essa situação com a sua vida real.

— Talvez tenha relação — eu disse. — Estou procurando algumas respostas sobre esse Manuscrito e me sinto perdido pra burro.

— E que mais está acontecendo em sua vida real?

— Fui capturado — respondi. — Apesar de tudo que tentei fazer, fui trancafiado. Tudo que posso esperar agora é convencer alguém a me deixar ir para casa.

— Está lutando contra o fato de ter sido capturado?

— Claro.

— Que aconteceu no sonho em seguida?

— Lutei contra a corrente.

— Por quê? — ele perguntou.

Comecei a compreender aonde ele queria chegar.

— Por que na hora achei que ela ia me afogar.

— E se você não tivesse lutado com a água?

— Ela teria me carregado até a chave. Que está dizendo? Que se eu não lutar contra esta situação talvez ainda consiga as respostas que quero?

Ele pareceu sem graça de novo.

— Eu não estou dizendo nada. O sonho é que está.

Pensei durante algum tempo. Essa interpretação seria correta?

O jovem índio me olhou e perguntou então:

— Se tivesse o mesmo sonho mais uma vez, o que seria diferente?

— Eu não resistiria à água, mesmo que ela parecesse poder me matar. Teria mais juízo.

— Que é que o ameaça?

— Acho que os soldados. Ser detido.

— Portanto, qual a mensagem para você?

— Você acha que a mensagem do sonho é encarar essa captura de um modo positivo?

Ele não respondeu; apenas sorriu.

Eu estava sentado em meu catre, encostado na parede. A interpretação me excitou. Se fosse correta, isso significava que eu não cometera absolutamente erro algum no entroncamento, que isso fazia parte do que devia acontecer.

— Como se chama você? — perguntei.

— Pablo — ele respondeu.

Sorri e me apresentei, depois lhe contei rapidamente a história do motivo de eu estar no Peru, e o que acontecera. Pablo sentava-se em seu catre, os cotovelos apoiados nos joelhos. Era baixo, cabelos negros, e muito magro.

— Por que está aqui? — perguntou-me.

— Para descobrir sobre esse Manuscrito — respondi.

— Por quê, especificamente? — ele perguntou de novo.

— Para descobrir a Sétima Visão e encontrar alguns amigos, Wil e Marjorie... e, acho, descobrir por que a Igreja é tão contra o Manuscrito.

— Há muitos padres aqui com quem conversar — ele disse.

Pensei nessa afirmação por um instante, e depois perguntei:

— Que mais diz a Sétima Visão sobre os sonhos?

Pablo me explicou que os sonhos vêm nos dizer alguma coisa sobre nossas vidas que nos faz falta. Depois disse mais outra coisa, porém em vez de ouvir eu comecei a pensar em Marjorie. Via nitidamente o rosto dela em minha mente, e me perguntava onde ela poderia estar, depois a via correndo para mim e sorrindo.

De repente me dei conta de que Pablo se calara. Olhei para ele.

— Me desculpe, meu pensamento estava vagando — expliquei. — Que dizia você?

— Está tudo bem — respondeu. — Em que estava pensando?

— Apenas numa amiga minha. Nada de especial.

Ele pareceu que ia insistir na pergunta, mas alguém se aproximou da porta. Pelas grades, vimos um soldado abrindo a fechadura.

— Hora do café — disse Pablo.

O soldado abriu a porta e indicou com a cabeça que saíssemos para o corredor. Pablo dirigiu-se para o corredor de pedra. Chegamos a uma escada e subimos alguns degraus que davam num refeitório pequeno. Quatro ou cinco soldados estavam num canto da sala, enquanto vários civis, dois homens e uma mulher, aguardavam na fila para ser servidos.

Parei, não acreditando em meus olhos. A mulher era Marjorie. Ao mesmo tempo, ela me viu, cobriu a boca com a mão, os olhos arregalados de surpresa. Dei uma olhada no soldado atrás de mim. Ele se dirigia para junto dos outros militares no canto, sorrindo despreocupadamente e dizendo alguma coisa em espanhol. Segui Pablo, que transpunha a sala até o final da fila.

Marjorie era servida. Os dois outros homens levaram suas bandejas para uma mesa, conversando. Várias vezes Marjorie olhou para mim e encontrou meu olhar, lutando para não dizer nada. Depois da segunda olhada, Pablo adivinhou que nós nos conhecíamos e olhou para mim interrogadoramente. Marjorie levou sua comida para uma mesa e depois de sermos servidos fomos até lá e nos sentamos com ela. Os soldados continuavam conversando entre si, parecendo alheios a nossos movimentos.

— Meu Deus, estou feliz em te ver — ela disse. — Como chegou aqui?

— Me escondi durante algum tempo com uns padres — respondi. — Depois parti para encontrar Wil e fui capturado ontem. Há quanto tempo está aqui?

— Desde que me pegaram na crista — ela respondeu.

Percebi que Pablo nos olhava intensamente e apresentei-o a ela.

Eles conversaram rápido, e então eu perguntei a Marjorie:

— Que mais aconteceu?

— Não muita coisa — respondeu. — Nem mesmo sei por que estou detida. Todos os dias sou levada a um dos padres ou oficiais para interrogatório. Querem saber quais os meus contatos em Viciente, e se sei onde estão outras cópias do Manuscrito. Várias e várias vezes!

Marjorie sorriu, parecendo vulnerável, e ao fazer isso senti outra forte atração por ela. Ela me lançou um olhar agudo pelo canto dos olhos. Ambos rimos baixinho. Seguiu-se um período de silêncio, enquanto tomávamos nosso café, e então a porta se abriu e entrou um padre vestido formalmente. Vinha acompanhado de um homem que parecia ser um oficial de alta patente.

— Aquele é o padre chefão — Pablo disse.

O oficial disse alguma coisa aos soldados, que se puseram em posição de sentido, e então ele e o padre atravessaram a sala e foram para a cozinha. O padre olhou diretamente para mim, nossos olhos se encontrando por um longo segundo. Desviei o olhar e comi um pouco, não querendo chamar a atenção. Os dois homens continuaram atravessando a cozinha e saíram pela sua porta.

— Aquele era um dos padres com quem você conversou? — perguntei a Marjorie.

— Não — ela respondeu. — Nunca o vi antes.

— Conheço aquele padre — Pablo disse. — Era o Sebastian.

— Parece que você já ouviu falar dele — Marjorie disse.

— Já — respondi. — É a principal pessoa por trás da oposição da Igreja ao Manuscrito. Eu achava que ele estava na missão do padre Sanchez.

— Quem é o padre Sanchez? — perguntou Marjorie.

Eu ia responder quando o soldado que nos escoltara se aproximou da mesa e com a cabeça fez um gesto para que eu e Pablo o acompanhássemos.

— Hora da ginástica — disse Pablo.

Marjorie e eu nos entreolhamos. Os olhos dela revelavam uma ansiedade interior.

— Não se preocupe — eu disse. — Converso com você na próxima refeição. Vai dar tudo certo.

Ao me retirar, eu me perguntava se meu otimismo era realista. Aquelas pessoas podiam fazer qualquer um de nós desaparecer sem deixar vestígio a qualquer momento. O soldado nos guiou por um corredor estreito e uma porta que dava para uma escada externa. Descemos num pátio lateral, cercado por um alto muro de pedras. O soldado ficou na entrada. Pablo me acenou com um gesto para passear com ele pelas bordas do pátio. Enquanto caminhávamos, ele se abaixou várias vezes para colher algumas das flores que brotavam nos canteiros junto ao muro.

— Que diz mais a Sétima Visão? — perguntei.

Ele se curvou e pegou outra flor.

— Diz que não só os sonhos nos orientam. Também os pensamentos e devaneios.

— É, o padre Carl disse isso. Me explique como os devaneios nos orientam.

— Nos mostram uma cena, um fato, e isso é uma indicação de que esse fato talvez aconteça. Se estivermos atentos, estaremos prontos para essa virada em nossas vidas.

Olhei para ele.

— Sabe, Pablo, me veio uma imagem de que eu ia me encontrar com Marjorie. E a encontrei.

Ele sorriu.

Um calafrio me correu a espinha. Eu devia estar de fato no lugar certo. Intuíra uma coisa que se tornara verdade. Pensara várias vezes em rever Marjorie de novo, e agora isso acontecera. As coincidências estavam ocorrendo. Senti-me mais leve.

— Não tenho pensamentos como esse com muita freqüência — eu disse.

Pablo olhou para longe, e disse:

— A Sétima Visão diz que temos mais pensamentos como esse do que podemos perceber. Para reconhecê-los, temos de nos colocar numa posição de observador. Quando vem um pensamento, devemos perguntar: por quê? Por que esse pensamento determinado veio agora? Qual a relação que ele tem com as questões da minha vida? A adoção dessa posição de observador nos ajuda a nos livrar de nossa necessidade de controlar tudo. Nos põe na corrente evolutiva.

— Mas e quanto aos pensamentos negativos? — perguntei. — Essas imagens assustadoras de alguma coisa ruim acontecendo, como alguém que amamos sendo ferido, ou de não conseguirmos uma coisa que desejamos muito?

— Muito simples — disse Pablo. — A Sétima Visão explica que as imagens de medo devem ser detidas assim que aparecem. Então outra imagem, uma de bom resultado, deve ser imposta pela vontade ao pensamento. Em breve as negativas quase não ocorrerão mais. Suas intuições serão sobre coisas positivas. Quando as negativas chegarem depois disso, o Manuscrito diz que devem ser tratadas com muita seriedade, e não seguidas. Por exemplo, se lhe vem ao pensamento a idéia de que vai sofrer um desastre de caminhão e alguém passa e lhe oferece uma carona de caminhão, não aceite.

Demos uma volta completa em torno do pátio e nos aproximamos do guarda. Nenhum de nós falou ao passar por ele. Pablo pegou uma flor e eu respirei fundo. O ar estava quente e úmido, e a vegetação do lado de fora do muro era densa e tropical. Eu tinha notado vários mosquitos.

— Vamos! — chamou de repente o soldado.

Levou-nos de volta à nossa cela. Pablo entrou na frente, mas o soldado estendeu o braço, me barrando o caminho.

— Você, não — disse, e fez um sinal para que eu descesse o corredor, subisse os outros andares e saísse pela mesma porta por onde tínhamos entrado na noite anterior. No estacionamento, o cardeal Sebastian entrava para o banco de trás de um carro grande. Um motorista fechou a porta atrás dele. Durante um instante Sebastian me olhou mais uma vez, depois se voltou e disse alguma coisa ao motorista. O carro partiu em velocidade.

O soldado me cutucou para a frente do prédio. Entramos e, lá dentro, entramos num escritório. Mandaram-me sentar numa cadeira de madeira defronte de uma escrivaninha de metal branca. Alguns minutos depois, um padre baixinho, de cabelos grisalhos e uns trinta anos, entrou e se sentou à escrivaninha, sem tomar conhecimento de minha presença. Folheou uma pasta durante um minuto, depois ergueu os olhos para mim. Os óculos redondos, de hastes douradas, davam-lhe um ar de intelectual.

— Você foi preso com documentos oficiais ilegais — disse objetivamente. — Estou aqui para ajudar a determinar se a acusação está em ordem. Apreciaria sua cooperação.

Fiz que sim com a cabeça.

— Onde conseguiu essas traduções?

— Não compreendo — eu disse. — Por que cópias de um velho manuscrito seriam ilegais?

— O governo do Peru tem seus motivos — respondeu. — Por favor, responda à pergunta.

— Por que a Igreja está envolvida? — perguntei.

— Porque o Manuscrito contradiz as tradições de nossa religião — disse. — Deturpa a verdade de nossa natureza espiritual. Onde...

— Olhe — eu disse, interrompendo. — Só estou tentando entender. Sou apenas um turista que se interessou pelo Manuscrito. Não sou uma ameaça para ninguém. Só quero saber por que isso é tão alarmante.

Ele pareceu desnorteado, como se tentasse decidir a melhor estratégia para lidar comigo. Eu insistia conscientemente para obter detalhes.

— A Igreja acha que o Manuscrito está confundindo nosso povo — ele disse, com cuidado. — Dá a impressão de que as pessoas podem decidir por si próprias como viver, sem respeito às escrituras.

— Que escrituras?

— O mandamento de honrar pai e mãe, por exemplo.

— Que quer dizer?

— O Manuscrito culpa os pais pelos problemas, solapando a família.

— Achei que ele falasse em acabar com antigos ressentimentos — eu disse. — E descobrir uma visão positiva de nossa vida anterior.

— Não — ele disse. — É enganoso. Jamais deveria haver um sentimento negativo, para começar.

— Os pais não podem estar errados?

— Os pais fazem o melhor que podem. Os filhos têm de perdoá-los.

— Mas não é isso que o Manuscrito esclarece? Não vem o perdão quando vemos o aspecto positivo em nossa infância?

Ele alteou a voz com raiva.

— Mas em nome de que autoridade esse Manuscrito fala? Como se pode confiar nele?

Contornou a escrivaninha e me olhou de cima, ainda irado.

— Você não sabe do que está falando — disse. — Por acaso é um especialista religioso? Acho que não. Você é a prova direta do tipo de confusão que esse Manuscrito desperta. Não compreende que só existe ordem no mundo por causa da lei e da autoridade? Como ousa questionar as autoridades neste assunto?

Eu não disse nada, o que pareceu enfurecê-lo mais ainda.

— Deixe-me lhe dizer uma coisa — disse. — O crime que você cometeu é condenável com anos na prisão. Já esteve alguma vez numa prisão peruana? Sua curiosidade de ianque anseia por descobrir como são nossas prisões? Posso arranjar isso! Entende? Posso cuidar disso!

Levou as mãos aos olhos e fez uma pausa, respirando fundo, obviamente tentando acalmar-se.

— Estou aqui para descobrir quem tem cópias, de onde elas surgem. Vou lhe perguntar mais uma vez. Onde conseguiu suas traduções?

Sua explosão me enchera de ansiedade. Eu piorava minha situação a cada pergunta. Que poderia fazer ele se eu não cooperasse? Contudo, como eu iria comprometer o padre Sanchez e o padre Carl?

— Preciso de algum tempo para lhe responder — eu disse.

Por um momento pareceu que ele ia explodir num outro ataque de raiva. Depois relaxou e pareceu muito cansado.

— Lhe dou até amanhã de manhã — disse, acenando para o soldado na entrada da porta.

Acompanhei o soldado de volta pelo corredor e diretamente para a cela. Sem dizer nada, entrei e me deitei no catre, sentindo-me eu próprio exausto. Pablo olhava para fora pelas grades da janela.

— Conversou com o cardeal Sebastian? — perguntou.

— Não, era um outro padre. Queria saber quem me deu as cópias que eu tinha.

— Que disse você?

— Nada. Pedi tempo para pensar e ele me deu até amanhã.

— Ele falou alguma coisa sobre o Manuscrito? — perguntou Pablo.

Olhei-o nos olhos, e desta vez ele não baixou a cabeça.

— Falou um pouco que o Manuscrito solapa a autoridade tradicional — respondi. — Depois começou a ficar furioso e a me ameaçar.

Pablo pareceu verdadeiramente surpreso.

— Ele tinha cabelos castanhos e óculos redondos?

— Tinha.

— Se chama padre Costous — disse Pablo. — Que mais ele disse?

— Discordei dele nisso de o Manuscrito arruinar a tradição — respondi. — Ele me ameaçou com a prisão. Acha que falou a sério?

— Não sei — respondeu Pablo.

Levantou-se e sentou-se defronte a mim. Eu via que ele tinha alguma outra coisa em mente, mas estava tão cansado e apavorado que fechei os olhos. Quando acordei, Pablo me sacudia.

— Hora do almoço — avisou.

Seguimos o guarda até lá em cima e nos serviram um prato de picadinho com batatas. Os dois homens que víramos mais cedo chegaram depois. Marjorie não estava com eles.

— Onde está Marjorie? — perguntei-lhes, tentando murmurar.

Os dois homens me olharam apavorados de que eu pudesse abordá-los, e os soldados me olharam intensamente.

— Acho que não falam inglês — disse Pablo.

— Gostaria de saber onde ela está.

Pablo falou qualquer coisa em resposta, porém mais uma vez eu não estava ouvindo. De repente sentia vontade de fugir, e me via fugindo por uma rua qualquer, depois mergulhando numa porta, para a liberdade.

— Em que está pensando? — perguntou Pablo.

— Estava fantasiando uma fuga — respondi. — Que dizia você?

— Espere — Pablo disse. — Não perca seu pensamento. Isso pode ser importante. Que tipo de fuga?

— Eu descia correndo uma viela, ou uma rua, depois me enfiava numa porta. Tive a impressão de que fui bem-sucedido na fuga.

— Que acha dessa imagem? — ele perguntou.

— Não sei — respondi. — Não parecia ligada logicamente ao que nós conversávamos.

— Lembra do que estávamos falando?

— Sim. Eu estava perguntando sobre Marjorie.

— Não acha que há uma ligação entre Marjorie e seu pensamento?

— Nenhuma ligação óbvia que eu possa conceber.

— E oculta?

— Não vejo ligação. Como poderia o ato de fugir estar relacionado com Marjorie? Acha que ela fugiu?

Ele pareceu pensativo.

— Seu pensamento era de fugir.

— Ah, sim, certo — eu disse. — Talvez eu vá fugir sem ela. — Olhei-o. — Talvez vá fugir *com* ela.

— Esse seria o meu palpite — ele disse.

— Mas onde está ela?

— Não sei.

Acabamos de comer sem conversar. Eu estava com fome, mas a comida era pesada demais. Por algum motivo, me sentia cansado e mole. Minha fome me abandonou rapidamente.

Observei que Pablo também não comia.

— Acho que devíamos voltar para a cela — disse Pablo.

Concordei e ele fez sinal ao soldado para que nos levasse de volta. Quando chegamos, eu me estendi em meu catre e Pablo se sentou olhando para mim.

— Sua energia parece fraca — ele disse.

— E está — respondi. — Não sei qual é o problema.

— Está tentando absorver energia? — ele perguntou.

— Acho que não tenho tentado — respondi. — E a comida não ajuda.

— Mas você não precisa de muita comida, se estiver absorvendo tudo. — Rodou o braço à sua frente para enfatizar "tudo".

— Eu sei. É difícil para mim fazer fluir o amor numa situação como esta.

Ele me olhou com ironia.

— Mas não fazer isso é se prejudicar.

— Que quer dizer?

— Seu corpo vibra num determinado nível. Se você deixa sua energia baixar demais, o corpo sofre. Essa é a relação entre estresse e doença. É pelo amor que mantemos nossa vibração alta. Ele nos mantém saudáveis. Isso é que importa.

— Me dê alguns minutos — eu disse.

Usei o método que o padre Sanchez me ensinara. Senti-me melhor imediatamente. Os objetos à minha volta destacavam-se com presença. Fechei os olhos e me concentrei nessa sensação.

— Está bom — ele disse.

Abri os olhos e o vi dando um largo sorriso para mim. O rosto e o corpo ainda eram de garoto e imaturos, mas os olhos pareciam cheios de sabedoria.

— Estou vendo a energia entrando em você — ele disse.

Detectei um leve campo esverdeado em volta do corpo de Pablo. As flores novas que ele colocara no vaso pareciam radiantes.

— Para captar a Sétima Visão e entrar de fato no movimento de evolução — ele disse — a gente precisa atrair todas as visões num único modo de ser.

Eu não disse nada.

— Pode resumir como o mundo mudou para você em conseqüência das visões?

Pensei um instante.

— Acho que despertei e passei a ver o mundo como um lugar misterioso, que oferece tudo que precisamos, se nos esclarecemos e encontramos o caminho.

— Então que acontece?

— Então estamos prontos para começar o fluxo evolutivo.

— E como entramos nesse processo?

Pensei um instante.

— Mantendo firmemente em mente nossas atuais questões vitais — respondi. — E depois ficando atentos para a orientação, num sonho ou num pensamento intuitivo, ou na maneira como o ambiente se ilumina e salta para nós.

Fiz mais uma pausa, tentando reunir toda a visão, e acrescentei:

— Acumulamos nossa energia e nos concentramos em nossas situações, nas perguntas que temos, e aí recebemos alguma forma de orientação intuitiva, uma idéia de aonde ir e o que fazer, e então as coincidências ocorrem, para permitir que sigamos nessa direção.

— Sim! Sim! — disse Pablo. — É esse o caminho. E toda vez que essas coincidências nos levam a alguma coisa nova, crescemos, nos tornamos pessoas mais plenas, existindo numa vibração superior.

Curvava-se para mim, e notei a incrível energia à sua volta. Estava radiante, não mais parecendo tímido ou mesmo jovem. Parecia cheio de força.

— Pablo, que aconteceu com você? — perguntei. — Em comparação com a primeira vez que lhe vi, você parece mais confiante, culto e, de algum modo, completo.

Ele riu.

— Quando você chegou, eu tinha deixado que minha energia se dissipasse. A princípio, achei que você poderia me ajudar com meu fluxo de energia, mas compreendi que você ainda não tinha aprendido a fazer isso. Essa capacidade é ensinada na Oitava Visão.

Fiquei intrigado.

— Que foi que eu deixei de fazer?

— Você tem de aprender que todas as respostas que nos chegam misteriosamente, na verdade nos vêm de outras pessoas. Pense em tudo que aprendeu desde que chegou ao Peru. As respostas não lhe chegaram através de ações de outras pessoas que você encontrou misteriosamente?

Pensei nisso. Ele tinha razão. Conheci as pessoas certas nas horas certas: Charlene, Dobson, Wil, Dale, Marjorie, Phil, Reneau, o padre Sanchez e o padre Carl, agora Pablo.

— Mesmo o manuscrito foi escrito por uma pessoa — acrescentou ele. — Mas nem todas as pessoas que você encontrar vão ter a energia ou a lucidez para lhe revelar a mensagem que lhe trazem. Você tem de ajudá-las, mandando energia para elas. — Fez uma pausa. — Você me contou que aprendeu a projetar sua energia numa planta se concentrando na beleza dela, lembra?

— É.

— Bem, a gente faz exatamente a mesma coisa com uma pessoa. Quando a energia penetra nelas, isso as ajuda a ver a verdade delas. Então elas podem passar essa verdade para você.

"O padre Costous é um exemplo", ele continuou. "Ele tinha uma mensagem importante para você, que você não o ajudou a lhe revelar. Tentou impôr perguntas a ele, e isso criou uma disputa entre vocês pela energia. Quando ele sentiu isso, seu drama infantil, seu intimidador, se apoderou da conversa.

— Que era que eu devia ter dito?

Pablo não respondeu. Tornamos a ouvir alguém na porta da cela.

Entrou o padre Costous.

Ele cumprimentou Pablo com a cabeça, um leve sorriso no rosto. Pablo deu um sorriso largo. O padre Costous desviou o olhar para mim, o rosto endurecendo-se. A ansiedade me apertou o estômago.

— O cardeal Sebastian pediu para ver você — ele disse. — Vai ser levado para Iquitos esta tarde. Eu o aconselho a responder a todas as perguntas.

— Por que ele quer me ver?

— Porque o caminhão em que você foi preso pertence a um de nossos padres. Deduzimos que tenha recebido dele cópias do Manuscrito. Um de nossos padres desrespeitar a lei é coisa muito séria. — Olhou-me com determinação.

Dei uma olhada em Pablo, que balançou a cabeça para que eu prosseguisse.

— Você acha que o Manuscrito está solapando sua religião? — perguntei a Costous, delicadamente.

Ele me olhou com condescendência.   205

— Não apenas nossa religião; a de todo mundo. Você acha que não existe plano para este mundo? Deus está no comando. Ele atribui nosso destino. Nossa tarefa é cumprir as leis estabelecidas por Deus. A evolução é um mito. Deus cria o futuro da maneira que ele quer. Dizer que os humanos podem evoluir por si mesmos elimina do esquema a vontade de Deus. Permite que as pessoas sejam egoístas e separadas. Acham que a evolução delas é que importa, e não o plano de Deus. Vão se tratar umas às outras pior do que tratam agora.

Não consegui pensar em outra pergunta. O padre me olhou por um instante, e então disse, quase delicadamente:

— Espero que coopere com o cardeal Sebastian.

Voltou-se e olhou para Pablo, obviamente orgulhoso do como lidara com minhas perguntas. Pablo apenas sorriu e tornou a balançar a cabeça. O padre saiu e um soldado trancou a porta atrás dele. Pablo recostou-se em seu catre e sorriu para mim, a aparência ainda completamente transformada, a confiança no rosto.

Olhei-o por um instante, e então sorri.

— Que acha que acabou de acontecer? — ele perguntou.

Tentei fazer humor.

— Descobri que estou mais encrencado do que pensava.

Ele riu.

— Que mais aconteceu?

— Não estou certo de onde você quer chegar.

— Quais eram suas preocupações ao chegar aqui?

— Queria encontrar Marjorie e Wil.

— Bem, você encontrou um deles. Qual a sua outra preocupação?

— Eu tinha a sensação de que os padres eram contra o Manuscrito não por maldade, mas porque o tinham interpretado mal. Queria saber o que eles pensavam. Por algum motivo, achei que alguém poderia convencê-los a acabar com sua oposição.

Depois de dizer isso, compreendi de repente o que Pablo queria dizer. Eu encontrara Costous ali, naquele momento, para descobrir o que o incomodava no Manuscrito.

— E qual a mensagem que você recebeu?

— Mensagem?

— É, a mensagem.

Olhei-o.

— É a idéia de participar da evolução que os incomoda, não é?

— É — ele respondeu.

— Isso faz sentido — acrescentei. — A idéia de evolução física é bastante terrível. Mas estender a idéia à vida diária, às decisões individuais que tomamos, a historiarnos. Isso é inaceitável. Eles acham que os seres humanos vão correr doidos com essa evolução, que as relações entre as pessoas vão degenerar. Não admira que queiram ver o Manuscrito suprimido.

— Poderia convencê-los do contrário? — perguntou Pablo.

— Não... quer dizer, eu próprio não sei o bastante.

— Que precisaria alguém para ser capaz de convencê-los?

— Eu precisaria conhecer a verdade. Teria de saber como os seres humanos se tratariam uns aos outros se todo mundo seguisse as visões e evoluísse.

Pablo pareceu satisfeito.

— Que foi? — perguntei.

— A maneira como os seres humanos vão se tratar uns aos outros está na visão seguinte. Sua pergunta sobre o motivo de os padres serem contra o Manuscrito foi respondida, e a resposta, por sua vez, evoluiu para outra pergunta.

— É — eu disse, absorto. — Preciso encontrar a Oitava. Preciso sair daqui.

— Não vá depressa demais — Pablo advertiu. — Você precisa ter certeza de que compreendeu plenamente a Sétima, antes de passar adiante.

— Acha que a compreendo? — perguntei. — Estou me mantendo no fluxo da evolução?

— Você estará — ele respondeu — se se lembrar de manter suas perguntas sempre em mente. Mesmo as pessoas que ainda não têm consciência podem tropeçar com respostas, e ver as coincidências em retrospecto. A Sétima Visão se dá quando vemos essas perguntas enquanto elas surgem. Ela intensifica a experiência do dia-a-dia.

"Temos de supor que todo acontecimento tem um significado e contém uma mensagem que de algum modo diz respeito às nossas perguntas. Isso se aplica sobretudo ao que costumávamos chamar de coisas ruins. A Sétima Visão diz que o desafio é encontrar o lado bom de cada acontecimento, por mais negativo que seja. Você a princípio achou que o fato de ter sido capturado tinha arruinado tudo. Mas agora vê que devia estar aqui. Era aqui que estavam suas respostas."

Ele tinha razão, mas se eu estava recebendo respostas ali, e evoluindo para um nível mais alto, então Pablo sem dúvida devia estar fazendo a mesma coisa.

De repente ouvimos alguém vindo pelo corredor. Pablo me olhou diretamente, uma expressão séria no rosto.

— Ouça — ele disse. — Lembre-se do que eu lhe disse. A Oitava Visão é a próxima para você. É sobre uma Ética Interpessoal, uma forma de tratar outras pessoas para que mais mensagens sejam partilhadas. Mas lembre-se de não ir depressa demais. Mantenha-se no centro de sua situação. Quais são suas perguntas?

— Quero descobrir onde está Wil — respondi. — E quero encontrar a Oitava Visão. E quero encontrar Marjorie.

— E qual foi sua intuição orientadora em relação a Marjorie?

Pensei um instante.

— A de que eu fugiria... de que nós fugiríamos.

Ouvimos alguém bem do lado de fora da porta.

— Eu lhe trouxe alguma mensagem? — perguntei apressado a Pablo.

— Claro — ele respondeu. — Quando você chegou, eu não sabia por que estava aqui. Sabia que tinha alguma coisa a ver com a transmissão da Sétima Visão, mas duvidei da minha capacidade. Achei que não sabia o bastante. Por causa de você — ele prosseguiu — agora sei que posso. Esta foi uma das mensagens que você me trouxe.

— Houve outra?

— Sim, sua intuição de que os padres podem ser convencidos a aceitar o Manuscrito também é uma mensagem para mim. Me faz achar que estou aqui para convencer o padre Costous.

Quando acabou de falar, um soldado abriu a porta e fez um sinal para mim.

Olhei para Pablo.

— Quero lhe dizer um dos conceitos de que fala a próxima visão — ele disse.

O soldado olhou-o zangado e pegou meu braço, conduzindo-me para fora e fechando a porta. Enquanto me levavam, Pablo olhava pelas grades.

— A Oitava Visão adverte contra uma coisa — gritou. — Adverte contra a interrupção de nosso crescimento... Isso ocorre quando a gente se vicia em outra pessoa.

A ÉTICA
INTERPESSOAL

Acompanhei o soldado pela escada acima e saímos para o brilho do sol claro. A advertência de Pablo ecoava em minha cabeça. Viciar-se em outra pessoa? Que pretenderia dizer com isso? Que tipo de vício?

O soldado me levou pela trilha que ia dar no estacionamento, onde dois outros estavam ao lado de um jipe militar. Eles nos observaram intensamente quando nos aproximávamos. Quando cheguei bastante perto para ver dentro do jipe, notei que havia alguém sentado atrás. Marjorie! Ela estava pálida e ansiosa. Antes que eu pudesse atrair o seu olhar, o soldado atrás de mim me segurou pelo braço e me meteu no banco ao lado dela. Os outros dois soldados subiram para os bancos dianteiros. O sentado no lado do motorista nos deu uma olhada rápida para trás, depois ligou o veículo e rumou para o norte.

— Vocês falam inglês? — perguntei aos soldados.

O soldado no banco do passageiro, um homem musculoso, me olhou com uma expressão vazia e disse alguma coisa em espanhol, que não consegui entender, depois se virou secamente para fora.

Voltei a atenção para Marjorie.

— Está tudo bem com você? — perguntei, num sussurro.

— Eu...humm...

A voz dela esmoreceu e notei que lágrimas lhe escorriam pelo rosto.

— Vai dar tudo certo — eu disse, passando o braço em
torno dela.

Ela ergueu o olhar para mim, forçando um sorriso, e descansou a cabeça em meu ombro. Uma onda de paixão me inundou o corpo.

Durante uma hora rodamos aos trancos pela estrada não pavimentada. Lá fora, a paisagem tornava-se cada vez mais exuberante e selvagem. Então, ao dobrarmos uma curva, a vegetação densa se abriu para o que parecia ser uma aldeiazinha. Casas de madeira alinhavam-se dos dois lados da estrada.

Uns cem metros adiante, um caminhão grande bloqueava a passagem. Vários soldados faziam sinal para que parássemos. Atrás deles havia outros veículos, alguns com faroletes amarelos piscando. Fiquei mais alerta. Quando encostamos para parar, um dos soldados lá fora se aproximou e disse qualquer coisa que não consegui entender. A única palavra que reconheci foi "gasolina". Nossos acompanhantes saíram do jipe e ficaram lá fora conversando com os outros soldados. De vez em quando nos lançavam uma olhada, as armas ao lado.

Notei uma ruazinha que dobrava à esquerda. Enquanto olhava as lojas e os vãos das portas, alguma coisa mudou em minha visão. As formas e cores das casas de repente se destacaram e ficaram mais distintas.

Murmurei o nome de Marjorie e senti o olhar dela se erguer, mas antes de dizer alguma coisa uma enorme explosão sacudiu o jipe. Uma rajada de fogo e luz veio da área à nossa frente, e os soldados foram jogados ao chão. Imediatamente nossa visão foi obscurecida pela fumaça e as cinzas que caíam.

— Vamos — gritei, puxando Marjorie de dentro do veículo.

Em meio à confusão, descemos correndo a rua na direção em que eu estivera olhando. Atrás de nós, eu ouvia gritos distantes e gemidos. Ainda mergulhados em fumaça, corremos talvez uns ciqüenta metros. De repente, vi um vão de porta à esquerda.

— Aqui — gritei.

A porta estava aberta e entramos correndo. Joguei-me contra a porta, fechando-a com segurança. Quando nos viramos, vi uma mulher de meia-idade nos olhando.

Enquanto a olhava, tentando um sorriso, notei que a expressão dela não era de pavor, nem raiva, pelo fato de dois estranhos terem invadido sua casa após uma explosão. Ao contrário, o que exibia era um meio sorriso divertido, mais parecido com resignação, como se ela mais ou menos nos esperasse e agora tivesse de *fazer* alguma coisa. Numa cadeira perto, via-se uma criança pequena de uns quatro anos.

— Depressa! — ela disse em inglês. — Eles vão procurar vocês!

Levou-nos para os fundos da sala de estar esparsamente mobiliada, depois por um corredor, e descemos alguns degraus, entrando num celeiro comprido. A criança caminhava ao lado dela. Atravessamos rapidamente o celeiro e subimos mais alguns degraus até uma porta externa que dava para um beco.

A mulher abriu um pequeno carro compacto que estava estacionado ali e nos tocou para dentro. Mandou que nos abaixássemos no banco de trás, jogou sobre nós um cobertor e arrancou com o carro, rumando para o que parecia ser o norte. Durante isso tudo eu permaneci sem fala, arrebatado pela iniciativa da mulher. Uma onda de energia me invadiu o corpo quando compreendi plenamente o que acontecera. Minha intuição da fuga se realizara.

Marjorie deitava-se a meu lado, os olhos bem fechados.

— Tudo bem com você? — murmurei.

Ela ergueu os olhos marejados de lágrimas para mim e balançou a cabeça.

Decorridos uns quinze minutos, a mulher disse:

— Acho que já podem se levantar.

Retirei o cobertor e olhei em volta. Parecíamos estar na mesma estrada de antes da explosão, só que mais ao norte.

— Quem é você? — perguntei.

Ela se voltou e me olhou com seu meio sorriso. Era uma mulher bem-feita de corpo, de uns quarenta anos, com cabelos escuros na altura dos ombros.

— Sou Karla Deez — disse. — Esta é minha filha, Mareta.

A criança sorria e olhava para nós por cima do banco do passageiro com olhos grandes e inquisitivos. Tinha cabelos negríssimos, e também longos.

Eu lhes disse quem nós éramos, e depois perguntei:

— Por que nos ajuda?

O sorriso de Karla se abriu.

— Vocês fugiam dos soldados por causa do Manuscrito, não?

— Sim, mas como você sabia?

— Eu também conheço o Manuscrito.

— Para aonde está nos levando? — perguntei.

— Isso eu não sei — ela respondeu. — Vocês vão ter de me ajudar.

Dei uma olhada em Marjorie. Ela me olhava atenta enquanto eu falava.

— No momento, não sei para aonde ir — respondi. — Antes de ser capturado, estava tentando chegar a Iquitos.

— Por que quer ir para lá? — ela perguntou.

— Estou tentando encontrar um amigo. Ele procura a Nona Visão.

— Isso é uma coisa perigosa.

— Eu sei.

— Levamos vocês lá, não é, Mareta?

A menina deu uma risadinha e respondeu com uma sofisticação acima de seus anos:

— Claro.

— Que explosão foi aquela lá atrás? — perguntei.

— Acho que foi um caminhão de gasolina — ela respondeu. — Já tinha acontecido um acidente antes, um vazamento.

Eu continuava espantado com a rapidez com que Karla decidira nos ajudar, e por isso resolvi insistir na pergunta:

— Como soube que a gente estava fugindo dos soldados?

Ela respirou fundo.

— Ontem passaram pela cidade muitos caminhões
militares indo para o norte. Isso é incomum e me fez lembrar
da época, há uns dois meses, em que levaram meus amigos.
Eles e eu estudávamos o Manuscrito juntos. Éramos os
únicos na aldeia que tínhamos todas as oito Visões. Então
os soldados chegaram e levaram meus amigos. Não tive
mais notícias deles.

"Vendo os caminhões ontem", prosseguiu, "eu soube
que os soldados continuavam caçando cópias do Manuscrito, e que outros como meus amigos iam precisar de ajuda.
Me imaginei ajudando essas pessoas se pudesse. Claro,
suspeitei que era significativo eu ter tido esse determinado
pensamento naquele determinado momento. Assim, quando vocês entraram em minha casa, não me surpreendi."

Ela fez uma pausa, e depois perguntou:

— Já sentiu isso?

— Já — respondi.

Karla reduziu a velocidade do carro. Adiante havia um
entroncamento.

— Acho que devemos pegar a direita aqui — ela disse.
— Levará mais tempo, mas será mais seguro.

Quando ela virou o carro à direita, Mareta escorregou
para a esquerda e teve de se segurar no banco para não cair.
Deu uma risadinha. Marjorie olhava com admiração a menina.

— Quantos anos tem Mareta? — perguntou à Karla.

Ela pareceu perturbada, depois disse delicadamente:

— Por favor, não fale nela como se não estivesse presente. Se ela fosse um adulto, você teria feito a pergunta a ela.

— Oh, me desculpe — disse Marjorie.

— Tenho cinco anos — respondeu Mareta com orgulho.

— Você estudou a Oitava Visão? — perguntou Karla.

— Não — respondeu Marjorie. — Só a Terceira.

— Estou na Oitava — eu disse. — Você tem alguma cópia?

— Não — respondeu Karla. — Os soldados levaram todas.

— A Oitava fala do relacionamento com as crianças?

— É, e sobre como os seres humanos acabarão aprendendo a se relacionar uns com os outros, e fala sobre muitas coisas, tipo como projetar energia nos outros e evitar se viciar em pessoas.

Lá estava aquela advertência de novo. Eu ia perguntar a Karla o que ela significava, quando Marjorie disse:

— Fale da Oitava Visão.

— A Oitava Visão — explicou Karla — é sobre o uso da energia de um modo diferente quando se relaciona com as pessoas em geral, mas, no início, com crianças.

— Como devemos ver as crianças? — perguntei.

— Como realmente são, como terminais na evolução que nos faz progredir. Mas para aprender a evoluir, elas precisam de nossa energia numa base constante, incondicionalmente. O pior que a gente pode fazer às crianças é drenar a energia delas quando as educamos. Isso é que cria nelas os dramas de controle, como você já sabe. Mas essas manipulações aprendidas sobre o papel da criança podem ser evitadas se os adultos lhes derem toda a energia que elas precisam, seja qual for a situação. Por isso é que a gente deve sempre incluí-las nas conversas, sobretudo nas que se referem a elas. E não se deve assumir a responsabilidade de mais filhos além do que se pode cuidar.

— O Manuscrito diz tudo isso? — perguntei.

— Sim — ela respondeu —, e o comentário sobre o número de filhos é extensamente enfatizado.

Senti-me confuso.

— Por que o número de filhos é importante?

Ela me deu uma olhada enquanto dirigia.

— Porque qualquer adulto sozinho só pode se concentrar e dar atenção a uma criança de cada vez. Se há crianças demais para o número de adultos, estes ficam sobrecarregados e impossibilitados de dar energia suficiente. As crianças começam a disputar entre si pela energia.

— Rivalidade entre irmãos — eu disse.

— É, mas o Manuscrito diz que esse problema é mais importante do que as pessoas pensam. Os adultos sempre romantizam a idéia de famílias numerosas e filhos criados juntos. Mas as crianças devem tomar conhecimento do mundo com os adultos, não com outras crianças. Em demasiadas culturas, as crianças vivem em bandos. O Manuscrito diz que os seres humanos vão entender aos poucos que não deviam pôr filhos no mundo, a não ser que haja pelo menos um adulto empenhado em dar atenção total, em tempo integral, a cada criança.

— Mas espera aí — eu disse. — Em muitas situações os dois pais têm de trabalhar para sobreviver. Isso lhes nega o direito de terem filhos?

— Não necessariamente — ela respondeu. — O Manuscrito diz que os seres humanos vão aprender a estender suas famílias além dos laços sanguíneos. De modo que outra pessoa seja capaz de dar atenção um a um. Toda a energia não tem de vir só dos pais. Na verdade, é melhor que não venha. Mas quem quer que cuide das crianças, tem de dar atenção uma a uma.

— Bem — eu disse — você fez uma coisa certa. Mareta sem dúvida parece uma criança madura.

Karla franziu o rosto e disse:

— Não diga a mim, diga a ela.

— Ah, tem razão. — Olhei para a criança e disse: — Você age com muita maturidade, Mareta.

Ela desviou o olhar timidamente por um instante, depois disse:

— Obrigada.

Karla abraçou-a carinhosamente e me olhou com orgulho.

— Durante os últimos dois anos, tenho tentado me relacionar com Mareta segundo as orientações do Manuscrito, não é, Mareta?

A menina sorriu e balançou a cabeça.

— Tenho tentado dar energia a ela e sempre lhe dizer a verdade de cada situação, na linguagem que ela entende. Quando me fazia as perguntas que as meninas pequenas fazem, eu levava muito a sério, evitando a tentação de dar uma resposta fantasiosa, que é francamente para diversão dos adultos.

Sorri.

— Você quer dizer inverdades tipo "são as cegonhas que trazem os bebês", esse tipo de coisa?

— É, mas essas expressões culturais não são tão más. As crianças as sacam rápido porque continuam as mesmas. Pior são as distorções criadas na hora por adultos só porque querem se divertir um pouco, e porque acham que a verdade é complicada demais para uma criança entender. Mas isso não está certo; a verdade sempre pode ser expressa no nível de compreensão de uma criança. Só é preciso pensar um pouco.

— Que diz o Manuscrito sobre essa questão?

— Diz que devemos sempre encontrar um meio de dizer a verdade à criança.

Parte de mim resistia à idéia. Eu era um daqueles que gostavam de brincar com as crianças.

— As crianças não entendem que os adultos estão só brincando? — perguntei. — Tudo isso parece que as faz crescer rápido demais e tirar parte da graça da infância.

Ela me olhou com um ar severo.

— Mareta se diverte à beça. A gente brinca de pegar, pular e jogar todos os jogos de fantasia infantil. A diferença é que quando estamos fantasiando, ela sabe.

Concordei. Ela tinha razão, claro.

— Mareta parece confiante — continuou Karla — porque eu estava lá para ela. Eu lhe dei atenção individual quando ela precisava. E quando eu não estava lá, minha irmã, que mora na casa vizinha, estava. Ela sempre teve um adulto para responder a suas perguntas, e como teve essa atenção sincera, nunca sentiu que era preciso representar ou chamar a atenção. Sempre teve bastante energia, e isso faz com que acredite que continuará tendo bastante, o que torna a transição do recebimento de energia dos adultos para o recebimento de energia do Universo, sobre a qual já conversamos, muito mais fácil de ela alcançar.

Notei o terreno lá fora. Atravessávamos a floresta profunda agora, e embora eu não pudesse vê-lo, sabia que o sol estava baixo no céu da tarde.

— Podemos chegar a Iquitos esta noite? — perguntei.

— Não — disse Karla. — Mas podemos ficar numa casa que conheço.

— Perto daqui? — perguntei.

— É, a casa de um amigo. Ele trabalha para o serviço da vida silvestre.

— Para o governo?

— Parte da Amazônia é uma área protegida. Ele é o agente local, mas influente. Se chama Juan Hinton. Não se preocupe. Ele acredita no Manuscrito, e nunca o incomodaram.

Quando chegamos, o céu já escurecera completamente. À nossa volta a selva fervilhava de sons noturnos, o ar abafado. Uma grande casa de madeira, bem iluminada, erguia-se na extremidade de uma clareira na densa mata. Perto havia duas construções grandes e vários jipes. Outro veículo estava sobre blocos de pedra, e dois homens trabalhavam em volta de luzes embaixo dele.

Um peruano magro, vestindo roupas caras, respondeu à batida na porta de Karla, e sorriu-lhe até perceber Marjorie, Mareta e eu esperando na escada. Sua expressão ficou nervosa e descontente enquanto falava com ela em espanhol. Karla disse alguma coisa de um modo suplicante, mas a atitude e inflexão dele indicavam que não queria que ficássemos.

Então, pela porta entreaberta, notei uma solitária figura feminina parada no vestíbulo. Desloquei-me um pouco para trazer o rosto dela ao meu campo visual. Era Júlia.

Quando eu olhava, ela virou a cabeça e me viu, e veio rápido em minha direção com uma expressão de surpresa no rosto. Tocou o ombro do homem na porta e lhe disse alguma coisa baixinho no ouvido. O homem balançou a cabeça e abriu a porta com um ar resignado. Todos nos apresentamos enquanto Hinton nos conduzia para a área de repouso. Júlia me olhou e disse:

— Nos encontramos de novo.

Vestia calças cáqui com bolsos nas pernas e uma camiseta vermelha-clara.

— É, nos encontramos — eu disse.

Um empregado peruano deteve Hinton e, após conversarem um minuto, os dois entraram em outra parte da casa. Júlia sentou-se numa cadeira junto a uma mesa de café e fez sinal para o resto de nós nos sentarmos num sofá em frente a ela. Marjorie parecia tomada de pânico. Olhava-me intensamente. Karla também dava a impressão de estar preocupada com o desespero de Marjorie. Aproximou-se dela e pegou-lhe a mão:

— Vamos tomar um pouco de chá quente — sugeriu.

Quando elas saíam, Marjorie voltou-se e me deu uma olhada. Sorri e fiquei olhando-as até virarem a quina e entrarem na cozinha, e depois me voltei para Júlia.

— Então que acha que significa isso? — ela perguntou.

— Que quer dizer com significa isso? — respondi, ainda distraído.

— O fato de termos nos encontrado de novo.

— Ah... Não sei.

— Como acabou com Karla e para onde estavam indo?

— Ela nos salvou. Marjorie e eu fomos detidos por tropas peruanas. Quando fugimos, por acaso ela estava lá para nos ajudar.

Júlia parecia intensa.

— Me conte o que houve.

Recostei-me e contei-lhe toda a história, começando do ponto em que peguei o caminhão do padre Carl, e depois tudo sobre a captura e nossa eventual fuga.

— E Karla aceitou levar vocês para Iquitos? — perguntou Júlia.

— Foi.

— Por que você quer ir para lá? — ela perguntou.

— É para onde Wil disse ao padre Carl que ia. Ele aparentemente tem uma pista da Nona Visão. E também Sebastian está lá, por algum motivo.

Júlia balançou a cabeça.

— É, Sebastian tem uma missão perto daqui. Foi onde ele fez sua reputação, convertendo os índios.

— E você? — perguntei. — Que faz aqui?

Júlia me disse que também queria encontrar a Nona Visão, mas não tinha qualquer pista. Viera para aquela casa depois de pensar repetidas vezes em seu velho amigo, Hinton.

Eu mal conseguia ouvir. Marjorie e Karla haviam saído da cozinha e conversavam no corredor, xícaras de chá nas mãos. Marjorie surpreendeu meu olhar, mas não disse nada.

— Ela leu muito do Manuscrito? — perguntou, indicando Marjorie.

— Só a Terceira Visão — respondi.

— É provável que possamos tirá-la do Peru, se é isso o que ela quer.

Voltei-me e olhei-a.

— Como?

— Rolando parte amanhã para o Brasil. Temos alguns amigos na embaixada americana lá. Eles podem embarcá-la para os Estados Unidos. Já ajudamos a outros americanos assim.

Olhei para ela e balancei a cabeça, hesitante. Percebi que tinha sentimentos contraditórios sobre o que ela dissera. Parte de mim sabia que ir embora dali seria o melhor para Marjorie. Mas a outra parte desejava que ela permanecesse para ficar comigo. Eu me sentia estranho, energizado, quando ela estava por perto.

— Acho que preciso conversar com ela — eu disse afinal.

— Claro — respondeu Júlia. — A gente conversa mais tarde.

Levantei-me e fui até ela. Karla voltava para a cozinha. Marjorie dobrara a quina do corredor, saindo das vistas. Quando me aproximei, encostava-se na parede.

Puxei-a para meus braços. Sentia meu corpo vibrando.

— Está sentindo esta energia? — perguntei, sussurrando-lhe no ouvido.

— É incrível — ela disse. — Que significa isso?

— Não sei. A gente tem algum tipo de ligação.

Dei uma olhada em volta. Ninguém podia nos ver. Beijamo-nos apaixonadamente.

Quando recuei para olhar seu rosto, ela parecia diferente, de algum modo mais forte, e me lembrei do dia em que nos conhecemos em Viciente, e da conversa no restaurante em Cula. Eu não acreditava no volume de energia que sentia na presença dela e quando ela me tocava.

Ela me abraçou forte.

— Desde aquele dia em Viciente — disse — eu queria ficar com você. Não sabia o que pensar disso então, mas a energia é maravilhosa. Nunca experimentei nada parecido.

Pelo canto do olho, notei que Karla se aproximava, sorrindo. Disse-nos que o jantar estava pronto, e assim fomos para a sala de jantar e encontramos um imenso bufê de frutas frescas, legumes e pães. Todos serviram seus pratos e sentaram-se em torno de uma grande mesa. Depois de Mareta cantar uma música de graças, passamos uma hora e meia comendo e conversando casualmente. Hinton perdera seu nervosismo e criou um clima leve que ajudou a aliviar a tensão de nossa fuga. Marjorie falava livremente e sorria. Estar sentado ao lado dela me inundava de cálido amor.

Depois do jantar, Hinton nos levou de volta à sala de estar, onde serviram uma sobremesa de creme com um licor. Marjorie e eu nos sentamos no sofá e mergulhamos numa longa conversa sobre nossos passados e experiências de vida significativas. Parecíamos tornar-nos cada vez mais íntimos. O único problema que descobrimos era que ela morava na costa leste e eu no sul. Mais tarde, ela descartou o problema e riu à vontade.

— Mal posso esperar para a gente voltar para os Estados Unidos — disse. — Vamos nos divertir tanto viajando de um lado para o outro.

Eu me recostei e olhei-a sério.

— Júlia disse que pode dar um jeito de você ir para casa já.

— Você se refere a nós dois, não é?

— Não, eu... eu não posso ir.

— Por quê? — ela perguntou. — Não posso mais viver sem você. Mas não suporto mais ficar aqui também. Vou enlouquecer.

— Você tem de ir na frente. Breve terei condições de partir.

— Não! — ela exclamou alto. — Não vou suportar isso!

Karla, que voltava à sala de estar após ter colocado Mareta na cama, nos lançou uma olhada e desviou-a logo. Hinton e Júlia ainda conversavam, aparentemente alheios à explosão de Marjorie.

— Por favor — suplicou Marjorie. — Vamos simplesmente para casa.

Desviei o olhar.

— Tudo bem, ótimo! — ela exclamou. — Fique!

Levantou-se e correu para a área dos quartos de dormir.

Minhas entranhas se torceram quando vi Marjorie se afastar. A energia que eu ganhara com ela desabara, e de repente eu me sentia fraco e confuso. Tentei afugentar isso. Afinal, disse a mim mesmo, não a conheço há tanto tempo assim. Por outro lado, pensei, talvez ela tenha razão. Talvez eu devesse simplesmente ir para casa. Que diferença faria eu aqui, de qualquer modo? Em casa talvez conseguisse mobilizar um certo apoio para o Manuscrito, e continuar vivo, também. Levantei-me e comecei a segui-la pelo corredor, mas por algum motivo voltei e me sentei. Não podia decidir o que fazer.

— Posso me juntar a você um minuto? — perguntou Karla de repente.

Eu não notara que ela estava de pé ao lado do sofá.

— Claro — respondi.

Ela se sentou e me olhou com consideração.

— Não pude deixar de ouvir o que aconteceu — disse. — E achei que, antes de se decidir, você talvez queira saber o que diz a Oitava Visão sobre os vícios por pessoas.

— Sim, por favor, quero saber o que significa isso.

— Quando alguém aprende a se esclarecer e entrar em sua evolução, às vezes é interrompido de repente pelo vício por outra pessoa.

— Você se refere a mim e a Marjorie, não?

— Deixe eu explicar o processo — ela disse. — E julgue você mesmo.

— Tudo bem.

— Primeiro, preciso dizer que tive muita dificuldade com essa parte do Manuscrito. Acho que não chegaria sequer a compreendê-la se não tivesse conhecido o professor Reneau.

— Reneau?! — exclamei. — Eu conheço. Nos encontramos quando eu estava estudando a Quarta Visão.

— Bem — ela disse. — Nós nos conhecemos quando alcançamos a Oitava Visão. Ele ficou em minha casa vários dias.

Balancei a cabeça, impressionado.

— Ele disse que a idéia de vício, como é usada no Manuscrito, explica por que surgem nos relacionamentos amorosos as lutas por poder. Sempre nos perguntamos o que faz a felicidade e a euforia do amor acabarem, se transformando de repente em conflito, e agora sabemos. Isso resulta do fluxo de energia entre os indivíduos envolvidos.

"Quando se apaixonam, os dois indivíduos estão dando energia um ao outro inconscientemente, e se sentem flutuantes e eufóricos. É o barato incrível a que todos chamamos estar "apaixonado". Infelizmente, como eles esperam que esse sentimento venha da outra pessoa, se desligam da energia universal e começam a contar cada vez mais com a energia um do outro — só que agora parece não haver energia bastante, e assim eles deixam de dar energia um ao outro e recaem em seus dramas, numa tentativa de controlar um ao outro e puxar a energia do outro para si. Nesse ponto, o relacionamento degenera na luta por poder habitual."

Ela hesitou um momento, como para verificar se eu entendera, e acrescentou:

— Reneau me disse que nossa suscetibilidade a esse tipo de vício pode ser descrita em termos psicológicos, se isso ajuda você a entender.

Balancei mais uma vez a cabeça para que ela continuasse.

— Reneau diz que o problema começa em nossa primeira família. Devido à disputa de energia ali, nenhum de nós era capaz de concluir um processo psicológico importante. Não podíamos integrar nosso outro lado sexual.

— Nosso o quê?

— No meu caso — ela prosseguiu — não pude integrar meu lado masculino. No seu, o lado feminino. O motivo de podermos nos viciar em alguém do sexo oposto é que nós próprios ainda precisamos acessar essa energia sexual oposta. Veja, a energia mística, que podemos canalizar como uma fonte interna, é ao mesmo tempo feminina e masculina. Podemos eventualmente nos abrir para ela, mas quando começamos a nos envolver, temos de ser cuidadosos. O processo de integração leva algum tempo. Se nos ligamos prematuramente a uma fonte humana para obter nossa energia masculina ou feminina, bloqueamos o fornecimento espiritual.

Eu disse que não tinha compreendido.

— Pense como essa integração deveria funcionar numa família ideal — ela explicou — e depois talvez entenda o que quero dizer. Em qualquer família, a criança deve primeiro receber energia dos adultos. Em geral, a identificação e a interação com a energia do pai, do mesmo sexo, se realiza com facilidade, mas receber energia do outro dos pais pode ser mais difícil, por causa da diferença de sexo.

"Vamos usar uma filha como exemplo. Toda menina pequena sabe que quando primeiro tenta integrar seu lado masculino é porque está extremamente atraída pelo pai. Ela o quer por perto e em intimidade consigo o tempo todo. O Manuscrito explica que o que ela quer na verdade é energia masculina — porque essa energia masculina complementa seu lado feminino. Dessa energia masculina, ela recebe uma sensação de plenitude e euforia. Mas acha, erroneamente, que o único meio de possuir essa energia é possuir sexualmente o pai e conservá-lo perto fisicamente.

"Interessantemente, como intui que essa energia na verdade deve ser dela própria, e que deve ser capaz de comandá-la à vontade, ela quer dirigir o pai como se ele fosse parte de si mesma. Acha que ele é mágico e perfeito, e capaz de satisfazer todos os seus caprichos. Numa família não muito ideal, isso cria um conflito de poder entre a menina e o pai. Formam-se dramas quando ela aprende a manobrar para manipulá-lo e levá-lo a dar-lhe a energia que ela deseja.

"Mas numa família ideal, o pai continuaria não competitivo. Continuaria se relacionando honestamente e tendo energia suficiente para abastecê-la incondicionalmente, ainda que não pudesse fazer tudo que ela pede. O importante a saber aqui, em nosso exemplo ideal, é que o pai permaneceria aberto e comunicativo. Ela o acha ideal e mágico, mas ele explica com franqueza quem é, o que faz e por quê, e então a menina pode integrar o estilo e as capacidades particulares dele e superar a visão irrealista do pai. No fim, ela o verá apenas como um ser humano particular, com qualidades e defeitos próprios. Assim que se dá essa emulação autêntica, a criança faz uma transição fácil, passando do recebimento da energia sexual oposta do pai para o recebimento como parte da energia global existente no Universo como um todo.

"O problema", prosseguiu, "é que a maioria dos pais até hoje disputa a energia com os próprios filhos, e isso nos afetou a todos. Como se dava essa disputa, nenhum de nós resolveu bem essa questão do sexo oposto. Estamos todos empacados no estágio em que continuamos a buscar nossa energia sexual oposta fora de nós mesmos, na pessoa de um homem ou mulher que julgamos ideal e mágica, e que podemos possuir sexualmente. Entende o problema?"

— Sim — respondi. — Acho que entendo.

— Em termos de nossa capacidade de evoluirmos conscientemente — ela continuou — estamos diante de uma situação crítica. Como eu disse antes, segundo a Oitava Visão, quando começamos a evoluir pela primeira vez, passamos automaticamente a receber nossa energia sexual oposta. Vem naturalmente da energia no Universo. Mas temos de ser cuidadosos, pois se aparece outra pessoa que oferece essa energia diretamente, podemos nos desligar da fonte verdadeira... e regredir.

Deu uma risadinha consigo mesma.

— De que está rindo? — perguntei.

— Reneau uma vez fez uma analogia — ela explicou. —Disse que até aprendermos a evitar essa situação, ficamos andando em volta como a metade de um círculo. Você sabe, parecendo a letra C. Somos muito suscetíveis a que apareça uma pessoa do sexo oposto, outro meio círculo, e se junte conosco... assim completando o círculo... e nos dê uma explosão de euforia e energia que pareça a plenitude produzida por uma ligação plena com o Universo. Na verdade, apenas nos juntamos a outra pessoa que também está à procura de sua outra metade no mundo externo.

"Reneau disse que isso é um relacionamento clássico de co-dependência, e tem problemas embutidos que logo começam a surgir."

Ela hesitou, como se esperando que eu dissesse alguma coisa. Mas eu apenas balancei a cabeça.

— Você sabe, o problema dessa pessoa completa, desse O que as duas pessoas acham ter conseguido, é que foram necessárias duas pessoas para formar essa pessoa inteira, uma entrando com a energia feminina e outra com a masculina. Essa pessoa inteira tem conseqüentemente duas cabeças, ou egos. As duas querem governar essa pessoa inteira que elas criaram, e assim, exatamente como na infância, cada uma das duas quer comandar a outra, como se a outra fosse ela mesma. Esse tipo de ilusão de inteireza sempre degenera numa luta por poder. No fim, cada pessoa tem de mandar na outra, e até mesmo incapacitá-la, para poder conduzir esse eu inteiro para onde ela quer ir. Mas é claro que isso não funciona, pelo menos não mais. Talvez no passado um dos próprios parceiros estivesse disposto a se submeter ao outro... em geral a mulher, algumas vezes o homem. Mas já estamos despertando. Ninguém mais quer ser subserviente a outra pessoa.

Pensei no que a Primeira Visão transmitira sobre lutas de poder nos relacionamentos íntimos e na explosão da mulher no restaurante com Charlene.

— Lá se foi a história de amor — eu disse.

— Ah, ainda podemos viver uma história de amor — respondeu Karla. — Mas primeiro temos de fechar o círculo por nós mesmos. Temos de estabilizar nosso canal com o Universo. Isso exige tempo, mas depois nunca mais ficamos suscetíveis ao problema e adquirimos o que o Manuscrito chama de um relacionamento mais elevado. Quando nos ligamos amorosamente a outra pessoa depois disso, criamos uma superpessoa... mas isso não nos desvia do caminho de nossa evolução individual.

— É isso que você acha que Marjorie e eu estamos fazendo um ao outro, não é? Nos desviando de nossos caminhos?

— É.

— Como então vamos evitar esses choques?

— Resistindo por algum tempo à sensação de "amor à primeira vista", aprendendo a ter relacionamentos platônicos com membros do sexo oposto. Mas lembre-se do processo. Você só deve ter esses tipos de relacionamentos com pessoas que se revelem totalmente, dizendo a você como e por que fazem o que fazem; exatamente como teria acontecido com o pai do sexo oposto numa infância ideal. Compreendendo quem na verdade são no íntimo esses amigos do sexo oposto, a gente rompe a própria projeção fantasista sobre aquele sexo, e isso nos liberta para nos ligar mais uma vez com o Universo.

"Lembre-se também", ela continuou, "que isso não é fácil, sobretudo se a gente tem de se livrar de um relacionamento de co-dependência. É um verdadeiro desmonte de energia. Dói. Mas tem de ser feito. A co-dependência não é uma espécie de doença nova que alguns de nós contraímos. Todos somos co-dependentes e estamos todos saindo disso agora.

"A idéia é começar a experimentar aquela sensação de bem-estar e euforia sentida no primeiro momento de um relacionamento co-dependente quando a gente está só. É preciso ter ele ou ela dentro de si. Depois disso, a gente evolui e pode encontrar aquele relacionamento romântico especial que realmente se ajusta à gente."

Fez uma pausa.

— E quem sabe, se você e Marjorie evoluírem mais, talvez descubram que seu lugar é de fato um junto ao outro. Mas entenda: seu relacionamento com ela não tem como dar certo agora.

Nossa conversa foi interrompida quando Hinton se aproximou e explicou que ia sair durante a noite, e que nossos quartos haviam sido arrumados. Agradecemos ambos sua hospitalidade, e quando ele saía Karla disse:

— Acho que também vou dormir. Conversaremos depois.

Balancei a cabeça e olhei-a enquanto saía. Senti então uma mão em meu ombro. Era Júlia.

— Vou para o meu quarto — ela disse. — Sabe onde fica o seu? Eu posso lhe mostrar.

— Por favor — eu disse, perguntando a seguir: — Onde é o quarto de Marjorie?

Ela sorria quando percorremos o corredor, parando em frente a uma determinada porta.

— Nada perto do seu — ela disse. — O sr. Hinton é um homem muito conservador.

Retribuí-lhe o sorriso e dei-lhe boa-noite, depois entrei em meu quarto e contive o estômago até pegar no sono.

Acordei com um forte cheiro de café. O aroma impregnava toda a casa. Após vestir-me, fui para a sala de estar. Um velho empregado doméstico ofereceu-me um copo de suco de uva fresca, que aceitei.

— Bom dia — disse Júlia atrás de mim.

Virei-me.

— Bom dia.

Ela me olhou intensamente, e perguntou:

— Ainda não descobriu por que nos encontramos de novo?

— Não — respondi. — Não pude pensar nisso. Estou tentando compreender os vícios.

— É — ela respondeu. — Eu vi.

— Que quer dizer?

— Eu podia ver o que estava acontecendo pela aparência do seu campo de energia.

— Qual era? — perguntei.

— Sua energia estava ligada na de Marjorie. Quando você estava sentado aqui e ela na outra sala, seu campo se estendia até lá e se ligava no dela.

Assenti com a cabeça.

Ela sorriu e pôs a mão em meu ombro.

— Você tinha perdido sua ligação com o Universo. Tinha se viciado na energia de Marjorie como um substituto. É exatamentente assim com todos os vícios: a energia passa por alguém ou alguma coisa para se ligar com o Universo. O meio de lidar com isso é aumentar sua energia e depois se concentrar de novo no que está fazendo realmente aqui.

Concordei e fui lá para fora. Ela esperou na sala. Durante uns dez minutos usei o método de acumular energia que Sanchez me ensinara. Aos poucos a beleza voltou e me senti muito mais leve. Tornei a entrar na casa.

— Você parece melhor — disse Júlia.

— Me sinto melhor — eu disse.

— Então quais são suas questões neste ponto?

Pensei um minuto. Tinha encontrado Marjorie. Essa pergunta fora respondida. Mas eu ainda desejava descobrir aonde andava Wil. E ainda queria compreender como as pessoas iriam agir entre si se seguissem aquele Manuscrito. Se o efeito dele era positivo, por que Sebastian e os outros padres estavam preocupados?

Olhei para Júlia.

— Preciso absorver o resto da Oitava Visão, e ainda quero encontrar Wil. Talvez ele tenha a Nona.

— Vou para Iquitos amanhã — ela disse. — Você gostaria de ir?

Hesitei.

— Acho que Wil está lá — ela acrescentou.

— Como sabe?

— Por causa dos pensamentos que tive sobre ele a noite passada.

Eu não disse nada.

— Tive pensamentos sobre você também — prosseguiu Júlia. — Sobre nós dois indo para Iquitos. Você estava de algum modo envolvido nisso.

— Envolvido em quê?

Ela deu um sorriso.

— Na descoberta da última visão, antes de Sebastian.

Enquanto ela falava, me veio a imagem de Júlia e eu
chegando a Iquitos, mas depois decidindo, por algum mo-

tivo, seguirmos em direções diferentes. Senti que eu tinha um objetivo, mas não era claro.

Concentrei-me mais uma vez em Júlia. Ela sorria.

— Onde está você? — perguntou.

— Desculpe — eu disse — estava pensando numa coisa.

— Importante?

— Não sei. Estava pensando que assim que a gente chegava a Iquitos... seguíamos direções diferentes.

Rolando entrou na sala.

— Trouxe os suprimentos que você queria.

Reconheceu-me e cumprimentou polidamente com um aceno de cabeça.

— Que bom, obrigada — disse Júlia. — Viu muitos soldados?

— Não, não vi nenhum.

Marjorie entrou na sala então e me distraiu, mas ouvi Júlia explicando a Rolando que achava que Marjorie queria ir com ele para o Brasil, onde arranjaria passagem de volta para os Estados Unidos.

Aproximei-me de Marjorie.

— Dormiu bem? — perguntei.

Ela me olhou como se decidisse se continuava zangada.

— Não muito bem — respondeu.

Indiquei Rolando.

— Ele é amigo de Júlia. Parte esta manhã para o Brasil. De lá vai lhe ajudar a voltar para os Estados Unidos.

Ela pareceu assustada.

— Olhe, vai dar tudo certo — eu disse. — Eles já ajudaram a outros americanos. Conhecem pessoas na embaixada americana no Brasil. Num instante você estará em casa.

Ela balançou a cabeça.

— Estou preocupada com você.

— Eu vou ficar bem. Não se preocupe. Assim que eu chegar nos Estados Unidos lhe telefono.

Atrás de mim, Hinton avisou que o café da manhã estava servido. Fomos para a sala de jantar e comemos. Depois Júlia e Rolando pareceram ter pressa. Júlia explicou que era importante para Rolando e Marjorie atravessarem a fronteira antes de escurecer, e a jornada levaria o dia inteiro.

Marjorie embalou algumas roupas que Hinton lhe dera, e depois, enquanto Júlia e Rolando conversavam à porta, eu puxei Marjorie para um lado.

— Não se preocupe com nada — eu disse. — Só fique de olhos abertos, que talvez tenha as outras visões.

Ela sorriu, mas nada disse. Fiquei olhando com Júlia enquanto Rolando ajudava Marjorie a pôr suas coisas no pequeno carro dele. Os olhos dela se encontraram com os meus por um curto momento, quando partiram.

— Acha que eles vão conseguir passar? — perguntei a Júlia.

Ela me olhou e deu uma piscadela.

— Claro. E agora é melhor a gente ir embora também. Tenho algumas roupas para você.

Estendeu-me uma sacola com roupas e a pusemos com várias caixas de alimentos na *pick-up*. Despedimo-nos de Hinton, Karla e Mareta, e rumamos para Iquitos, a nordeste.

À medida que viajávamos, a paisagem ia se tornando cada vez mais selvagem, e víamos poucos sinais de gente. Comecei a pensar na Oitava Visão. Era visivelmente uma nova compreensão de como tratar os outros, mas eu não a entendera completamente. Karla me falara sobre como se devia tratar crianças, e dos perigos do vício por uma pessoa. Mas tanto Pablo quanto Karla haviam aludido a uma maneira de projetar conscientemente energia em outros. Que era aquilo?

Surpreendi o olhar de Júlia e disse:

— Não compreendi muito bem a Oitava Visão.

— A maneira como abordamos outras pessoas determina a rapidez com que evoluímos, e a rapidez com que nossas perguntas sobre a vida são respondidas.

— Como funciona isso? — perguntei.

— Pense em nossa situação — ela respondeu. — Como suas perguntas foram respondidas?

— Por pessoas que apareceram, eu acho.

— Você estava inteiramente aberto a essas mensagens?

— Não muito. Eu era em geral distante.

— As pessoas que lhe trouxeram mensagens também se fecharam?

— Não, foram muito abertas e prestativas. Elas... — Hesitei, incapaz de pensar na maneira correta de expressar minha idéia.

— Elas o ajudaram tornando você mais aberto? — ela perguntou. — Elas o encheram de calor humano e energia, de alguma forma?

A observação provocou uma erupção de lembranças. Recordei-me da atitude tranqüilizadora de Wil quando eu estava à beira do pânico em Lima, da paternal hospitalidade de Sanchez, e dos conselhos preocupados do padre Carl, Pablo e Karla. E agora o de Júlia. Todos tinham a mesma expressão no olhar.

— Sim — eu disse. — Vocês todos fizeram isso.

— Certo — ela disse. — Fizemos, e estávamos fazendo conscientemente, seguindo a Oitava Visão. Estimulando e ajudando você a se esclarecer, pudemos buscar a verdade, a mensagem que você trazia para nós. Compreende? Energizar você era a melhor coisa que podíamos fazer para nós mesmos.

— Que diz o Manuscrito sobre isso, exatamente?

— Diz que quando as pessoas cruzam nossos caminhos, há sempre uma mensagem para nós. Encontros casuais não existem. Mas o modo de respondermos a esses encontros determina se somos capazes de receber a mensagem. Se temos uma conversa com alguém que cruza nosso caminho e não vemos uma mensagem sobre nossas questões atuais, isso não significa que não houvesse uma mensagem. Significa apenas que não a captamos, por algum motivo.

Pensou um momento e continuou:

— Já se encontrou com uma velha amiga ou conhecida, conversou durante um minuto, foi embora e depois se encontrou com ela no mesmo dia ou na mesma semana?

— Sim, já — respondi.

— E que diz você normalmente? Alguma coisa tipo "Ora, imagina ver você de novo", ri e segue seu caminho?

— Mais ou menos isso.

— O Manuscrito diz que o que devemos fazer em vez disso, nessa situação, é parar o que estamos fazendo, seja lá o que for, e descobrir a mensagem que temos para aquela pessoa e a que ela tem para nós. Prediz que assim que os seres humanos compreendam essa realidade, nossa interação será mais lenta e se tornará mais objetiva e deliberada.

— Mas não será difícil fazer isso, sobretudo com alguém que não saiba do que a gente está falando?

— É, mas o Manuscrito esboça como agir.

— Quer dizer, a maneira exata como devemos tratar uns aos outros?

— Exato.

— Que diz ele?

— Se lembra da Terceira Visão, de que os seres humanos são únicos num mundo de energia no qual podem projetar conscientemente a energia deles?

— Sim.

— Se lembra como se faz isso?

Lembrei-me das aulas de John.

— Sim, apreciando a beleza de um objeto até que a energia penetre bastante em nós para sentirmos amor. Nesse ponto podemos mandar energia de volta.

— Certo. E o mesmo princípio se aplica às pessoas. Quando apreciamos a forma e o porte de alguém, e nos concentramos de fato nele até suas formas e feições começarem a se destacar e ter mais presença, podemos mandar energia para ele e revigorá-lo.

"Claro, o primeiro passo é manter nossa própria energia elevada, depois podemos iniciar o fluxo de energia que vem para nós, através de nós mesmos, e daí para outras pessoas. Quanto mais apreciarmos a totalidade, a beleza interior delas, mais a energia penetra nelas e, naturalmente, mais flui para dentro de nós."

Ela riu.

— Na verdade é uma coisa meio hedonística — disse.

— Quanto mais amamos e apreciamos os outros, mais energia flui para dentro de nós. É por isso que amar e energizar os outros é a melhor coisa possível que podemos fazer a nós mesmos.

— Já ouvi isso antes — eu disse. — O padre Sanchez vive dizendo isso.

Olhei atentamente para Júlia. Tinha a sensação de que via sua personalidade mais profunda pela primeira vez. Ela retribuiu meu olhar por um instante, depois se concentrou mais uma vez na estrada.

— O efeito dessa projeção de energia no indivíduo é imenso — disse. — No momento, por exemplo, você está me enchendo de energia. Eu posso sentir. O que sinto é uma sensação maior de leveza e clareza quando formulo meus pensamentos.

"Como você está me dando mais energia que a que eu teria sem isso, posso ver qual é minha verdade e passá-la mais prontamente para você. Quando faço isso, você tem uma sensação de revelação sobre o que digo. Isso leva você a ver meu eu superior e mais completo, e portanto a apreciar e a se concentrar nele num nível mais constante, que me dá mais energia e maior percepção de minha verdade, e o ciclo recomeça de novo. Duas ou mais pessoas fazendo isso juntas podem atingir alturas incríveis, enquanto acumulam umas às outras e as recebem imediatamente de volta. Contudo, é preciso que entenda que essa ligação é completamente diferente de uma co-dependência. A relação co-dependente se inicia assim, mas logo se torna controladora, porque o vício isola de sua fonte e a energia se esgota. A verdadeira projeção de energia não tem ligações nem intenções pessoais. As duas pessoas apenas aguardam as mensagens."

Enquanto ela falava, pensei numa questão. Pablo dissera que eu não recebera a mensagem do padre Costous a princípio porque provocara seu drama de infância.

— Que fazemos — perguntei a Júlia — se a pessoa com quem conversamos já está agindo num drama de controle e tentando nos atrair para ele? Como o interrompemos?

Ela respondeu rapidamente:

— O Manuscrito diz que se não aceitamos o drama concorrente, o drama da pessoa se desmonta.

— Não sei se entendo — eu disse.

Júlia olhava a estrada à frente. Eu via que pensava.

— Em algum lugar bem por aqui tem uma casa onde podemos comprar um pouco de gasolina.

Baixei os olhos para o marcador. Indicava que o tanque estava pela metade.

— Ainda temos muita gasolina — eu disse.

— Sim, eu sei. Mas tive uma idéia de parar e enchê-lo, logo acho que devemos.

— Ah, tudo bem.

— Lá está a estrada — ela disse, apontando para a direita.

Fizemos a volta e rodamos quase um quilômetro e meio selva adentro, até chegarmos ao que parecia uma loja de artigos de caça e pesca. A casa fora construída à beira de um rio, e vários barcos de pesca estavam amarrados no ancoradouro. Encostamos numa bomba enferrujada e Júlia entrou atrás do proprietário. Saltei do carro e me espreguicei, e depois contornei a casa até a beira d'água. O ar estava extremamente úmido. Embora a densa abóbada das árvores bloqueasse o sol, eu diria que ele estava quase diretamente acima. Em breve a temperatura ia ficar escaldante.

De repente, havia um homem atrás de mim falando furioso em espanhol. Virei-me e vi um peruano baixo e atarracado. Ele me olhava ameaçadoramente e repetiu a declaração.

— Não entendo o que você diz.

Ele passou para o inglês.

— Quem é você? Que faz aqui?

Tentei ignorá-lo.

— Só estamos aqui pela gasolina. Vamos embora em alguns minutos.

Voltei-me mais uma vez para a água, esperando que ele fosse embora.

Ele se pôs ao meu lado.

— Acho melhor você me dizer quem é, ianque.

— Sou americano — eu disse. — Não estou certo para onde vou. Estou viajando com uma amiga.

— Um americano perdido — ele disse com hostilidade.

— Exato — eu disse.

— Que está procurando aqui, americano?

— Não estou procurando nada — respondi, tentando voltar para o carro — e não lhe fiz nada. Me deixe em paz.

Percebi de repente que Júlia estava em pé ao lado do veículo. Quando olhei, o peruano se virou e olhou também.

— Hora de partir — disse Júlia. — Não fazem mais negócios aqui.

— Quem é você? — o peruano perguntou a ela em seu tom hostil.

— Por que está tão furioso? — perguntou Júlia em resposta.

A aparência do homem mudou.

— Porque meu trabalho é vigiar este lugar.

— Tenho certeza de que faz um bom trabalho. Mas é difícil para as pessoas falarem se você as assusta.

O homem olhou fixo, tentando entendê-la.

— Estamos indo para Iquitos — ela disse. — Trabalhamos com o padre Sanchez e o padre Carl. Conhece?

Ele sacudiu a cabeça, mas a menção aos dois padres acalmou-o ainda mais. Afinal, balançou a cabeça e afastou-se.

— Vamos — disse Júlia.

Entramos na camionete e partimos. Compreendi como estivera ansioso e nervoso. Tentei afugentar isso.

— Aconteceu alguma coisa lá dentro? — perguntei.

Júlia me olhou.

— Que quer dizer?

— Se aconteceu alguma coisa lá dentro que explicasse por que você teve a idéia de parar?

Ela riu, depois disse:

— Não, tudo se passou do lado de fora.

Olhei para ela.

— Você percebeu? — ela perguntou.

— Não — respondi.

— No que estava pensando logo antes de chegarmos?

— Que queria esticar as pernas.

— Não, antes disso. Que perguntava enquanto conversávamos?

Tentei pensar.

— A gente estava falando dos dramas infantis. — Aí me lembrei. — Você tinha dito uma coisa que me confundiu — respondi. — Disse que uma pessoa não pode representar um drama de controle conosco a não ser que aceitemos seu drama concorrente. Não compreendi isso.

— Compreende agora?

— Não muito. Aonde quer chegar?

— A cena lá fora demonstrou claramente o que acontece se você *representa* o drama concorrente.

— Como?

Ela me deu uma olhada.

— Que drama o homem representava para você?

— Era obviamente o Intimidador.

— Certo, e que drama você representou?

— Eu só estava tentando tirá-lo de meu pé.

— Sei, mas que drama você representava?

— Bem, comecei no meu drama de distanciamento, mas ele continuou atrás de mim.

— E aí?

A conversa estava me irritando, mas tentei me concentrar e sustentá-la. Olhei para Júlia e disse:

— Acho que representava o Coitadinho de Mim.

Ela sorriu.

— Exato.

— Notei que você cuidou dele sem nenhum problema — eu disse.

— Só porque não representei o drama que ele esperava. Lembre-se de que todo drama de uma pessoa se formou na infância em relação a outro drama. Portanto, todo drama precisa de um drama igual para ser plenamente encenado. O que o intimidador precisa para conseguir energia é de um coitadinho de mim ou de outro intimidador.

— Como você cuida disso? — perguntei, ainda confuso.

— Minha reação dramática seria eu mesma representar o intimidador, tentando intimidá-lo. Claro, isso provavelmente teria resultado em violência. Mas, ao contrário, fiz o que o Manuscrito manda. Dei nome ao drama que ele representava. Todos os dramas são estratégias secretas para conseguir energia. Ele tentava lhe intimidar esgotando sua energia. Quando tentou isso comigo, dei nome ao que ele fazia.

— Foi por isso que perguntou a ele por que estava tão furioso?

— Foi. O Manuscrito diz que as manipulações secretas por energia não sobrevivem quando você as traz à consciência, apontando-as. Deixam de ser secretas. É um método muito simples. A verdade melhor sobre o que é dito numa conversa sempre prevalece. Depois disso a pessoa tem de ser mais verdadeira e honesta.

— Isso faz sentido — eu disse. — Acho que eu mesmo nunca dei nome aos dramas antes, como se não soubesse o que fazia.

— Tenho certeza. É uma coisa que todos nós fizemos. Mal começamos a saber mais sobre o que está em jogo. E a chave para fazer com que isso funcione é olhar simultanea- 239 mente para a pessoa verdadeira à sua frente além do drama, e mandar tanta energia para ela quanto possível. Se ela consegue sentir a energia chegando por qualquer meio, depois fica mais fácil abandonar sua forma de manipular para obtê-la.

— Que pôde ver você naquele cara? — perguntei.

— Pude vê-lo como um menino inseguro, precisando desesperadamente de energia. Além disso, ele lhe trouxe uma mensagem bem oportuna, certo?

Olhei-a. Ela parecia à beira do riso.

— Acha que paramos lá só para que eu aprendesse como lidar com alguém que representa um drama?

— Foi essa a pergunta que fez, não foi?

Sorri, a sensação boa retornando.

— Sim, acho que foi.

Um mosquito zumbindo em volta do meu rosto me obrigou a acordar. Olhei para Júlia. Ela sorria como se lembrasse alguma coisa engraçada. Durante várias horas, após deixarmos a loja do rio, tínhamos rodado em silêncio, mordiscando a comida que Júlia preparara para a viagem.

— Está acordado — disse Júlia.

— Sim — respondi. — A que distância fica Iquitos?

— A cidade fica daqui a uns quarenta e cinco quilômetros, mas a Hospedaria Stewart só alguns minutos em frente. É uma pousada pequena e campo de caça. O dono é inglês e apóia o Manuscrito.

Ela sorriu de novo.

— Passamos muitos bons momentos juntos. A não ser que tenha ocorrido alguma coisa, ele deve estar lá. Espero que consigamos uma pista do paradeiro de Wil.

Ela parou a camionete no acostamento da estrada e me olhou.

— Acho melhor nos concentrarmos onde estamos — disse. — Antes de me encontrar de novo com você, eu andava às tontas por aí, querendo ajudar a encontrar a Nona

Visão, mas sem saber aonde ir. A certa altura, compreendi que estivera pensando em Hinton repetidas vezes. Fui à casa dele, e quem me aparece, senão você? E você me disse que estava procurando Wil e tinha ouvido rumores de que ele estava em Iquitos. Tive a intuição de que nós dois íamos nos envolver na descoberta da Nona Visão, e então você teve a intuição de que em algum ponto a gente ia se separar e seguir direções diferentes. Não foi isso mesmo que aconteceu?

— Foi — respondi.

— Bem, quero que saiba que depois disso passei a pensar em Willie Stewart e na hospedaria. Alguma coisa vai acontecer lá.

Balancei a cabeça.

Ela pôs o veículo de volta na estrada e fez uma curva.

— Lá está a hospedaria — disse.

Uns duzentos metros à frente, onde a estrada dava outra volta para a direita, via-se uma casa de dois andares, estilo vitoriano.

Entramos num estacionamento de cascalho e paramos. Vários homens conversavam na varanda. Abri a porta do veículo e ia saindo quando Júlia tocou meu ombro.

— Lembre-se — disse —, ninguém está aqui por acaso. Fique atento às mensagens.

Eu a segui e fomos para a varanda. Os homens, peruanos bem vestidos, cumprimentaram distraidamente com a cabeça quando passamos por eles e entramos na casa. Uma vez no grande saguão, Júlia indicou uma sala de refeição e me pediu que escolhesse uma mesa e a esperasse, enquanto ela ia procurar o dono.

Examinei a sala. Continha cerca de uma dúzia de mesas alinhadas em duas fileiras. Escolhi uma no meio e me sentei de costas para a parede. Três outros homens, todos peruanos, entraram depois de mim e sentaram-se em frente à minha mesa. Outro entrou logo depois e pegou a mesa uns seis metros à minha direita. Sentou-se de um jeito que suas costas se voltavam ligeiramente para mim. Notei que era estrangeiro, talvez europeu.

Júlia entrou na sala, me localizou, se aproximou e sentou de frente para mim.

— O dono não está — disse — e o gerente não teve nenhuma notícia de Wil.

— E agora? — perguntei.

Ela me olhou e encolheu os ombros.

— Não sei. Temos de presumir que alguém aqui tem uma mensagem para a gente.

— Quem você acha que seja?

— Não sei.

— Como sabe que isso vai acontecer? — perguntei, sentindo-me de repente cético.

Mesmo depois de todas as coincidências misteriosas que haviam ocorrido comigo desde que eu chegara ao Peru, ainda tinha problemas para acreditar que iria acontecer outra agora, só porque desejávamos que acontecesse.

— Não esqueça a Terceira Visão — disse Júlia. — O Universo é energia, energia que responde às nossas expectativas. As pessoas também fazem parte desse universo de energia, portanto, quando temos uma pergunta, as pessoas revelam qual delas tem a resposta.

Desviou o olhar para as outras pessoas na sala.

— Não sei quem são essas pessoas, mas se pudéssemos conversar com elas por um tempo suficiente, descobriríamos uma verdade que cada uma trouxe para nós, alguma parte da resposta às nossas perguntas.

Olhei-a de lado. Ela se curvou para mim sobre a mesa.

— Ponha isso na cabeça. Todo mundo que cruza nosso caminho tem uma mensagem para nós. Do contrário, teriam seguido por outro caminho, ou saído antes ou depois. O fato de essas pessoas estarem aqui significa que estão aqui por algum motivo.

Olhei-a, ainda sem saber se acreditava que fosse tão simples assim.

242

— O difícil — ela disse — é perceber qual deles escolher para passar algum tempo conversando, já que conversar com todos é impossível.

— Como você decide? — perguntei.

— O Manuscrito diz que existem sinais.

Eu a ouvia atentamente, mas por algum motivo dei
uma olhada em volta e fitei o homem à minha direita. Ele
se virou no mesmo instante e me olhou. Quando encontrei
seu olhar, ele o desviou de volta à comida. Também desviei
o meu.

— Que tipo de sinais? — perguntei.

— Sinais como esse — respondeu.

— Qual?

— Como o que você acabou de fazer.

Indicou com a cabeça o homem à minha direita.

— Que quer dizer?

Júlia curvou-se de novo para mim.

— O Manuscrito diz que vamos aprender que de repente o contato espontâneo do olhar é um sinal para que
duas pessoas conversem.

— Mas isso acontece o tempo todo? — perguntei.

— Sim, acontece — respondeu. — E depois que acontece, a maioria das pessoas simplesmente esquece e retoma
o que estava fazendo.

Balancei a cabeça.

— Que outros sinais o Manuscrito menciona? — perguntei.

— Um senso de reconhecimento — respondeu. — Ver
alguém que parece conhecido, mesmo que a gente saiba que
nunca viu essa pessoa antes.

Quando ela disse isso, eu pensei em Dobson e Reneau,
em como eles me pareciam familiares quando os vi pela
primeira vez.

— O Manuscrito diz alguma coisa sobre o motivo de
as pessoas parecerem conhecidas? — perguntei.

— Não muito. Diz apenas que somos membros do
mesmo grupo mental que certas outras pessoas. Os grupos

mentais em geral evoluem na mesma linha de interesse. Pensam igual e isso cria a mesma expressão e experiência externa. Reconhecemos intuitivamente os membros do nosso grupo mental, e com muita freqüência eles nos trazem mensagens.

Olhei mais uma vez o homem à minha direita. Parecia vagamente familiar. Incrivelmente, ao fitá-lo, ele se virou e olhou de relance de novo. Olhei rápido para Júlia.

— Você *tem* de conversar com esse homem — ela disse.

Não respondi. Sentia-me desconfortável com a idéia de simplesmente me aproximar dele. Quis ir embora, prosseguir para Iquitos. Ia sugerir isso quando ela falou mais uma vez:

— Era aqui que tínhamos de estar — disse — e não em Iquitos. Temos de fazer isso. Seu problema é que está resistindo à idéia de ir até lá e puxar conversa.

— Como fez isso?

— Fez o quê?

— Saber o que estou pensando.

— Não tem nada de misterioso. É uma questão de observar com atenção suas expressões.

— Que quer dizer?

— Quando a gente observa uma pessoa num nível mais profundo, pode ver o eu mais honesto por trás de qualquer fachada que ela possa exibir. Quando a gente focaliza realmente nesse nível, pode perceber o que alguém está pensando como uma expressão sutil no rosto. É perfeitamente natural.

— Para mim parece telepático — eu disse.

Ela deu um sorriso.

— A telepatia é perfeitamente natural.

Dei mais uma olhada no homem. Ele não se voltou.

— É melhor concentrar sua energia e ir conversar com ele — disse Júlia — antes que perca a oportunidade.

Concentrei-me em intensificar minha energia até me sentir mais forte, e então perguntei:

— Que é que eu vou dizer a esse cara?

— A verdade — ela respondeu. — Coloque a verdade de uma forma que ache que ele reconhecerá.

— Tudo bem, eu vou.

Deslizei minha cadeira para trás e fui até onde o homem se sentava. Ele pareceu tímido e nervoso, de um jeito que me lembrou Pablo na noite em que o conheci. Tentei ver além do nervosismo do homem, num nível mais profundo. Quando fiz isso, tive a impressão de notar uma nova aparência em seu rosto, com mais energia.

— Olá — eu disse. — Você não parece peruano. Espero que possa me ajudar. Procuro uma amigo meu, Wil James.

— Por favor, sente-se — ele disse, com um sotaque escandinavo. — Sou o professor Edmond Connor.

Estendeu-me a mão e disse:

— Desculpe. Não conheço seu amigo, Wil.

Eu me apresentei e expliquei — com um palpite de que significava alguma coisa para ele — que Wil estava à procura da Nona Visão.

— Conheço o Manuscrito — ele disse. — Estou aqui para estudar sua autenticidade.

— Sozinho?

— Vim me encontrar com o professor Dobson. Mas até agora ele não chegou. Não compreendo o atraso. Me garantiu que estaria aqui quando eu chegasse.

— Conhece Dobson?!

— Sim. É ele quem está organizando a investigação do Manuscrito.

— E ele está bem? Vem para cá?

O professor me olhou interrogativamente.

— Foram esses os planos que fizemos. Algum problema?

Minha energia despencou. Compreendi que o encontro de Dobson com Connor fora combinado antes da prisão de Dobson.

— Eu o conheci no avião — expliquei — quando vim para o Peru. Ele foi preso em Lima. Não tenho a menor idéia do que lhe aconteceu.

245

— Preso! Deus do céu!

— Quando falou com ele pela última vez? — perguntei.

— Várias semanas atrás, mas o horário do encontro foi confirmado. Ele disse que me ligaria se alguma coisa mudasse.

— Você se recorda por que ele quis se encontrar com você aqui, em vez de em Lima? — perguntei.

— Ele me disse que havia umas ruínas perto daqui, e que estaria nesta região conversando com outro cientista.

— Ele disse onde ia conversar com esse cientista?

— Sim, disse que tinha de ir a, ahn..., San Luís, creio. Por quê?

— Não sei... Eu só estava imaginando.

Ao dizer isso, duas coisas ocorreram simultaneamente. Primeiro, comecei a pensar em Dobson, em voltar a vê-lo. Nós nos encontrávamos numa estrada com árvores grandes. E então, no mesmo instante, olhei pela janela e vi, para minha estupefação, o padre Sanchez subindo os degraus de entrada da varanda. Parecia cansado e tinha as roupas sujas. No estacionamento, outro padre aguardava num carro velho.

— Quem é aquele? — perguntou o professor Connor.

— É o padre Sanchez! — exclamei, quase sem poder conter minha emoção.

Virei-me e olhei para Júlia, mas ela não estava mais sentada à nossa mesa. Levantei-me assim que padre Sanchez entrou na sala. Quando ele me viu, parou abruptamente, uma expressão de surpresa total no rosto, e depois se aproximou e me abraçou.

— Tudo bem com você? — perguntou.

— Sim, ótimo — respondi. — Que faz aqui?

Em sua fadiga, ele deu uma risadinha.

— Eu não sabia mais aonde ir. E quase não consigo chegar aqui. Centenas de soldados estão vindo para cá.

— Por que estão vindo soldados? — perguntou Connor atrás de mim, aproximando-se de onde Sanchez e eu nos encontrávamos.

— Sinto muito — respondeu Sanchez. — Não sei o que pretendem. Só sei que são muitos.

Apresentei os dois e contei ao padre Sanchez a situação de Connor, que parecia em pânico.

— Preciso ir embora — ele disse — mas não tenho motorista.

— O padre Paul está esperando lá fora — disse Sanchez. — Vai voltar para Lima imediatamente. Você pode ir de carro com ele, se desejar.

— Desejo, de verdade — disse Connor.

— Espere, e se eles encontrarem os soldados? — perguntei.

— Não acho que parariam o padre Paul — disse Sanchez. — Ele não é conhecido.

Nesse instante Júlia voltou à sala e viu Sanchez. Os dois se abraçaram calorosamente e, mais uma vez, apresentei Connor. Enquanto eu conversava, Connor parecia ficar mais apavorado, e alguns minutos depois Sanchez o avisou de que estava na hora do padre Paul voltar. Connor saiu para pegar seus pertences no quarto e logo retornou. Sanchez e Júlia o acompanharam até lá fora, mas eu me despedi dele ali mesmo e fiquei esperando na mesa. Queria pensar. Sabia que o encontro com Connor fora de algum modo significativo, e que Sanchez nos encontrar ali era importante, mas não conseguia entender bem por quê.

Logo Júlia voltou à sala e sentou-se ao meu lado.

— Eu sabia que alguma coisa ia acontecer aqui — disse. — Se não tivéssemos parado, não teríamos visto Sanchez, nem Connor, por falar nisso. Aliás, que foi que Connor lhe disse?

— Não sei bem ainda — respondi. — Onde está o padre Sanchez?

— Foi se registrar no hotel para descansar um pouco num quarto. Não dorme há dois dias.

Desviei os olhos. Sabia que Sanchez estava cansado, mas a notícia de que não estaria disponível me decepcionou. Queria muito conversar com ele, para ver se ele poderia acrescentar alguma perspectiva ao que estava ocorrendo, sobretudo em relação aos soldados. Fiquei apreensivo e parte de mim quis fugir com Connor.

Júlia percebeu minha impaciência.

— Se acalme — disse. — Relaxe e me diga o que acha da Oitava Visão por enquanto.

Olhei-a e tentei me situar.

— Não sei por onde começar.

— Que acha que a Oitava Visão preconiza?

Voltei a pensar nela.

— Uma forma da gente se relacionar com outras pessoas, crianças e adultos. Dar nome aos dramas de controle e superá-los, observando as outras pessoas para lhes enviar energia.

— E? — ela perguntou.

Concentrei-me no rosto dela e vi imediatamente aonde queria chegar.

— E se ficamos atentos sobre com quem conversamos, conseguimos as respostas que desejamos com isso.

Júlia abriu um largo sorriso.

— Compreendi a visão? — perguntei.

— Quase — ela respondeu. — Porém há mais uma coisa. Você compreende como uma pessoa pode erguer outra. Agora vai ver o que acontece num grupo, quando todos os participantes sabem interagir assim.

Saí para a varanda e sentei-me numa das cadeiras de ferro fundido. Alguns minutos depois, Júlia saiu na porta e se juntou a mim. Tínhamos jantado sem pressa, sem conversar muito, e depois decidíramos sentar-nos do lado fora, ao ar da noite. Três horas haviam passado desde que Sanchez fora para o quarto, e eu começava a me sentir impaciente mais uma vez. Quando Sanchez de repente saiu e se sentou conosco, fiquei aliviado.

— Teve alguma notícia de Wil? — perguntei-lhe.

Enquanto eu perguntava, ele virava a cadeira para ficar de frente para Júlia e eu. Notei que ajustava cuidadosamente a posição da cadeira, de modo a ficar a uma distância igual de nós dois.

— Sim — disse afinal. — Tive.

Fez uma nova pausa e pareceu absorto, então perguntei:

— Que soube?

— Vou contar a vocês tudo que aconteceu — ele disse.
— Quando o padre Carl e eu retornamos à missão, esperávamos encontrar o cardeal Sebastian lá, com os militares. Esperávamos uma inquisição. Ao chegarmos, descobrimos que ele e os soldados tinham ido embora repentinamente várias horas antes, após receberem uma mensagem.

"Durante todo o dia, não soubemos o que estava acontecendo, e aí, ontem, recebemos a visita de um certo padre Costous, com quem acho que você se encontrou. Ele me disse que foi orientado para minha missão por Wil James. Aparentemente Wil se lembrava do nome da minha missão de sua conversa anterior com o padre Carl, e sabia intuitivamente que íamos precisar da informação que o padre Costous trazia. O padre Costous tinha decidido apoiar o Manuscrito."

— Por que Sebastian partiu tão de repente? — perguntei.

— Porque — disse Sanchez — queria apressar a execução de seus planos. A mensagem que recebeu dizia que o Padre Costous ia denunciar a intenção de Sebastian de destruir a Nona Visão.

— Sebastian a encontrou?

— Ainda não, mas espera encontrá-la. Acharam um outro documento, indicando onde está a Nona Visão.

— Onde se acredita que esteja? — perguntou Júlia.

— Nas Ruínas Celestinas — respondeu Sanchez.

— Onde é isso? — interroguei.

Júlia me olhou.

— A uns noventa e seis quilômetros daqui. É um sítio que os cientistas peruanos escavaram particularmente e sob muito segredo. Consiste de várias camadas de templos antigos, primeiro maias, depois incas. Aparentemente, as duas culturas acreditavam que havia alguma coisa especial em relação ao local.

De repente percebi que Sanchez se concentrava na conversa com uma intensidade incomum. Quando eu falava, ele me focalizava totalmente, sem interromper de modo algum o olhar. Quando Júlia falava, ele mudava de posição para focalizá-la completamente. Parecia agir com muita deliberação. Perguntei-me o que ele fazia, e nesse exato momento fez-se um silêncio na conversa. Os dois me olharam expectantes.

— Que foi? — perguntei.

Sanchez sorriu.

— É sua vez de falar.

— Estamos conversando por turnos? — perguntei.

— Não — respondeu Júlia. — Estamos tendo uma conversa consciente. Cada pessoa fala quando a energia passa para ela. E passou para você.

Fiquei sem saber o que dizer.

Sanchez me olhou com simpatia.

— Parte da Oitava Visão é aprender a interagir conscientemente em grupo. Mas não fique constrangido. Apenas entenda o processo. Quando os membros de um grupo conversam, só um terá a idéia mais forte num determinado momento. Se estiverem atentos, os outros do grupo sentirão quem vai falar, e aí, conscientemente, concentram sua energia nessa pessoa, ajudando-a a externar seu pensamento com grande clareza.

"Então, à medida que a conversa prossegue, alguma outra pessoa terá a idéia mais poderosa, e assim por diante. Se você se concentrar no que se diz, sentirá quando é sua vez de falar. A idéia virá ao seu pensamento."

Sanchez desviou os olhos para Júlia, que perguntou:

— Que idéia lhe passou pela cabeça e você não manifestou?

Tentei pensar.

— Eu me perguntava — disse afinal — por que o padre Sanchez olhava com tanta intensidade para quem estava falando. Acho que queria saber o que isso significava.

— A chave para esse processo — disse Sanchez — é falar na sua vez e projetar energia quando é a de outra pessoa.

— Muitas coisas podem dar errado — interveio Júlia. — Algumas pessoas se inflamam quando estão em grupo. Sentem a força de uma idéia e a manifestam, e então, como esse ímpeto de energia é muito gostoso, continuam falando, muito tempo depois que o surto de energia já devia ter passado para outra. Tentam monopolizar o grupo.

"Outras são contidas, e mesmo quando sentem a força de uma idéia, não se arriscam a dizê-la. Quando isso ocorre, o grupo se fragmenta e os membros não se aproveitam de todas as mensagens. O mesmo acontece quando alguns membros do grupo não são aceitos por alguns dos outros. Os indivíduos rejeitados são impedidos de receber a energia, e assim os grupos perdem o proveito de suas idéias."

Júlia fez uma pausa, e nós dois olhamos para Sanchez, que tomava fôlego para falar:

— A maneira como se excluem as pessoas é importante — disse. — Quando desgostamos de alguém, ou nos sentimos ameaçados por alguém, a tendência natural é nos concentrar em alguma coisa de que não gostamos em relação à pessoa, uma coisa que nos irrita. Infelizmente, ao agirmos assim, em vez de ver a beleza interna da pessoa e passar-lhe energia, eliminamos a energia e na verdade a prejudicamos. Elas só sabem que se sentem, de repente, menos belas e confiantes, e isso ocorre porque consumimos a energia delas.

— Por isso — explicou Júlia — é que esse processo é tão importante. Os seres humanos estão envelhecendo uns aos outros lá fora num ritmo tremendo, com suas competições violentas.

— Mas lembre-se — acrescentou Sanchez —, num grupo verdadeiramente funcional, a idéia é fazer o oposto disso, é intensificar a energia e vibração de cada membro, por causa da energia mandada por todos os outros. Quando isso ocorre, o campo de energia individual de cada um se funde com o do outro e cria um reservatório de energia. Como se o grupo fosse um só corpo, mas com muitas cabeças. Algumas vezes uma cabeça fala pelo corpo. Outras vezes, a outra fala. Mas num grupo funcionando assim, cada indivíduo sabe quando falar e o que dizer, pois vê, verdadeiramente, a vida com mais clareza. Esta é a Pessoa Superior de que falava a Oitava Visão referindo-se ao relacionamento amoroso entre um homem e uma mulher. Mas outros grupos também podem formar um.

As palavras do padre Sanchez me fizeram pensar de repente no padre Costous e em Pablo. Conseguira afinal o jovem índio modificar o pensamento do padre, levando-o a desejar agora preservar o Manuscrito? Teria Pablo conseguido fazer isso por causa do poder da Oitava Visão?

— Onde está o padre Costous agora? — perguntei.

Os dois me olharam meio surpresos com minha pergunta, mas o padre Sanchez logo respondeu:

— Ele e o padre Carl decidiram ir a Lima conversar com outros líderes da igreja sobre o que o cardeal Sebastian parece ter planejado.

— Acho que é por isso que ele estava tão decidido a ir à sua missão com você. Sabia que devia fazer alguma outra coisa.

— Exato — disse Sanchez.

Fez-se uma pausa na conversa, e nós nos entreolhamos, cada um esperando a próxima idéia.

— A questão agora — disse por fim o padre Sanchez — é o que *devemos* fazer?

Júlia foi primeira a falar.

— Todo esse tempo eu tive pensamentos de que estava de algum modo envolvida com a Nona Visão, de que me apoderava dela tempo suficiente para fazer alguma coisa... mas não consigo ver com clareza.

Sanchez e eu a olhamos intensamente.

— Vejo isso acontecendo num determinado lugar... — ela prosseguiu. — Esperem um instante. O lugar em que tenho pensado é nas ruínas, nas Ruínas Celestinas. Tem um determinado lugar lá entre os templos. Quase tinha esquecido. É aonde preciso ir; preciso ir para as Ruínas Celestinas.

Quando Júlia terminou, tanto ela quanto Sanchez desviaram o olhar para mim.

— Não sei — eu disse. — Eu queria saber por que Sebastian e sua gente são tão contra o Manuscrito. Descobri que é por temerem a idéia de uma evolução interior... mas agora não sei para onde ir... esses soldados se aproximando... parece que Sebastian vai encontrar a Nona Visão... Não sei; tenho pensado que estou envolvido de algum modo na persuasão dele para não destruí-la.

Parei de falar. Meus pensamentos voltaram-se mais uma vez para Dobson, e depois abruptamente para a Nona Visão. Compreendi de repente que ela ia revelar aonde iriam os seres humanos com aquela evolução. Eu vinha me perguntando como eles agiriam uns com os outros em conseqüência do Manuscrito, e a pergunta fora respondida com a Oitava Visão, e agora a pergunta lógica seguinte era: aonde vai levar isso tudo, como vai mudar a sociedade humana? Tinha de ser esse o conteúdo da Nona Visão.

Eu sabia de alguma forma que esse conhecimento também podia ser usado para aliviar os temores de Sebastian sobre a evolução da consciência... Se ele escutasse.

— Ainda acho que o cardeal Sebastian pode ser convencido a apoiar o Manuscrito — eu disse com convicção.

— Você se vê convencendo-o? — me perguntou Sanchez.

— Não... não exatamente. Estou com outra pessoa que pode sensibilizá-lo, alguém que o conhece e pode falar no nível dele.

Quando eu disse isso, Júlia e eu olhamos espontaneamente para o padre Sanchez.

Ele se esforçou para sorrir e disse com resignação:

— O cardeal Sebastian e eu evitamos um confronto sobre o Manuscrito durante longo tempo. Ele sempre foi meu superior. Me considerava seu protegido, e tenho de admitir que eu o respeitava. Mas acho que eu sempre soube que chegaríamos a isso. A primeira vez que você falou nisso, eu sabia que a tarefa de convencê-lo era minha.Toda a minha vida me preparou para isso.

Ele olhou intensamente para Júlia e para mim, e depois continuou:

— Minha mãe era uma reformadora cristã. Detestava o uso da culpa e da coerção quando evangelizava. Achava que as pessoas deviam procurar a religião por amor, não por medo. Meu pai, por outro lado, era um disciplinador que mais tarde se tornou padre e, como Sebastian, acreditava inflexivelmente em tradição e autoridade. Isso me fez querer trabalhar com a autoridade da Igreja, mas sempre buscando meios de emendá-la para que se enfatizasse essa experiência religiosa superior.

"Lidar com Sebastian é meu próximo passo. Venho resistindo a isso, mas sei que tenho de ir para a missão de Sebastian em Iquitos."

— Eu vou com você — eu disse.

A CULTURA
EMERGENTE

A estrada para o norte serpeava pela selva fechada e atravessava vários rios — tributários, me disse o padre Sanchez — do Amazonas. Tínhamos acordado cedo, nos despedimos de Júlia e partimos num veículo que o padre Sanchez pedira emprestado, um caminhão de pneus altos, grandes, e tração nas quatro rodas. À medida que viajávamos, o terreno elevava-se ligeiramente e as árvores tornavam-se mais espaçadas e maiores.

— Isto aqui parece a terra de Viciente — eu disse a Sanchez.

Ele me sorriu e disse:

— Entramos num trecho de oitenta quilômetros de terra, de uns 32 quilômetros de largura, que é diferente, mais cheio de energia. Vai direto até as Ruínas Celestinas. De todos os lados dessa área, é pura selva.

Bem à direita, na borda da floresta, notei um pedaço de terra desmatada.

— Que é aquilo? — perguntei, apontando.

— Aquilo — ele respondeu — é a noção de desenvolvimento agrícola do governo.

Uma extensa superfície de árvores fora derrubada e amontoada em pilhas, algumas parcialmente queimadas. Um rebanho de gado pastava a esmo no mato bravo e na terra erosada. Ao passarmos, vários olharam na nossa direção, atraídos pelo som. Notei outro trecho de terra recém-terraplenada e compreendi que o desenvolvimento se movia na direção das árvores maiores pelas quais passávamos.

— Parece terrível — eu disse.

— E é — respondeu Sanchez. — Até o cardeal Sebastian é contra isso.

Pensei em Phil. Talvez aquele fosse o lugar que ele tentava proteger. Que teria acontecido com ele? De repente, pensei mais uma vez em Dobson. Connor dissera que Dobson pretendia ir à hospedaria. Por que Connor estivera lá para me dizer isso? Onde estaria Dobson agora? Deportado? Preso? Não escapou à minha atenção o fato de que eu percebera espontaneamente uma imagem de Dobson associada à de Phil.

— A que distância fica a missão de Sebastian — perguntei?

— Cerca de uma hora daqui — respondeu Sanchez. — Como se sente?

— Que quer dizer?

— Quero dizer: como está seu nível de energia?

— Acho que alto — respondi. — Muita beleza aqui.

— Que achou do que conversamos a noite passada? — perguntou.

— Surpreendente.

— Entendeu o que estava acontecendo?

— Você quer dizer, o modo como as idéias borbulhavam em cada um de nós em momentos diferentes?

— Sim, mas o sentido maior daquilo.

— Não sei.

— Bem, tenho pensado nisso. Esse modo de se relacionar consciente, em que cada um tenta antes estimular o melhor dos outros que dominá-los, é uma postura que toda a raça humana vai acabar adotando. Pense como o nível de energia e o ritmo de evolução se intensificarão então!

— Certo — eu disse. — Tenho me perguntado como a cultura humana se modificará quando o nível global de energia aumentar.

Ele me olhou, como se eu tivesse acertado a pergunta exata.

— É isso que eu também quero saber — disse.

Nós nos olhamos por um instante, e eu soube que ambos esperávamos ver quem teria a próxima idéia. Por fim ele disse:

— A resposta a essa pergunta tem de estar na Nona Visão. Ela deve explicar o que acontecerá se a cultura progredir.

— É o que acho — eu disse.

Sanchez reduziu a velocidade do caminhão. Nós nos aproximávamos de um entroncamento, e ele parecia indeciso sobre a estrada a tomar.

— Nós vamos a algum lugar perto de San Luís? — perguntei.

Ele me olhou diretamente nos olhos.

— Só se virarmos à esquerda neste entroncamento. Por quê?

— Connor me disse que Dobson planejava passar por San Luís em seu trajeto para a hospedaria. Acho que isso era uma mensagem.

Continuamos a nos olhar.

— Você já estava diminuindo a velocidade nesse entroncamento — eu disse. — Por quê?

Ele deu de ombros:

— Não sei; a estrada mais direta para Iquitos é direto em frente. Apenas me senti hesitante por algum motivo.

Um arrepio me correu o corpo.

Sanchez ergueu uma sobrancelha e sorriu com malícia.

— Acho que é melhor irmos por San Luís, hem?

Balancei a cabeça e senti um surto de energia. Sabia que a parada na hospedaria e o contato com Connor adquiriam cada vez mais sentido. Quando Sanchez virou à esquerda e seguiu para San Luís, olhei para o acostamento da estrada esperançoso. Passaram-se trinta ou quarenta minutos e nada aconteceu. Atravessamos San Luís, e ainda assim nada digno de nota ocorreu. Então, de repente, uma buzina soou e nos viramos e vimos um jipe prateado roncando atrás de nós. O motorista acenava freneticamente. Parecia conhecido.

— É Phil! — exclamei.

Saímos para o acostamento e Phil saltou e correu para o meu lado do caminhão, segurando minha mão e cumprimentando Sanchez com a cabeça.

— Não sei o que vocês estão fazendo aqui — disse — mas a estrada à frente está cheia de soldados. É melhor vocês voltarem e esperarem conosco.

— Como soube que vínhamos?

— Não soube — ele disse. — Simplesmente ergui os olhos e vi vocês passando. Estávamos um quilômetro e meio atrás. — Olhou em volta um segundo, e disse: — É melhor a gente sair dessa estrada!

— Nós o seguiremos — disse o padre Sanchez.

Seguimos Phil, que fez a curva com seu jipe e voltou por onde tínhamos vindo. Virou para leste em outra estrada e parou rápido. De trás de um grupo de árvores, saiu outro hómem para receber o veículo. Não pude acreditar em minha visão. Era Dobson! Saltei do caminhão e fui até ele, que ficou igualmente surpreso e me abraçou calorosamente.

— É maravilhoso ver você — ele disse.

— O mesmo digo eu — respondi. — Pensei que tivessem atirado em você!

Dobson me deu um tapinha nas costas e disse:

— Não, acho que entrei em pânico; apenas me detiveram. Mais tarde, algumas autoridades simpáticas ao Manuscrito me soltaram. Estou correndo desde então.

Fez uma pausa, sorrindo para mim:

— Fico feliz que você esteja bem. Quando Phil me disse que o encontrou em Viciente e depois foi preso com você, eu não soube o que pensar. Mas devia saber que íamos nos encontrar de novo. Para onde vocês estavam indo?

— Ver o cardeal Sebastian. Achamos que ele pretende destruir a última Visão.

Dobson assentiu e ia dizer alguma coisa, mas o padre Sanchez se aproximou.

Apresentei-os rapidamente.

— Acho que ouvi falar de seu nome em Lima — disse Dobson a Sanchez — em relação a dois padres que iam ser presos.

— O padre Carl e o padre Costous? — perguntei.

— Acho que eram esses os nomes, sim.

Sanchez apenas sacudiu ligeiramente a cabeça. Observei-o um instante, depois Dobson e eu passamos vários minutos descrevendo nossas experiências desde que nos separáramos. Ele me disse que estudara todas as oito visões e parecia ansioso para dizer mais alguma coisa, mas eu o interrompi, dizendo-lhe que havíamos encontrado Connor, e que ele retornara para Lima.

— Provavelmente ele próprio será detido — disse Dobson. — Lamento não ter chegado na hospedaria a tempo, mas queria vir a San Luís primeiro, para encontrar outro cientista. Na verdade, não pude encontrá-lo, mas encontrei com Phil e...

— Que foi? — perguntou Sanchez.

— Talvez devamos nos sentar — disse Dobson. — Vocês não vão acreditar nisso. Phil encontrou uma cópia de uma parte da Nona Visão!

Ninguém se mexeu.

— Encontrou uma cópia traduzida? — perguntou o padre Sanchez.

— É.

Phil estivera fazendo alguma coisa dentro de seu veículo, e agora vinha para nós.

— Você encontrou uma parte da Nona? — perguntei.

— Na verdade não a encontrei — ele respondeu. — Ela me foi dada. Depois que eu e você fomos capturados, me levaram para outra cidade. Não sei onde. Depois de algum tempo o cardeal Sebastian apareceu. Ficou me sondando sobre o trabalho em Viciente e meus esforços para salvar as florestas. Eu não sabia por quê, até que um guarda me trouxe uma cópia parcial da Nona Visão. Tinha roubado de um pessoal de Sebastian, que aparentemente apenas a traduziu. Fala da energia das florestas antigas.

— Que dizia? — perguntei a Phil.

Ele fez uma pausa, pensando, por isso Dobson propôs mais uma vez que nos sentássemos. Levou-nos a um local onde se estendera um oleado no centro de uma meia clareira. O lugar era lindo. Uma dúzia de árvores grandes formava um círculo de uns nove metros de diâmetro. Dentro do círculo havia arbustos tropicais altamente aromáticos e samambaias de galhos esgalhados, do verde mais brilhante que eu já vira. Sentamo-nos um em frente ao outro. Então Dobson olhou para Sanchez e para mim, e disse:

— A Nona Visão explica como a cultura humana vai mudar no próximo milênio, em conseqüência da evolução consciente. Descreve um modo de vida significativamente diferente. Por exemplo, o Manuscrito prediz que nós, humanos, vamos reduzir voluntariamente nossa população para que todos possam viver em lugares mais poderosos e belos na Terra. Mas, admiravelmente, muito mais dessas áreas existirão no futuro, porque intencionalmente não abateremos as florestas, para que possam amadurecer e criar energia.

"Segundo a Nona Visão, em meados do próximo milênio", ele continuou, "os seres humanos irão viver, tipicamente, em meio a árvores de quinhentos anos e jardins cuidadosamente zelados, mas a pouca distância de viagem de uma área de magia tecnológica incrível. Por essa época, os meios de sobrevivência — alimentação, vestuário e transporte — serão totalmente automatizados e estarão à disposição de todos. Nossas necessidades serão todas satisfeitas sem a troca de qualquer moeda, embora também sem nenhum exagero de indulgência ou preguiça.

"Orientados por suas intuições, todo mundo saberá com precisão o que fazer e quando fazer, e isso se ajustará, harmoniosamente, às ações de outros. Ninguém consumirá em excesso, pois teremos abandonado a idéia de posse e domínio para ter segurança. No próximo milênio, a vida terá se tornado outra coisa.

"Segundo o Manuscrito", ele prosseguiu, "nosso senso de propósito se satisfará com a emoção de nossa própria evolução — com a exaltação de receber intuições e ver de perto nossos destinos se desenrolarem. A Nona Visão descreve um mundo humano onde todo mundo diminuiu o ritmo e ficou mais vigilante, sempre atento ao próximo encontro significativo a surgir. Saberemos que ocorrerá em qualquer parte: numa trilha que serpeia numa floresta, por exemplo, ou numa ponte que transpõe uma garganta profunda.

"Podem visualizar contatos humanos com tanto sentido e significado? Pensem como seriam duas pessoas encontrando-se pela primeira vez. Cada uma vai observar primeiro o campo de energia da outra, revelando quaisquer manipulações. Uma vez esclarecidas, compartilharão conscientemente histórias da vida até que, em euforia, se descubram mensagens. Depois disso, cada uma seguirá de novo em frente em sua jornada individual, mas terão se alterado significativamente. Vibrarão num nível diferente, e daí em diante tocarão outras de um modo impossível antes desse encontro."

À medida que lhe dávamos energia, Dobson tornava-se cada vez mais eloqüente e inspirado em sua descrição da nova cultura humana. E o que dizia soava autêntico. Embora eu soubesse que em toda a história muitos visionários tinham vislumbrado um mundo assim, Marx por exemplo, mesmo assim não se descobrira nenhum meio de criar essa utopia. O comunismo tornara-se uma tragédia.

Mesmo com o conhecimento transmitido pelas oito primeiras Visões, eu não conseguia imaginar como a raça humana poderia atingir o lugar descrito pela Nona, em vista do comportamento humano em geral. Quando Dobson fez uma pausa, expressei minha preocupação.

— O Manuscrito diz que nossa busca natural da verdade nos conduzirá a isso — explicou Dobson, sorrindo diretamente para mim. — Mas para compreender como esse movimento vai ocorrer, talvez seja necessário visualizar o próximo milênio como você estudou o atual comigo no avião, lembra-se? Como se estivesse vivendo através dele numa única existência.

Informou resumidamente aos outros dois o processo e continuou:

— Pensem no que já ocorreu neste milênio. Na Idade Média, nós vivíamos num mundo simples, de bem e mal, definido pelos eclesiásticos. Mas durante o Renascimento nos libertamos. Sabíamos que tinha de haver mais coisas na situação do homem no Universo do que os homens da Igreja sabiam, e quisemos a história completa.

"Mandamos então a ciência descobrir nossa verdadeira situação, mas quando essa tentativa não forneceu as respostas que precisávamos naquele exato momento, decidimos nos estabelecer e transformar nossa ética de trabalho moderna numa preocupação que secularizava a realidade e eliminava o mistério do mundo. Mas agora podemos ver a verdade daquela preocupação. Vemos que o verdadeiro motivo por que passamos cinco séculos criando apoios materiais para a vida humana era montar o palco para alguma outra coisa, um modo de vida que devolva o mistério à existência.

"Isso é o que a informação que agora volta do método científico indica: a humanidade está neste planeta para evoluir conscientemente, a Nona Visão diz que a cultura global a transformará de um modo muito previsível."

Fez uma pausa, mas ninguém disse nada. Era óbvio que queríamos saber mais.

— Assim que atingirmos a massa crítica — ele continuou — e as visões começarem a chegar em escala global, a raça humana vai experimentar primeiro um período de introspecção intensa. Compreenderemos como o mundo é na verdade belo e espiritual. Veremos árvores, rios e montanhas como templos de grande força a serem preservados com reverência e admiração. Exigiremos o fim de qualquer atividade econômica que ameace esse tesouro. E os mais próximos a essa situação encontrarão soluções alternativas para o problema da poluição, pois alguém intuirá essas alternativas ao buscar sua própria evolução.

"Isso será parte da primeira grande mudança a ocorrer", continuou, "que vai provocar uma sensacional movimentação de indivíduos de uma ocupação para outra — porque quando as pessoas começam a ter intuições claras sobre quem realmente são, e o que devem fazer, muitas vezes descobrem que estão no trabalho errado e têm de pular para outro tipo de trabalho, a fim de continuarem a crescer. O Manuscrito diz que durante esse período algumas pessoas trocarão algumas vezes de carreiras em muitos momentos de suas vidas.

"A mudança cultural seguinte será uma automação da produção de bens. Para as pessoas que estão fazendo a automação, os técnicos, isso parecerá uma necessidade, para fazer a economia funcionar com mais eficiência. Mas à medida que suas intuições se tornem mais claras, verão que o que a automação faz na verdade é aumentar o tempo livre de todos, para que possam tentar outras coisas.

"O resto de nós, enquanto isso, estará seguindo suas próprias intuições, dentro das ocupações que escolheram e querendo ter ainda mais desse tempo livre. Compreenderemos que a verdade que temos de dizer e as coisas que temos de fazer são demasiado únicas para se adaptarem a um ambiente de trabalho comum. Portanto, descobriremos meios de reduzir nossas horas de trabalho para buscarmos nossa própria verdade. Duas ou três pessoas assumirão o que antes era um emprego de horário integral. Essa tendência tornará mais fácil aos deslocados pela automação encontrar pelo menos empregos de meio horário."

— E quanto ao dinheiro? — perguntei. — Não posso acreditar que as pessoas vão reduzir suas rendas por vontade própria.

— Ah, não teremos — disse Dobson. — O Manuscrito diz que nossas rendas continuarão estáveis, por causa das pessoas que nos pagarão pelas intuições que proporcionamos.

Eu quase ri.

— Como?

Ele sorriu e olhou diretamente para mim.

— O Manuscrito diz que, à medida que descobrirmos mais coisas sobre a dinâmica da energia do Universo, veremos o que acontece de fato quando damos alguma coisa a alguém. Hoje, a única idéia espiritual sobre dar é o mesquinho conceito do dízimo religioso.

Desviou o olhar para o padre Sanchez.

— Como você sabe, a idéia das escrituras de cobrar dízimos é mais comumente interpretada como um preceito de dar dez por cento da renda da gente para uma igreja. A idéia por trás disso é que o que dermos será devolvido muitas vezes. Mas a Nona Visão explica que dar é na verdade um princípio de ajuda, não apenas para as igrejas, mas para todos. Quando damos, recebemos em troca, pela forma como a energia interage no Universo. Lembre-se que, quando projetamos energia em alguém, isso cria um vazio em nós mesmos que, se estamos ligados, se enche mais uma vez. O dinheiro funciona exatamente da mesma maneira. A Nona Visão diz que assim que começarmos a dar constantemente, teremos sempre mais dinheiro entrando para dar.

"E nossas doações", prosseguiu, "devem ir para as pessoas que nos deram verdade espiritual. Quando as pessoas entram em nossas vidas na hora exata para nos dar as respostas que precisamos, devemos lhes dar dinheiro. É assim que começamos a complementar nossas rendas e aliviar as ocupações que nos limitam. Quando mais pessoas estiverem empenhadas nessa economia espiritual, começaremos uma verdadeira mudança para a cultura do próximo milênio. Teremos passado do estágio de evoluir para ocupação certa e estaremos entrando no estágio de sermos pagos por evoluirmos livremente e oferecermos nossa verdade única aos outros."

Olhei para Sanchez; ele ouvia intensamente e parecia radiante.

— Sim — ele disse a Dobson. — Vejo isso claramente. Se todos participassem, estaríamos dando e recebendo constantemente, e essa interação com outros, essa troca de informações, se tornaria o novo trabalho de todos, nossa orientação econômica. Seríamos pagos pelas pessoas que tocássemos. Essa situação permitiria então que as ajudas materiais da vida se tornassem plenamente automatizadas, porque estaríamos ocupados demais para possuir esses sistemas, ou para operá-los. Iríamos querer que a produção material fosse automatizada e administrada como um serviço público. Teríamos nossa participação nele, talvez, mas a situação nos liberaria para expandir o que já é a era de informação.

"Mas o importante para nós no momento é que agora compreendemos para onde estamos indo. Não pudemos poupar o meio ambiente, democratizar o planeta e alimentar os pobres antes porque durante muito tempo não conseguimos nos libertar do medo da escassez e de nossa necessidade de dominar, para podermos dar aos outros. Não podíamos porque não tínhamos nenhuma visão da vida que servisse de alternativa. Agora temos!"

Olhou para Phil.

— Mas não precisaríamos de uma fonte de energia mais barata?

— Fusão, supercondutividade, inteligência artificial — disse Phil. — A tecnologia para automatizar provavelmente não está tão distante, agora que temos o conhecimento do motivo de fazermos isso.

— Exato — disse Dobson. — O mais importante é que vejamos a verdade desse modo de vida. Estamos neste planeta não para construir impérios pessoais de controle, mas para evoluir. O pagamento a outros por suas visões iniciará a transformação, e aí, à medida que mais e mais partes da economia se automatizarem, a moeda desaparecerá totalmente. Não vamos precisar dela. Se seguirmos corretamente nossa orientação intuitiva, pegaremos apenas o que precisarmos.

— E vamos compreender — interveio Phil — que as regiões naturais da Terra têm de ser nutridas e protegidas por serem as fontes de força incrível que são.

Enquanto Phil falava, toda nossa atenção se dirigia para ele, que pareceu surpreso pela exaltação que isso lhe proporcionava.

— Não estudei todas as visões — ele disse, me olhando. — Na verdade, depois que o guarda me ajudou a fugir, talvez eu não tivesse guardado essa parte da Nona se não tivesse encontrado com você antes. Me lembrei do que você disse, que o Manuscrito era importante. Mas mesmo não tendo lido as outras Visões, compreendo como é importante manter a automação em harmonia com as dinâmicas de energia da Terra.

"Meu interesse tem sido as florestas e o papel que elas desempenham na ecosfera", continuou. "Agora sei que sempre foram, desde que eu era criança. A Nona Visão diz que quando a raça humana evoluir espiritualmente, reduziremos espontaneamente a população a um ponto sustentável pela Terra. Vamos nos comprometer a viver dentro dos sistemas de energia natural do planeta. A agricultura será automatizada, com exceção dos legumes que a gente queira energizar pessoalmente e depois consumir. As árvores necessárias à construção serão plantadas em regiões especiais, delimitadas. Isso libertará o restante das árvores terrestres para crescerem e amadurecerem afinal em florestas poderosas.

"Por fim, essas florestas serão mais a regra que a exceção, e todos os seres humanos viverão em proximidade com esse tipo de força. Pensem em que mundo cheio de energia viveremos."

— Isso deve elevar o nível de energia de todo mundo — eu disse.

— Sim, e vai — disse distraidamente Sanchez, como se pensasse adiante no que significava o aumento de energia.

Todos esperamos.

— Vai acelerar — ele disse afinal — o ritmo de nossa evolução. Quanto mais rápido a energia flui dentro de nós, mais misteriosamente o Universo responde, trazendo pessoas às nossas vidas para responder às nossas perguntas.

Pareceu pensativo mais uma vez.

— E toda vez que seguimos uma intuição, e algum encontro misterioso nos faz progredir, isso aumenta nossa vibração pessoal.

"Para frente e para cima", prosseguiu, meio para si mesmo. "Se a história continua, então..."

— Continuaremos a atingir níveis cada vez mais altos de energia e vibração — disse Dobson, concluindo a frase de Sanchez.

— Sim — disse Sanchez. — Isso mesmo. Me dêem licença um minuto.

Levantou-se, entrou vários metros na floresta e sentou-se sozinho.

— Que mais diz a Nona Visão? — perguntei a Dobson.

— Não sabemos — ele respondeu. — É aí que termina a parte que temos. Gostaria de vê-la?

Eu disse que sim, e ele foi até a sua camionete e voltou com um envelope de papel manilha. Dentro havia vinte páginas datilografadas. Li o manuscrito, impressionado como Dobson e Phil haviam absorvido inteiramente seus pontos básicos. Quando cheguei à última página, compreendi por que eles haviam dito que se tratava apenas de uma parte da Nona Visão. Terminava abruptamente, no meio de um pensamento. Tendo apenas apresentado a idéia de que a transformação do planeta criaria uma cultura inteiramente espiritual e elevaria os seres humanos a vibrações cada vez mais altas, sugeria que essa ascensão conduziria à ocorrência de mais alguma coisa, mas não dizia qual.

Uma hora depois, Sanchez levantou-se e aproximou-se de mim. Eu me contentara em ficar sentado com as plantas, observando o incrível campo de energia delas. Dobson e Phil estavam atrás do jipe deles, conversando.

— Acho que devemos seguir viagem para Iquitos —
ele disse.

— E quanto aos soldados? — perguntei.

— Acho que devemos correr o risco. Tive um pensamento nítido de que podemos passar se partirmos agora.

Concordei em seguir sua intuição e nos aproximamos
e comunicamos nossos planos a Dobson e Phil.

Os dois apoiaram a idéia, e então Dobson disse:

— Nós também estávamos discutindo o que fazer.
Vamos diretamente para as Ruínas Celestinas, acho. Talvez
possamos ajudar a salvar o resto da Nona Visão.

Despedimo-nos deles e rumamos de novo para o norte.

— Em que está pensando? — perguntei após um período
de silêncio.

Padre Sanchez reduziu a velocidade da camionete e
me olhou.

— No cardeal Sebastian, no que você disse: que ele ia
parar de combater o Manuscrito se alguém conseguisse
fazê-lo compreender.

Enquanto o padre Sanchez expunha seu pensamento,
minha mente devaneava num sonho acordado de confronto
real com Sebastian. Ele estava numa sala de tribunal, nos
olhando embaixo. Naquele momento, tinha o poder de
destruir a Nona Visão e nós lutávamos para fazê-lo compreender, antes que fosse tarde demais.

Quando despertei, notei que Sanchez sorria para mim.

— Que está vendo? — perguntou.

— Estava só pensando em Sebastian.

— Que acontecia?

— A imagem do confronto com Sebastian ficou mais
clara. Ele ia destruir a última visão. Nós estávamos tentando
convencê-lo a não fazer isso.

268   Sanchez respirou fundo:

— Parece que a divulgação da Nona Visão depende de nós.

Meu estômago se contraiu com a idéia.

— Que devemos dizer a ele?

— Não sei. Mas devemos persuadi-lo a ver o lado positivo, a compreender que o Manuscrito como um todo não nega, mas elucida a verdade da Igreja. Estou certo de que o resto da Nona Visão só faz isso.

Rodamos em silêncio durante uma hora, não vendo nenhum outro tráfego de qualquer tipo. Meus pensamentos percorreram os acontecimentos desde minha chegada ao Peru. Eu sabia que as visões do Manuscrito se haviam afinal fundido em minha mente, penetrando minha consciência. Estava atento ao modo misterioso como minha vida evoluía, segundo revelara a Primeira Visão. Sabia que toda a cultura sentia também de novo esse mistério e estávamos no processo de construção de uma nova visão do mundo, como fora observado pela Segunda. A Terceira e a Quarta me revelaram que o Universo era na verdade um vasto sistema de energia, e o conflito humano uma escassez de energia e uma manipulação para obtê-la.

A Quinta Visão mostrava que podíamos pôr fim a esse conflito, recebendo uma injeção dessa energia de uma fonte superior. Para mim, essa capacidade se tornara quase um hábito. A Sexta, de que podíamos varrer nossos velhos dramas repetidos e descobrir a verdade sobre nós mesmos, também estava gravada definitivamente em minha mente. E a Sétima pusera em movimento a evolução desses eus mais autênticos: através da pergunta, da intuição sobre o que fazer, e da resposta. Permanecer nessa corrente mágica era a verdadeira felicidade.

E a Oitava, aprender como se relacionar de uma maneira nova com os outros, realçando o que de melhor existe neles, era a chave para manter o mistério atuando e as respostas surgindo.

Todas as Visões haviam-se integrado numa consciência que parecia um senso mais aguçado de alerta e expectativa. A que faltava, eu sabia, era a Nona, que revelava aonde nos levava nossa evolução. Descobríramos parte dela. E o resto?

Padre Sanchez encostou o jipe no acostamento.

— Estamos a uns seis quilômetros da missão do padre Sebastian — disse. — Acho que devemos conversar.

— Tudo bem.

— Não sei o que esperar, mas presumo que só precisamos entrar direto lá.

— Qual o tamanho da missão?

— Grande. Ele desenvolveu essa missão durante vinte anos. Escolheu o lugar para servir aos índios rurais, que julgava abandonados. Mas agora vêm estudantes de todas as partes do Peru. Ele tem deveres administrativos com a organização da Igreja em Lima, mas esse é seu projeto especial. É totalmente dedicado à sua missão.

Olhou-me diretamente nos olhos.

— Por favor, fique atento. Pode chegar uma hora em que tenhamos de nos ajudar um ao outro.

Após dizer isso, Sanchez foi em frente. Por vários quilômetros não vimos nada, e então passamos por dois jipes militares parados no acostamento à direita da estrada. Os soldados dentro deles nos olharam intensamente ao passarmos.

— Bem — disse o padre Sanchez — eles sabem que estamos aqui.

Um quilômetro adiante, chegamos à entrada da missão. Grandes portões de ferro protegiam o caminho pavimentado. Embora estivessem abertos, um jipe e quatro soldados bloquearam nosso caminho e nos fizeram sinal para pararmos. Um dos militares falava por um rádio de ondas curtas.

Sanchez sorriu quando o soldado se aproximou.

— Sou o padre Sanchez, vim ver o cardeal Sebastian.

O soldado revistou Sanchez e depois a mim. Voltou-se e foi até onde estava o soldado do rádio. Os dois conversaram sem tirar os olhos de nós. Depois de vários minutos, o soldado voltou, dizendo-nos que o acompanhássemos.

O jipe pegou uma estrada de acesso ladeada de árvores por várias centenas de metros até chegarmos à missão. A igreja, construída de pedra talhada, era sólida, capaz de abrigar, imaginei, umas mil pessoas. Dos dois lados havia dois outros prédios que pareciam salas de aula. Ambos tinham quatro andares.

— Este lugar é impressionante — eu disse.

— Sim, mas onde estão as pessoas? — ele perguntou.

Notei que as trilhas e passadiços estavam vazios.

— Sebastian tem uma escola famosa aqui — ele disse. — Por que não há nenhum aluno?

Os soldados nos levaram até a entrada da igreja e nos pediram, educada mas firmemente, que saltássemos e entrássemos com eles. Ao subirmos os degraus de cimento, vi vários caminhões estacionados atrás de um prédio vizinho. Trinta ou quarenta soldados davam sentinela perto. Assim que entramos fomos levados a cruzar o santuário e convidados a entrar numa sala pequena. Ali nos revistaram minuciosamente e nos pediram para esperar. Os soldados saíram e a porta foi trancada.

— Onde é o gabinete de Sebastian? — perguntei.

— Mais atrás, lá para os fundos da igreja — ele respondeu.

A porta se abriu de repente. Rodeado por vários soldados, lá estava Sebastian. Tinha uma postura esguia e ereta.

— Que faz aqui? — perguntou Sebastian a Sanchez.

— Quero conversar com você — respondeu Sanchez.

— Sobre o quê?

— A Nona Visão do Manuscrito.

— Não há nada para conversar. Ela nunca será encontrada.

— Sabemos que você já a encontrou.

Sebastian arregalou os olhos.

— Não vou deixar que se dissemine essa Visão — disse. — Não é a verdade.

— Como sabe que não é a verdade? — perguntou Sanchez. — Você pode estar enganado. Deixe-me lê-la.

A expressão de Sebastian se suavizou quando ele olhou para Sanchez.

— Antes você achava que eu tomaria a decisão certa numa questão como esta.

— Eu sei — Sanchez disse. — Você foi meu mentor. Minha inspiração. Modelei minha missão pela sua.

— Você me respeitava até descobrirem esse Manuscrito — disse Sebastian. — Não vê como ele é divisivo? Tentei deixar você seguir seu próprio caminho. Até deixei você em paz depois de saber que ensinava as Visões. Mas não vou deixar que esse documento destrua tudo que nossa Igreja construiu.

Outro soldado se aproximou por trás de Sebastian e pediu para falar com ele. Sebastian olhou para Sanchez, e voltou ao saguão. Ainda podíamos vê-lo, mas não ouvíamos mais a conversa. A mensagem obviamente o alarmou. Ao voltar-se para afastar-se, fez sinal aos soldados que o acompanhassem, menos um, a quem, aparentemente, mandou esperar conosco.

O soldado entrou na sala e se encostou na parede, uma expressão perturbada no rosto. Tinha só uns vinte anos de idade.

— Que é que há? — perguntou-lhe Sanchez.

O soldado apenas sacudiu a cabeça.

— É sobre o Manuscrito, a Nona Visão?

A expressão do soldado manifestou surpresa.

— Que sabe da Nona Visão? — perguntou timidamente.

— Estamos aqui para salvá-la — respondeu Sanchez.

— Eu também quero salvá-la — disse o soldado.

— Já a leu? — perguntei.

— Não — ele respondeu. — Mas ouvi a conversa. Ela reaviva nossa religião.

De repente, do lado de fora da igreja veio um som de fuzilaria.

— Que está acontecendo? — perguntou Sanchez.

O soldado ficou imóvel.

Sanchez tocou-lhe delicadamente o braço.

— Ajude a gente.

O jovem soldado foi até a porta, depois disse:

— Alguém invadiu a igreja e roubou uma cópia da Nona Visão. Parece que ainda estão aqui, em alguma parte do estabelecimento.

Soaram mais tiros.

— Temos de tentar ajudá-los — disse Sanchez ao jovem.

Ele parecia apavorado.

— Temos de fazer o que é direito — enfatizou Sanchez. — O Manuscrito é para todo o mundo.

O soldado balançou a cabeça e disse que devíamos passar para outra área da igreja, onde haveria menos movimento, que talvez achasse um meio de ajudar. Levou-nos pelo corredor e dois lances de escada acima até um corredor largo, que se estendia por toda a largura da igreja.

— O gabinete de Sebastian fica bem embaixo de nós, descendo dois andares — disse o rapaz.

De repente ouvimos um grupo de pessoas descendo por um corredor próximo, em nossa direção. Sanchez e o soldado estavam à minha frente e desviaram-se rapidamente para uma sala à direita. Vi que não poderia alcançar a sala e entrei correndo na anterior e fechei a porta.

Era uma sala de aula. Carteiras, pódio, armário. Corri para o armário, achei-o destrancado e me espremi entre caixas e vários jalecos cheirando a mofo. Tentei esconder-me o melhor que pude, mas sabia que se alguém inspecionasse o móvel, eu seria descoberto. Tentei não me mexer, nem mesmo respirar. A porta da sala de aula se abriu rangendo e ouvi várias pessoas entrarem e conversarem. Uma pareceu vir até o armário, mas depois parou e seguiu em outra direção. Falavam alto em espanhol. Depois, silêncio. Nenhum movimento.

Esperei dez minutos antes de abrir lentamente a porta do armário e olhar para fora. A sala estava vazia. Fui até a porta. Não havia nenhuma indicação de alguém lá fora. Fui andando depressa para a sala onde Sanchez e o soldado tinham se escondido. Para minha surpresa, descobri que não era de modo algum uma sala, mas um corredor. Escutei, mas não pude ouvir nada. Encostei-me na parede, sentindo ansiedade na boca do estômago. Chamei baixinho o nome de Sanchez. Nenhuma resposta. Eu estava sozinho. Senti uma ligeira tontura causada pela ansiedade.

Respirei fundo e tentei conversar comigo mesmo; tinha de manter o juízo e intensificar minha energia. Esforcei-me durante vários minutos, até que as cores e formas no corredor adquiriram mais presença. Tentei projetar amor. Finalmente me senti melhor e pensei mais uma vez em Sebastian. Se ele estivesse em seu gabinete, Sanchez teria ido lá.

À frente, o corredor terminava em outra escada, e desci dois lances ao primeiro andar. Pelo vidro da porta da escada, olhei o corredor. Ninguém à vista. Abri a porta e fui em frente, sem saber aonde queria ir.

Então ouvi a voz de Sanchez, que vinha de uma sala à minha frente. A de Sebastian respondeu tonitruante. Quando me aproximei da porta, um soldado de repente a abriu por dentro e apontou um fuzil para o meu coração, obrigando-me a entrar e encostar na parede. Sanchez reconheceu minha presença pondo a mão no plexo solar. Sebastian sacudiu a cabeça, enojado. O jovem soldado que nos ajudara não estava em nenhum lugar à vista.

Eu sabia que o gesto de Sanchez indicando o estômago significava alguma coisa. Tudo que consegui pensar foi que ele precisava de energia. Enquanto ele falava, fixei meu olhar em seu rosto, tentando enxergar seu eu superior. O campo de energia em torno dele ampliou-se.

— Você não pode deter a verdade — disse Sanchez. — As pessoas têm o direito de conhecê-la.

Sebastian olhou Sanchez com condescendência.

— Essas visões violam as escrituras. Não podem ser autênticas.

— Mas violam mesmo as escrituras, ou apenas nos revelam o que as escrituras querem dizer?

— Sabemos o que elas querem dizer — respondeu Sebastian. — Sabemos há séculos. Esqueceu sua preparação, seus anos de estudo?

— Não, não esqueci — respondeu Sanchez. — Mas também sei que as Visões expandem nossa espiritualidade. Elas...

— Segundo quem? — gritou Sebastian. — Quem escreveu esse Manuscrito, aliás? Alguns pagãos maias que aprenderam em algum lugar a falar aramaico? Que sabiam esses povos? Acreditavam em lugares mágicos e energia misteriosa. Eram primitivos. As ruínas onde a Nona Visão foi encontrada chamam-se Templos Celestinos, Templos *Celestiais*. Que podia essa cultura conceber sobre o céu?

"A cultura deles sobreviveu?" prosseguiu. "Não. Ninguém sabe o que aconteceu aos maias. Simplesmente desapareceram sem deixar vestígio. E você quer que acreditemos nesse Manuscrito? Esse documento faz parecer que os seres humanos estão no comando, como se fôssemos os encarregados da mudança no mundo. Não estamos. Quem está é Deus. O único problema que os seres humanos enfrentam é o de aceitar a doutrina das escrituras e por meio dela alcançar a própria salvação."

— Mas pense nisso — respondeu Sanchez. — Que significa realmente aceitar a doutrina e conquistar a salvação? Qual o processo pelo qual isso ocorre? Não nos revela o próprio Manuscrito o processo exato de nos tornarmos mais espirituais, ligados, salvos, como na verdade parece? E não nos mostram a Oitava e a Nona o que ocorreria se todos agissem dessa forma?

Sebastian balançou a cabeça e afastou-se, depois voltou-se e lançou um olhar penetrante a Sanchez.

— Você ainda não viu a Nona Visão.

— Sim, vi. Parte dela.

— Como?

— Parte dela me foi descrita antes de chegarmos aqui. Li outro trecho alguns minutos atrás.

— Quê?! Como?

Sanchez aproximou-se do velho padre.

— Cardeal Sebastian, as pessoas em toda a parte desejam que se revele essa última Visão. Ela põe as outras visões em perspectiva. Revela-nos nosso destino. O que é de fato a consciência espiritual!

— Sabemos o que é a espiritualidade, padre Sanchez.

— Será que sabemos? Acho que não. Passamos séculos falando sobre ela, visualizando-a, professando nossa crença nela. Mas sempre caracterizamos essa ligação como uma coisa abstrata, uma coisa em que acreditamos intelectualmente. E sempre apresentamos essa ligação como uma coisa que o indivíduo tem de fazer para evitar que algo de ruim lhe aconteça, e não para adquirir algo bom e fantástico. O Manuscrito descreve a inspiração que vem quando estivermos verdadeiramente nos amando uns aos outros e evoluindo nossas vidas.

— Evoluir! Evoluir! Ouça a si mesmo, padre, você sempre lutou contra a influência da evolução. Que foi que houve com você?

Sanchez se recompôs.

— Sim, lutei contra a idéia de evolução como uma substituição de Deus, como um modo de explicar o Universo sem referência a Deus. Mas agora vejo que a verdade é uma síntese das visões do mundo científico e religioso. A verdade é que a evolução é o caminho que Deus criou e continua criando.

— Mas não há nenhuma evolução — protestou Sebastian. — Deus criou este mundo e pronto.

Sanchez me deu uma olhada, mas eu não tinha idéia alguma para manifestar.

— Cardeal Sebastian — ele continuou —, o Manuscrito descreve o progresso de gerações sucessivas como uma evolução da compreensão, uma evolução rumo a uma espiritualidade e vibração superiores. Cada geração incorpora mais energia e acumula mais verdade, passando depois adiante esse estado às pessoas da geração seguinte, que o estende mais além.

— Isso é absurdo — disse Sebastian. — Só há um meio de nos tornarmos mais espirituais, e esse é seguir os exemplos nas escrituras sagradas.

— Exatamente! — disse Sanchez. — Porém, mais uma vez, quais são os exemplos? A história das escrituras não é a história de pessoas aprendendo a receber a energia e a vontade de Deus dentro de si? Não foi isso que os primeiros profetas levaram as pessoas a fazer no Velho Testamento? E não foi essa receptividade à energia de Deus dentro da gente que culminou na vida de um filho de carpinteiro, a ponto de dizermos que o próprio Deus desceu à Terra?

"A história do Novo Testamento", ele continuou, "não é a história de um grupo de pessoas recebendo um certo tipo de energia que as transformou? O próprio Jesus não diz que o que ele fez nós também podemos fazer, e mais ainda? Nunca levamos muito a sério essa idéia, até agora. Só agora estamos compreendendo o que Jesus falava, para onde nos conduzia. O Manuscrito nos esclarece sobre o que ele queria dizer! Como fazê-lo!"

Sebastian desviou o olhar, o rosto vermelho de raiva. Durante a pausa na conversa, um oficial de alta patente entrou na sala e disse a Sebastian que os intrusos tinham sido avistados.

— Veja! — exclamou o oficial, apontando pela janela. — Lá estão eles!

A uns três ou quatro metros de distância, vimos duas figuras correndo por um descampado para a floresta. Vá- 277 rios soldados na borda da clareira pareciam prontos a abrir fogo.

O oficial virou-se da janela e olhou para Sebastian, o rádio erguido.

— Se eles chegarem à floresta — disse — vai ser difícil encontrá-los. Tenho sua permissão para abrir fogo?

Ao observar os dois correndo, reconheci de repente quem eram.

— São Wil e Júlia — gritei.

Sanchez se aproximou mais de Sebastian.

— Em nome de Deus, você não pode cometer assassinato por isso!

O oficial insistiu.

— Cardeal Sebastian, se quer conter esse Manuscrito, tenho de dar a ordem agora.

Fiquei paralisado.

— Padre, confie em mim — disse Sanchez. — O Manuscrito não vai corroer tudo que você construiu, tudo para que viveu. Você não pode matar essas pessoas.

Sebastian sacudiu a cabeça.

— Confiar em você...? — Sentou-se à sua escrivaninha e olhou para o oficial. — Não vamos atirar em ninguém. Diga a seus homens para capturá-los vivos.

O oficial balançou a cabeça e saiu do gabinete. Sanchez disse:

— Obrigado, você fez a escolha certa.

— Não matar, sim — disse Sebastian. — Mas não vou mudar meu modo de pensar. Esse Manuscrito é uma praga. Iria solapar nossa estrutura básica de autoridade espiritual. Iria atrair as pessoas a achar que estão no controle de seu destino espiritual. Iria solapar a disciplina necessária para trazer todos neste planeta para o seio da Igreja, e as pessoas ficariam presas desejando o momento da vinda do arrebatamento.

Olhou duro para Sanchez.

— Neste momento, milhares de soldados estão chegando. Não importa o que você ou qualquer outra pessoa faça. A Nona Visão jamais sairá do Peru. Agora volte para sua missão.

Ao sairmos correndo, ouvimos dezenas de caminhões aproximando-se ao longe.

— Por que ele nos deixou partir? — perguntei.

— Suponho que acha que não faz diferença — respondeu Sanchez. — Não podemos fazer nada. Eu realmente não sei o que pensar.

Seus olhos encontraram os meus.

— Não o convencemos, você sabe.

Eu também estava confuso. Que queria dizer aquilo? Talvez não estivéssemos lá para convencer Sebastian, afinal. Talvez tivéssemos apenas de retardá-lo.

Olhei de volta para Sanchez. Ele se concentrava na direção e examinava o acostamento, em busca de algum sinal de Wil e Júlia. Tínhamos decidido voltar pelo lado em que eles corriam, mas até ali não tínhamos visto nada. Enquanto rodávamos, minha mente vagava para as ruínas Celestinas. Imaginava como seria o local: as escavações enfileiradas, as barracas dos cientistas, as imponentes estruturas piramidais no segundo plano.

— Eles não parecem estar nessa mata — disse Sanchez.

— Devem ter um veículo. Precisamos decidir o que fazer.

— Acho que devemos ir para as ruínas — eu disse.

Ele me olhou.

— Isso mesmo. Não há outro lugar para ir.

Virou para oeste.

— Que sabe sobre essas ruínas? — perguntei.

— Foram construídas por duas culturas diferentes, como disse Júlia. A primeira, os maias, tinha lá uma civilização próspera, embora a maioria de seus templos ficasse mais ao norte, no Yucatã. Misteriosamente, todos os vestígios da civilização deles desapareceram cerca de 690 a.C. sem causa aparente. Os incas desenvolveram outra civilização depois no mesmo local.

— Que acha que aconteceu com os maias?

Sanchez me deu uma olhada.

— Não sei.

Rodamos vários minutos em silêncio, e então me lembrei que o padre Sanchez dissera a Sebastian que lera outra parte da Nona Visão.

— Como você leu a outra parte da Nona Visão? — perguntei.

— O jovem soldado que nos ajudou sabia onde estava escondida a outra parte. Depois que você e eu nos separamos, ele me levou a uma outra sala e me mostrou. Ela acrescentava só poucos conceitos além dos que Phil e Dobson nos disseram, mas me deu os argumentos que usei com Sebastian.

— Que dizia especificamente?

— Que o Manuscrito elucidaria muitas religiões. E as ajudaria a cumprir sua promessa. Toda religião, ele explica, é sobre a humanidade descobrindo uma ligação com uma fonte superior. E todas as religiões falam de uma percepção de Deus interior, uma percepção que nos satisfaz, nos torna mais do que éramos antes. As religiões se tornam corruptas quando designam líderes pra explicar às pessoas a vontade de Deus, em vez de mostrar a elas como encontrar essa orientação dentro de si mesmas.

"O Manuscrito diz que num determinado ponto da história um indivíduo iria compreender o modo exato de ligar-se com a fonte de energia e orientação divinas, e se tornaria por isso um exemplo duradouro de que essa ligação é possível."

Sanchez me olhou.

— Não foi isso que Jesus fez na realidade? Ele não aumentou sua energia e vibração até se tornar leve o suficiente para... — Interrompeu a frase sem concluí-la, e pareceu absorto em pensamentos.

— Que está pensando? — perguntei.

Ele parecia perplexo.

— Não sei. A cópia do soldado terminava exatamente nesse ponto. Dizia que esse indivíduo ia determinar um caminho que toda a raça humana estava destinada a seguir, mas não disse aonde conduzia esse caminho.

Durante quinze minutos rodamos em silêncio. Eu me esforçava para receber alguma indicação do que ia ocorrer em seguida, mas não conseguia pensar em nada. Parecia que me esforçava demais.

— Lá estão as ruínas — mostrou Sanchez.

Em frente, através da floresta, à esquerda da estrada, distingui três estruturas grandes em forma de pirâmide. Depois de pararmos e chegarmos mais perto, pude ver que eram construídas de pedra talhada e regularmente espaçadas, a cerca de trinta metros uma das outras. Entre elas havia uma área pavimentada com pedras mais polidas. Vários sítios de escavação tinham sido abertos na base das pirâmides.

— Olhe, ali! — exclamou Sanchez, indicando a pirâmide mais distante.

Uma figura solitária sentava-se à frente da estrutura. Enquanto caminhávamos naquela direção, observei uma elevação em meu nível de energia. Quando chegamos ao centro da área pavimentada, sentia-me incrivelmente energizado. Olhei para Sanchez e ele ergueu uma sobrancelha. Ao aproximar-nos, reconheci que a pessoa perto da pirâmide era Júlia. Ela se sentava de pernas cruzadas e tinha vários papéis no colo.

— Júlia — chamou Sanchez.

Ela virou-se e levantou-se. Tinha o rosto resplandecente.

— Onde está Wil? — perguntei.

Júlia apontou para a direita. Ali, a uns cem metros talvez, estava Wil. Parecia fulgir no crepúsculo.

— Que está fazendo? — perguntei.

— A Nona — respondeu Júlia, estendendo os papéis para nós.

Sanchez disse a ela que tínhamos visto parte da Visão, a que predizia um mundo transformado pela evolução consciente.

— Mas para onde nos leva essa evolução? — perguntou Sanchez.

Júlia não respondeu. Apenas segurava os papéis nas mãos, como se esperasse que lêssemos sua mente.

— Que foi? — perguntei.

Sanchez estendeu o braço e tocou o meu. Sua expressão me lembrou para ficar atento e esperar.

— A Nona revela nosso destino final — Júlia disse. — Torna tudo cristalinamente claro. Reitera que nós, seres humanos, somos o ponto culminante de toda a evolução. Fala do começo da matéria numa forma fraca e aumentando sua complexidade, elemento por elemento, depois espécie por espécie, sempre evoluindo para um estado de vibração superior.

"Quando surgiram os seres humanos primitivos, iniciamos essa evolução inconscientemente, conquistando outros e ganhando energia, e avançando um pouco, depois sendo nós mesmos conquistados por outros e perdendo nossa energia. Esse conflito físico continuou até inventarmos a democracia, um sistema que não acabou com o conflito mas o desviou do plano físico para o mental.

"Agora", continuou, "estamos trazendo todo esse processo para nossa consciência. Vemos que toda a história humana nos preparou para atingir a evolução consciente. Agora podemos conscientemente aumentar nossa energia e experimentar as coincidências. Isso leva a evolução adiante em ritmo mais rápido, elevando nossas vibrações ainda mais alto."

Hesitou um momento, olhando para cada um de nós, e repetiu o que dissera:

— Nosso destino é continuar a aumentar nosso nível de energia. E à medida que aumenta nosso nível de energia, também aumenta o nível de vibração nos átomos de nossos corpos.

Hesitou mais uma vez.

— Que quer dizer isso? — perguntei.

— Que estamos ficando mais leves — disse Júlia — mais puramente espirituais.

Olhei para Sanchez. Ele se concentrava intensamente em Júlia.

— A Nona Visão — ela continuou — diz que à medida que nós, humanos, continuarmos a aumentar nossa vibração, vai ocorrer uma coisa impressionante. Grupos inteiros de pessoas, assim que atingirem um certo nível, vão se tornar de repente invisíveis para aqueles que ainda vibram num nível menor, dando-lhes a impressão de terem desaparecido, mas o próprio grupo vai percebê-los como se ainda estivessem exatamente aqui; apenas os sentirá mais leves.

Enquanto Júlia falava, notei que seu rosto e corpo se modificavam um pouco. O corpo adquiria as características de seu campo de energia. Os traços continuavam visíveis e distintos, porém não eram mais músculos e pele o que eu via. Ela parecia feita de pura luz, brilhando de dentro.

Olhei para Sanchez. Tinha a mesma aparência. Para minha surpresa, tudo se parecia da mesma maneira: as pirâmides, a pedra sob nossos pés, a floresta em volta, minhas mãos. A beleza que eu podia perceber superava em grandeza qualquer coisa que já experimentara antes, mesmo no topo da montanha.

— Quando os seres humanos começarem a elevar suas vibrações a um nível em que outros não possam vê-los — continuou Júlia — isso assinalará que cruzamos a barreira entre esta vida e o outro mundo do qual viemos, e para o qual iremos depois da morte. Essa travessia consciente é o caminho mostrado por Cristo. Ele se abriu para a energia até ficar tão leve que pôde andar sobre a água. Transcendeu a morte aqui mesmo na Terra e foi o primeiro a fazer a travessia, a expandir o mundo físico no espiritual. Sua vida demonstrou como fazer isso. Se nos ligarmos à mesma fonte, podemos seguir o mesmo caminho, passo a passo. Em algum momento todos vibrarão intensamente o bastante para entrar no céu, em nossa mesma forma.

Notei que Wil vinha andando lentamente em nossa direção. Seus movimentos pareciam singularmente graciosos, como se ele deslizasse.

— A Visão diz — continuou Júlia — que a maioria dos indivíduos atingirá esse nível de vibração durante o terceiro milênio, e em grupos constituídos por pessoas com quem estão mais intimamente ligados. Mas algumas culturas na história já atingiram a vibração. Segundo a Nona Visão, os maias fizeram a travessia juntos.

Parou abruptamente de falar. Atrás de nós, ouvimos vozes abafadas em espanhol. Dezenas de soldados entravam nas ruínas, vindo direto para nós. Para minha surpresa, não senti medo. Os soldados continuaram avançando em nossa direção geral, mas estranhamente não direto para nós.

— Não podem nos ver! — exclamou Sanchez. — Estamos vibrando demasiado alto!

Olhei mais uma vez para os soldados. Ele tinha razão. Eles passavam uns oito a dez metros à esquerda, ignorando-nos completamente.

De repente ouvimos gritos altos em espanhol, perto da pirâmide à nossa esquerda. Os soldados mais próximos de nós pararam e correram para aquele lado.

Esforcei-me para ver o que acontecia. Outro grupo de soldados emergia da floresta, segurando os braços de dois homens. Dobson e Phil. A visão da captura deles me abalou, e senti meu nível de energia despencar verticalmente. Olhei para Sanchez e Júlia. Os dois olhavam intensamente na direção dos soldados e pareciam igualmente perturbados.

— Esperem! — pareceu gritar Wil da direção oposta. — Não percam sua energia!

Senti tanto as palavras como as ouvi. Estavam ligeiramente adulteradas.

Viramos e vimos Wil vindo depressa em nossa direção.
Enquanto o olhávamos, ele pareceu dizer mais alguma

coisa, mas desta vez as palavras eram completamente ininteligíveis. Percebi que tinha dificuldade para focalizá-lo. Sua imagem tornava-se nebulosa, distorcida. Aos poucos, enquanto eu o olhava incrédulo, ele desapareceu por inteiro.

Júlia voltou o rosto para mim e Sanchez. Seu nível de energia parecia menor, mas ela estava completamente impávida, como se o que acabara de acontecer esclarecesse alguma coisa.

— Não conseguimos manter a vibração — ela disse. — O medo reduz enormemente a vibração da gente.

Olhou para o local onde Wil desaparecera.

— A Nona Visão diz que embora alguns indivíduos possam passar para o outro lado esporadicamente, não haverá um arrebatamento geral enquanto não tenhamos eliminado o medo e conservado uma vibração suficiente em todas as situações.

Sua emoção se intensificou.

— Não estão vendo? Ainda não conseguimos fazer isso, mas o papel da Nona Visão é ajudar a adquirir confiança. A Nona Visão é a revelação do saber para onde estamos indo. Todas as outras criam uma imagem do mundo como de beleza e energia incríveis, e de nós mesmos como estreitando nossa ligação com ela e com isso vendo essa beleza.

"Quanto mais beleza vemos, mais evoluímos. Quanto mais evoluímos, mais alto vibramos. A Nona Visão nos revela que, em última análise, nossa percepção e vibração aumentadas nos abrirão um céu que já está diante de nós. Apenas não podemos vê-lo.

"Sempre que duvidamos de nosso próprio caminho, ou perdemos a visão do processo, temos de nos lembrar para onde estamos evoluindo, o que significa todo o processo de viver. Alcançar o céu na Terra é a razão de estarmos aqui. E agora sabemos como se pode fazer isso... como será feito."

Calou-se um instante.

— A Nona fala que existe a Décima Visão. Acho que ela deve revelar...

Antes que pudesse concluir, uma rajada de metralhadora lascou os ladrilhos de pedra perto de nossos pés. Todos nos jogamos no chão, as mãos erguidas. Nenhum de nós falou quando os soldados chegaram e confiscaram os papéis, e levaram cada um de nós para um lado diferente.

As primeiras semanas após minha captura foram passadas em terror constante. Meu nível de energia caiu dramaticamente quando um oficial após outro me interrogaram ameaçadoramente sobre o Manuscrito.

Banquei o turista idiota e aleguei ignorância. Afinal, era verdade que eu não tinha a menor idéia de quem, entre os outros padres, tinha cópias, ou do quanto se tornara generalizada a aceitação pública do documento. Aos poucos, minha tática funcionou. Com o passar do tempo, os soldados pareceram cansar-se de mim, e me passaram para um grupo de autoridades civis, que adotaram um método diferente.

Tentaram convencer-me de que minha viagem ao Peru fora uma loucura desde o início, loucura porque, segundo elas, o Manuscrito nunca existira na realidade. Argumentaram que as Visões na verdade tinham sido inventadas por um pequeno grupo de padres com a intenção de fomentar revolta. Diziam que eu fora ludibriado, e eu os deixava falar.

Depois de algum tempo, as conversas tornaram-se quase cordiais. Todos passaram a me tratar como uma vítima inocente dessa trama, uma vítima ianque que lera demasiadas histórias de aventuras e se vira perdido num país estrangeiro.

E como minha energia estava muito baixa, era possível que eu me tornasse vulnerável a essa lavagem cerebral, se não houvesse ocorrido outro fato. Fui transferido de repente da base militar onde estava preso para um complexo governamental perto do aeroporto de Lima, onde também estava detido o padre Carl. A coincidência me devolveu parte de minha confiança.

Eu caminhava no pátio aberto quando o vi pela primeira vez, sentado num banco, lendo. Fui até lá, contendo meu entusiasmo e esperando não atrair muita atenção das autoridades dentro do prédio. Quando me sentei, ele ergueu os olhos e sorriu.

— Estava esperando você — disse.

— É?

Ele pôs o livro de lado e pude ver o prazer em seus olhos.

— Depois que eu e o padre Costous viemos para Lima — explicou — fomos logo detidos e separados, e eu fiquei aqui desde então sob custódia. Não consegui entender por que, mas nada aconteceu comigo. Então comecei a pensar em você repetidas vezes. — Lançou-me um olhar compreensivo. — Aí compreendi que você ia aparecer.

— Fico grato que esteja aqui — eu disse. — Alguém lhe contou o que aconteceu nas Ruínas Celestinas?

— Sim — respondeu o padre Carl. — Conversei rapidamente com o padre Sanchez. Ele ficou detido aqui durante um dia, antes de o levarem embora.

— Está tudo bem com ele? Ele soube o que aconteceu com os outros? E quanto a ele? Onde vai ficar preso?

— Ele não tinha nenhuma informação sobre os outros, e quanto ao padre Sanchez, não sei. A estratégia do governo é vasculhar metodicamente e destruir todas as cópias do Manuscrito. Depois tratar todo o caso como um grande embuste. Seremos todos desacreditados, imagino, mas quem pode saber o que vão fazer com a gente no final?

— E quanto às cópias de Dobson — perguntei, — a Primeira e a Segunda Visões que ele deixou nos Estados Unidos?

— Eles já as tem — respondeu o padre Carl. — O padre Sanchez me disse que agentes do governo descobriram onde elas estavam escondidas e as roubaram. Aparentemente, os agentes peruanos estiveram em todas as partes.

Sabiam de Dobson desde o início, e sobre sua amiga, Charlene.

— E você acha que, por onde o governo passar, não restarão quaisquer cópias?

— Acho que será um milagre se alguma sobreviver.

Virei-me, sentindo minha recém-encontrada energia diminuir.

— Sabe o que isso significa, não sabe? — perguntou o padre Carl.

Olhei para ele, mas não disse nada.

— Significa — ele continuou — que cada um de nós tem de se lembrar exatamente do que disse o Manuscrito. Você e Sanchez não convenceram o cardeal Sebastian a liberar o Manuscrito, mas o retardaram o suficiente para que se compreendesse a Nona Visão. Agora ela tem de ser comunicada. Você tem de se comprometer a comunicá-la.

Sua declaração me fez sentir pressionado, e meu drama de distanciamento se ativou dentro de mim. Recostei-me no encosto do banco e desviei o olhar, o que fez rir o padre Carl. Então, naquele momento, percebemos vários funcionários da embaixada nos observando da janela de um escritório.

— Escute — disse rapidamente o padre Carl. — A partir de agora as Visões têm de ser compartilhadas entre as pessoas. Cada uma, assim que ouvir a mensagem e compreender que as percepões são verdadeiras, deve passar a mensagem a todos os que estiverem prontos para ela. Ligar-se à energia é uma coisa a que os seres humanos têm de ficar abertos, discutir e esperar, do contrário toda a raça humana pode voltar a fingir que o sentido da vida é exercer poder sobre os outros e explorar o planeta. Se voltarmos a fazer isso, então não sobreviveremos. Cada um de nós deve fazer o que puder para transmitir essa mensagem.

Notei que os dois funcionários haviam saído do prédio e vinham em nossa direção.

— Outra coisa — disse o padre Carl, em voz baixa.

— Que é?

— O padre Sanchez me disse que Júlia tinha falado numa Décima Visão. Ainda não foi encontrada, e ninguém sabe onde poderia estar.

Os funcionários estavam quase junto a nós.

— Tenho pensado — continuou o padre Carl — que vão soltar você. Talvez seja o único que pode procurá-la.

Os homens interromperam subitamente nossa conversa e me escoltaram até o prédio. O padre Carl sorriu, acenou e disse mais outra coisa, porém só consegui ouvir pela metade. Assim que falara de uma Décima Visão, eu fora tomado pela lembrança de Charlene. Por que pensava nela? Como estaria ela ligada a uma Décima Visão?

Os dois homens insistiram em que eu embalasse algumas coisas e os seguisse até a frente da embaixada e entrasse num veículo oficial estacionado. Dali fui levado diretamente para o aeroporto e uma fila de embarque, onde um deles me deu um leve sorriso e me olhou por trás de lentes espessas.

Seu sorriso desapareceu quando me estendeu um passaporte e a passagem de um vôo para os Estados Unidos... e então me disse com forte sotaque peruano que eu nunca, nunca mais voltasse.

Impresso na **Prol** editora gráfica ltda.
03043   Rua Martim Burchard, 246
Brás - São Paulo - SP
Fone: (011) 270-4388 (PABX)
com filmes fornecidos pelo Editor.